통조림 공장
골목

CANNERY ROW
by John Steinbeck

이 도서의 국립중앙도서관 출판예정도서목록(CIP)은
서지정보유통지원시스템 홈페이지(http://seoji.nl.go.kr)와
국가자료공동목록시스템(http://www.nl.go.kr/kolisnet)에서 이용하실 수 있습니다.
(CIP제어번호: CIP2008000997)

통조림공장 골목

존 스타인벡 장편소설 | 정영목 옮김

문학동네

해야 할 일을 알고 그 이유를 아는

에드 리케츠에게

캘리포니아 주 몬터레이의 캐너리 로*는 시(詩)이고, 악취이고, 삐걱거리는 소음이고, 독특한 빛이고, 색조이고, 습관이고, 노스탤지어이고, 꿈이다. 캐너리 로는 모여 있는 동시에 흩어진 곳이고, 함석과 쇠와 녹과 쪼개진 나무이고, 잘게 부서진 보도와 잡초가 무성한 나대지와 고물 수집장이고, 골함석으로 지은 통조림공장이고, 초라한 극장이고, 식당과 매음굴이고, 북적이는 작은 식료품점이고, 연구소와 싸구려 여인숙이다. 그 주민은, 그 사람이 말한 적이 있듯이, "창녀, 뚜쟁이, 도박꾼, 개자식들"인데, 그 말은 곧 '모두'라는 뜻이다. 그 사람이 다른 구멍을 통해

---

* 캐너리 로(Cannery Row)는 말 그대로 '통조림공장 골목'이라는 뜻이다.

들여다보았다면 "성자와 천사와 순교자와 거룩한 사람들"이라고 말했을지도 모른다. 그래도 어차피 뜻은 마찬가지이지만.

아침에 정어리 선단이 생선을 잡으면, 후릿그물을 실은 배들이 경적을 울리며 어기적어기적 무거운 몸을 이끌고 만으로 들어온다. 생선을 잔뜩 실은 배들은 통조림공장들이 꼬리를 만에 담그고 있는 해변에서 멈춘다. 이 비유는 곰곰이 생각한 끝에 선택한 것이다. 만일 통조림공장들이 입을 만에 대고 있다면, 반대편 끝에서 나오는 캔에 든 정어리들은 적어도 비유적으로는 훨씬 더 소름끼칠 것이기 때문이다. 배가 들어오면 통조림공장은 비명처럼 경적을 울려대고, 도시 전체의 남자와 여자 들이 얼른 옷을 꿰입고 일을 하러 캐너리 로로 달려나온다. 그런 뒤에 반짝거리는 자동차들이 상층 계급을 싣고 온다. 이 감독, 회계사, 소유주 들은 사무실로 사라진다. 그다음에는 도시에서 이탈리아계, 중국계, 폴란드계 이민자들, 바지와 고무 외투와 유포 앞치마 차림의 남자와 여자 들이 쏟아져나온다. 그들은 생선을 씻고 자르고 싸고 조리하고 캔에 넣으러 달려온다. 거리 전체가 우르릉거리고 신음을 토하고 비명을 지르고 덜그럭거린다. 그동안 배는 은빛 강물처럼 생선을 쏟아낸다. 배는 물 위로 점점 높이 올라오다가 마침내 속을 완전히 비운다. 통조림공장은 우르릉거리고 덜그럭거리고 끽끽거리다 마침내 마지막 생선을 씻고 자르고 조리하고 캔에 넣는다. 그러면 다시 경적이 비명을 지르고, 지친 이탈리아계, 중국계, 폴란드계 이민자들, 남자와 여자 들이 어수선하게 밖으로 나와 물을 뚝뚝 떨어뜨리고 냄새를 풍기며 축 처진 걸음으로 언덕을 올라가 도시로 들어간다. 그러면 캐너리 로는 다시 자기 모습으로 돌아간다. 고요하고 매혹적인 모습으로. 더불어 정상적인 생활이 돌아온다. 정나미가 떨어져 검은 삼나무 밑으로 물러나 있던 부랑자들이 나무 그늘에서 나와 공터의 녹슨 파이프 위에 앉는다. 도라네 가게 아가씨들이 혹시 남아 있을지 모르는 햇빛 끄트머리를 찾아 나온다. 닥*이 웨스턴 생물학 연구소에서 어슬렁어슬렁 걸어나와 도로를 건너 맥주 두 쿼트를 사러 리청 식료품점으로 간다. 화가 앙리는 지금 만드는 배에 필요한 부품이나 나뭇조각이나 철판을 찾아 에어데일 개처럼 풀이 무성한 땅의 고물들 사이를 킁킁거리고 다닌다. 이내 어둠이 스며들고 도라네 가게 앞 가로등에 불이 들어온다. 이 가로등은 캐너리 로의 꺼지지 않는 달빛이다. 웨스턴 생물학 연구소에 닥을 찾는 손님들이 오고, 닥은 도로를 건너 맥주 다섯 쿼트를 사러 리청의 가게로 간다.

어떻게 하면 그 시와 악취와 삐걱거리는 소음, 독특한 빛, 색

---

* '닥터'를 줄여 부르는 말.

조, 습관, 꿈을 산 채로 포착할 수 있을까? 해양 생물을 채집할 때 어떤 편형동물은 너무 연약해서 온전하게 잡는 것이 거의 불가능하다. 손만 대면 부서지고 찢어지기 때문이다. 그럴 때는 편형동물이 자신의 의지에 따라 스며나와 칼날 위로 기어오르게 해야 한다. 그런 다음 살짝 들어올려 해수가 든 병에 집어넣어야 한다. 어쩌면 그것이 이 책을 쓰는 방법일지도 모른다. 책장을 펼치고 이야기들이 스스로 기어들게 하는 것.

1

리청의 식료품점은 깔끔함에서 모범을 보인달 수는 없지만, 구색 면에서는 기적을 보여주었다. 작고 혼잡한 가게였지만, 그 하나밖에 없는 매장에서 옷이며, 신선한 것이든 통조림에 담긴 것이든 이런저런 식품이며, 술, 담배, 낚시 장비, 기계, 배, 음식, 밧줄, 모자, 돼지고기 토막 등 사는 데, 또 행복해지는 데 필요하거나 아쉬운 모든 것을 찾을 수 있었다. 리청의 식료품점에서는 슬리퍼, 비단 기모노, 위스키 사분의 일 파인트, 시가도 살 수 있었다. 어떤 기분에라도 어울릴 만한 조합을 맞추어낼 수 있었다. 리청이 취급하지 않는 한 가지 상품은 공터 건너 도라네 가게에서 구할 수 있었다.

식료품점은 새벽에 문을 열어 길에서 헤매는 마지막 십 센트가 소비되거나 쉬러 가기 전에는 문을 닫지 않았다. 그렇다고 리청이 욕심이 많다는 얘기는 아니다. 그런 사람은 아니었다. 다만 돈을 쓰고 싶다면 그에게 가면 된다는 것이다. 리는 자신이 공동체에서 차지하는 위치 때문에 더할 수 없이 놀랐다. 오랜 세월에 걸쳐 캐너리 로의 모든 사람이 그에게 빚을 졌다. 그는 절대 단골을 다그치지 않았다. 다만 액수가 너무 커질 경우 더이상 외상을 주지 않았다. 그러면 단골은 언덕 위의 시내까지 걸어가기보다는 보통 돈을 갚거나 갚으려고 노력했다.

리는 둥근 얼굴에 늘 정중했다. 당당한 영어를 구사했으나 뒤는 잘라먹듯이 딱딱 끊었다. 캘리포니아에서 중국인 결사체끼리 전쟁이 벌어지면 가끔 리의 목에도 돈이 걸렸다. 그럴 경우 리는 몰래 샌프란시스코로 가서 골치 아픈 일이 끝날 때까지 입원을 해버렸다. 리가 가게에서 번 돈으로 무엇을 하는지는 아무도 알지 못했다. 어쩌면 돈을 벌지 못할 수도 있었다. 그의 재산은 모두 사람들의 외상으로 나가 있는지도 몰랐다. 그러나 그는 잘살았으며, 모든 이웃의 존경을 받았다. 그는 더 믿는 것이 우스꽝스러워질 때까지 단골을 믿었다. 가끔 사업상의 실수도 했으나, 이것조차도 다름 아닌 선의로 자신에게 유리하도록 바꾸어놓았다. 팰리스 플롭하우스 앤드 그릴이 바로 그런 경우였다. 리청이 아니라면 모두 이 거래를 완전한 손해로 여겼을 것이다.

식료품점에서 리칭의 자리는 시가 카운터 뒤였다. 금전등록기는 그의 왼쪽, 주판은 그의 오른쪽에 놓여 있었다. 유리 진열장 안에는 갈색 시가, 담배, 불 더럼, 듀크즈 믹스처, 파이브 브러더스 등이 들어 있었다. 그의 뒷벽 선반에는 올드 그린 리버, 올드 타운 하우스, 올드 커널, 올드 테네시 등의 파인트, 반 파인트, 사분의 일 파인트짜리들이 진열되어 있었다. 그 가운데 가장 인기가 좋은 것은 넉 달 숙성을 보장하는 블렌드 위스키 올드 테네시로 값이 아주 쌌으며, 동네에서는 올드 테니스 슈즈로 알려져 있었다. 리칭이 아무 이유 없이 위스키와 손님 사이에 서 있었던 것은 아니다. 아주 실용적인 정신을 가진 사람들이 몇 번 그의 주의를 다른 데로 돌리려 한 적이 있었던 것이다. 사촌, 조카, 아들, 며느리가 가게 안에서 손님들을 맞이했지만 리는 절대 시가 카운터를 떠나지 않았다. 유리 진열장의 뚜껑이 그의 책상이었다. 그는 통통하고 섬세한 손을 진열장 위에 올려놓았다. 손가락들은 가만있지 못하는 작은 소시지들 같았다. 왼손 가운뎃손가락에 낀 굵은 결혼 금반지가 그의 유일한 장신구였는데, 리는 작은 고무 돌기들이 오래전에 닳아 없어진, 거스름돈을 올려놓는 고무 매트를 반지로 소리 없이 두드렸다. 두툼한 리의 입술은 자비로운 느낌을 주었다. 웃음을 지을 때 번쩍이는 입속의 황금은 풍성하고 따뜻해 보였다. 리는 독서용 반쪽짜리 안경을 쓰고 모든 것을 그 안경으로 보았기 때문에, 멀리 있는 것을 보려면 고개를 뒤로 젖혀야 했다. 가만있지 못하는 작은 손가락은 이자와 할인을 계산하고 덧셈과 뺄셈을 했으며, 다정한 갈색 눈은 식료품점을 두리번거렸고, 이는 손님을 향해 번쩍거렸다.

어느 날 저녁 리는 발이 시리지 않도록 신문지 뭉치 위에 서서 자기 자리를 지키며 익살맞으면서도 슬픈 얼굴로 그날 오후에 한 번 했다가 몇 시간 뒤 다시 하게 된 거래에 대해 곰곰이 생각했다. 식료품점을 나와 풀이 자란 공터를 대각선으로 걸으며 통조림공장에서 버린 커다란 녹슨 파이프들 사이를 헤쳐 나가다보면, 잡초 사이에 사람들이 다녀서 난 좁은 길을 보게 된다. 그 길을 따라 삼나무를 지나 철로를 건너 미끄럼막이들이 박힌 판잣길을 따라 올라가다보면, 오랫동안 어분(魚粉) 창고로 쓰던 길고 낮은 건물에 이른다. 지붕이 달린 아주 커다란 방이라고 할 수 있는 이 건물은 호러스 애브빌이라는 걱정 많은 남자의 것이었다. 호러스는 아내가 둘이고 자식이 여섯이었으며, 오랜 세월 동안 애원과 설득으로 몬터레이에서 최고의 식료품점 외상을 얻는 기록을 세웠다. 그날 오후 이 호러스가 리청의 가게에 들어섰다. 리의 얼굴을 슬쩍 스쳐간 엄한 표정에 그의 예민하고 지친 얼굴이 움찔했다. 리의 통통한 손가락이 고무 매트를 두드렸다. 호러스는 시가 카운터 위에 두 손바닥을 펼쳐놓았다.

"내가 빚진 게 많은 것 같소." 호러스는 간단하게 말했다.

이제까지 들어본 어떤 것과도 다른 이 접근 방법을 존중하여 리의 이가 번쩍거렸다. 리는 엄숙하게 고개를 끄덕이며, 어떤 술책이 펼쳐지는지 보려고 입을 다문 채 기다렸다.

호러스는 혀로 입술을 축였다. 한쪽 구석에서 다른 쪽 구석까지 꼼꼼하게 작업을 했다. "우리 애들이 그거 때문에 시달리는 게 정말 싫소. 보쇼, 지금 우리 애들이 스피어민트 껌 한 통만 달래도 못 줄 거 아뇨."

리청의 얼굴이 그 결론에 동조했다. "빚진 게 많아." 그가 말했다.

호러스가 말을 이어갔다. "저기 철로 건너에 있는 내 창고 알 거요. 어분 보관하는 데 말이오."

리청은 고개를 끄덕였다. 그의 어분이었으니까.

호러스가 진지하게 말했다. "내가 그곳을 주면, 그럼 다 깨끗하게 청산이 되겠소?"

리청은 머리를 뒤로 젖히고 반쪽짜리 안경을 통해 호러스를 물끄러미 바라보았다. 그의 마음은 장부를 훌훌 넘겼고 오른손은 주판 위를 쉼 없이 오갔다. 리는 허약한 구조물과 통조림공장이 확장을 한다면 가치가 있을지도 모르는 공터를 생각해보았다. "그럼." 리청이 말했다.

"그럼 장부를 꺼내쇼. 내가 그 땅 매도증을 써줄 테니까."

"서류 필요 없어." 리가 말했다. "내가 전액 지불 서류 만들어."

그들은 위엄 있게 거래를 마무리지었고, 리청은 올드 테니스 슈즈 사분의 일 파인트짜리를 덤으로 주었다. 그러자 호러스 애브빌은 곧장 공터를 가로질러 삼나무를 지나 철로를 건너 판잣 길을 따라 올라가 조금 전까지 자기 것이었던 건물로 들어갔다. 그리고 어분 더미 위에서 총으로 자살했다. 물론 이 이야기와 관계없긴 하지만, 그 뒤로 애브빌의 아이들은 어머니가 누구든 두 번 다시 스피어민트 껌은 부족한 줄 모르고 살게 되었다.

다시 그날 저녁으로 돌아가보자. 호러스는 방부처리용 바늘들을 꽂은 채 가대(架臺)에 누워 있었다. 두 부인은 그의 집 층계에 앉아 서로 끌어안고 있었다(그들은 장례식을 치를 때까지도 좋은 친구였지만, 그 뒤에는 자식들을 나누고 두 번 다시 말을 섞지 않았다). 리청은 시가 카운터 뒤에 서 있었다. 그의 멋진 갈색 눈은 그의 내부에 자리 잡은 고요하고 영원한 중국인의 슬픔을 향해 있었다. 자신도 어쩔 수 없었다는 것을 그도 알았다. 그러나 자기가 알고 도우려 노력이라도 할 수 있었기를 바랐다. 자살할 권리는 불가침이지만, 가끔은 친구 한 명이 그런 자살을 불필요하게 만들 수도 있다는 것이 리의 착한 마음과 이해심의 중요한 한 부분을 이루었기 때문이다. 리는 이미 장례식 비용을 모두 떠맡았고, 슬퍼하는 유족들에게 빨래 바구니에 이것 저것 담아 보내기도 했다.

이제 리청은 애브빌의 건물을 소유하게 되었다. 괜찮은 지붕 하나, 괜찮은 바닥 하나, 창문 두 개에 문이 하나였다. 실제로 그곳에는 어분이 높이 쌓여 있었고, 그 냄새가 어디에나 미묘하게 배어 있었다. 리청은 그것을 식료품을 넣어둘 보관소, 그러니까 일종의 창고로 써야겠다고 생각했다. 그러나 다시 생각해보고 포기했다. 너무 먼데다 창문으로 도둑이 쉽게 들어갈 수 있었다. 리가 금반지로 고무 매트를 두드리며 그 문제를 생각하고 있을 때, 문이 열리더니 맥이 들어왔다. 맥은 가족도 없고, 돈도 없고, 먹을 것과 마실 것과 만족 외에는 아무런 야심도 없는 몇 명의 남자 가운데 연장자이자 지도자이자 조언자였으며, 어느 정도는 착취자이기도 했다. 그러나 대부분의 남자들이 만족을 찾다가 지쳐서 목표에는 이르지도 못하고 자멸하는 반면, 맥과 그의 친구들은 어렵지 않게 조용히 만족에 다가갔고, 살며시 만족을 흡수해들였다. 맥과 아주 힘센 청년 헤이즐, 라 이다에서 임시 바텐더로 일하는 에디, 웨스턴 생물학 연구소를 위해 이따금 개구리와 고양이를 모아다주는 휴이와 존스는 현재 리청의 가게 옆 공터에 있는 커다란 녹슨 파이프들 안에서 살고 있었다. 그러니까 습기 찬 날에는 파이프 안에 들어가 살고, 맑은 날에는 공터

꼭대기에 있는 검은 삼나무 그늘에서 살았다는 얘기다. 삼나무 가지들이 겹겹이 늘어져 만들어진 지붕 아래 누우면 캐너리 로의 흐름과 활기를 구경할 수 있었다.

맥이 들어오자 리청은 약간 멈칫했다. 그리고 눈으로 얼른 가게 안을 둘러보았다. 에디나 헤이즐이나 휴이나 존스가 따라 들어와 물건들 사이로 흩어지지는 않았나 확인하려는 것이었다.

맥은 정직하게 속마음을 털어놓아 리의 마음을 잡아끌었다. "리, 나하고 에디하고 여기 애들이 들었는데, 당신이 애브빌 건물을 갖게 됐다면서."

리청은 고개를 끄덕이고 기다렸다.

"나하고 우리 애들은 우리가 거기로 들어갈 수 있는지 한번 물어보는 게 좋겠다고 생각했어. 우리가 당신 건물을 지켜줄 수 있거든." 맥이 얼른 덧붙였다. "아무도 침입하지 못하게 하고, 어떤 것도 건드리지 못하게 하겠어. 거 왜 애들이 유리창을 깰 수도 있는 거 아냐." 맥이 넌지시 찔렀다. "누가 잘 지켜보지 않으면 불이 나기도 하고 그러거든."

리는 고개를 뒤로 젖히고 반쪽짜리 안경으로 맥의 눈을 들여다보았다. 생각이 깊어지면서 고무 매트를 두드리는 손가락의 속도가 느려졌다. 맥의 눈에는 선한 의도와 선한 동료의식과 모두를 행복하게 해주고 싶다는 바람이 담겨 있었다. 그런데 왜 리청은 약간은 포위된 듯한 느낌을 받는 것일까? 왜 그의 마음은 선인장 사이를 통과하는 고양이처럼 살금살금 앞을 짚어나가는 것일까? 그 제안은 기분 좋게 제시된 것이었다. 박애 정신마저 느껴질 정도였다. 그럼에도 리의 생각은 여러 가지 가능성, 아니 거의 틀림없는 일들을 향해 펄쩍 뛰어나갔다. 매트를 두드리는 손가락의 속도는 더 느려졌다. 자신이 맥의 요청을 거부하는 모습이 눈에 보였고, 이어 깨진 유리창이 보였다. 그러면 맥은 두 번째로 리의 건물을 감시하고 지켜주겠다고 제안하겠지. 다시 거절하면, 이번에는 연기 냄새가 나고 벽을 따라 작은 불꽃들이 기어올라갈 거야. 맥 패거리는 불 끄는 것을 도우려 할 것이고. 리의 손가락이 거스름돈 매트에서 부드럽게 정지했다. 졌다. 그도 그것을 알았다. 이제 그에게는 체면을 살릴 일만 남았고, 맥은 그 점에 대해서는 아주 관대하게 나올 것이다. 리가 말했다. "그 건물 세를 내고 싶어? 호텔 사는 거처럼 거기 살고 싶어?"

맥은 활짝 웃음을 지었다. 과연 그는 관대하게 나왔다. "어디 보자." 맥이 소리쳤다. "그것도 괜찮은 생각이군. 좋아. 얼마면 될까?"

리는 생각해보았다. 그러나 얼마를 부르든 상관없다는 것을 잘 알고 있었다. 어차피 받지 못할 돈이었다. 따라서 체면을 살릴 수 있을 만큼 빡빡하게 정해도 아무 상관이 없을 터였다. "일주일 오 달러." 리가 말했다.

맥은 끝까지 장단을 맞춰주었다. "우리 애들하고 얘기 좀 해봐야겠군." 맥은 결정하기 어렵다는 투로 말했다. "혹시 일주일에 사 달러로는 안 될까?"

"오 달러." 리가 단호하게 말했다.

"흠, 우리 애들이 뭐라는지 물어봐야겠군." 맥이 말했다.

어차피 이렇게 될 일이었다. 모두 행복했다. 혹시 리청이 손해를 보았다고 생각할지 모르겠지만, 적어도 리의 생각은 그런식으로 움직이지 않았다. 창문은 깨지지 않았다. 불도 나지 않았다. 세입자들은 세를 낸 적이 없지만, 그들에게 돈이 생길 경우, 실제로 자주 생기기도 했는데, 그 돈을 리청의 가게 외에 다른곳에서 쓴다는 생각은 해본 적이 없었다. 이제 리는 소규모의 적극적이고 잠재적인 단골 집단을 감추어둔 셈이었다. 그러나 거기서 끝이 아니었다. 술 취한 사람이 식료품점에서 주정을 하면, 아이들이 약탈을 목적으로 뉴 몬터레이에서 떼 지어 몰려오면, 리청의 요청 한마디에 세입자들이 득달같이 달려왔다. 여기에한 가지 유대가 더 확립되었다. 자신에게 은혜를 베푼 사람의 물건을 훔칠 수는 없는 노릇 아닌가. 그렇게 해서 리청이 절약하는콩 캔이며 토마토며 우유나 수박이 안 들어오는 집세를 채우고도 남았다. 그 대신 뉴 몬터레이의 식료품점에서 갑자기 사라지는 물건이 늘어났다 해도, 그것은 리청이 알 바 아니었다.

맥 패거리가 들어가고 어분은 나왔다. 그 건물은 그때부터 팰리스 플롭하우스 앤드 그릴이라고 부르게 되었지만, 누가 그런 이름을 지었는지는 아무도 몰랐다. 파이프 안이나 삼나무 밑에는 우리 문명의 표징이자 경계이기도 한 가구나 다른 작고 고상한 것들이 들어설 여지가 없었다. 그러나 팰리스 플롭하우스에 입주한 맥 패거리는 건물을 꾸미기 시작했다. 의자가 한 개 나타나더니, 간이침대 하나, 이어 의자가 하나 더 나타났다. 철물점에서는 빨간 페인트 한 통을 제공했다. 주기 싫어했다고는 할 수 없는 것이, 철물점에서는 자기네가 주었다는 사실을 전혀 몰랐다. 맥 패거리는 새 탁자나 발판이 생기면 거기에 칠을 했다. 그러면 아주 예쁘기도 할뿐더러, 혹시 그 물건의 전 소유자가 안을 들여다볼 경우 원래 모습을 어느 정도 감추는 효과도 있었다. 마침내 팰리스 플롭하우스 앤드 그릴이 기능을 하기 시작했다. 맥 패거리는 문 앞에 앉아 철로 건너, 공터 건너, 도로 건너 웨스턴 생물학 연구소의 창문을 똑바로 볼 수 있었고, 밤이면 연구소에서 흘러나오는 음악도 들을 수 있었다. 그들은 길을 건너 리청의 가게로 맥주를 사러 가는 닥을 눈으로 좇았다. 맥이 말했다. "닥은 좋은 사람이야. 우리가 뭘 좀 해줘야 돼."

2

'말'은 사람과 장면, 나무, 식물, 공장, 베이징 사람을 빨아들이는 상징이고 기쁨이다. 그러면 '사물'은 '말'이 되었다가, 다시 '사물'로 돌아간다. 그러나 이때 '사물'은 환상적인 무늬를 이루는 날줄과 씨줄이 된다. '말'은 캐너리 로를 빨아들이고, 소화하고, 토해낸다. 그러면 캐너리 로는 녹색 세계와 하늘이 비치는 바다처럼 은은하게 반짝이기 시작한다. 리청은 중국인 식료품상 이상의 존재이다. 틀림없다. 어쩌면 그는 악하게 균형이 잡힌 사람이며 선에 의해 허공에 매달린 상태를 유지하는지도 모른다. 노자(老子)의 인력 때문에 궤도를 벗어나지 못하지만, 주판과 금전등록기의 원심력 때문에 노자로부터 거리를 두는 아시아의 행성인 셈이었다. 리청은 그렇게 허공에 매달린 상태에서 자전을 하며 식료품과 유령들 사이를 공전한다. 콩 캔을 들었을 때는 단단한 사람이지만 할아버지의 뼈를 들었을 때는 부드러운 사람이다. 리청은 차이나 포인트의 무덤을 파 노란 뼈들을 찾아 냈다. 두개골에는 밧줄 같은 회색 머리카락이 그대로 달려 있었 다. 리는 뼈, 대퇴골, 곧은 정강이뼈를 조심스럽게 썼다. 두개골 을 가운데 두고, 엉덩뼈와 쇄골로 그것을 둘러싸고, 갈비뼈는 양 쪽에 둥글게 배치했다. 리청은 상자에 담은, 곧 부서질 것 같은 할아버지를 서쪽 바다 너머로 보내, 마침내 조상들이 신성시하 는 땅에 눕게 했다.

맥 패거리도 자기네 궤도에서 자전을 한다. 그들은 공포와 굶 주림에 사로잡힌 사람들이 먹을 것을 얻으려고 복부를 가격하며 싸우고, 사랑에 굶주린 사람들이 자기 주위의 사랑할 만한 모든 것을 파괴해버리는 몬터레이, 우주적인 몬터레이의 모든 것을 다급하게 난도질해버릴 듯한 광기 속에서 '덕'이고, '자비'이고, '미(美)'이다. 그래, 맥 패거리는 '덕'이고, '자비'이고, '미'이 다. 궤양에 시달리는 호랑이가 다스리고, 협착에 걸린 황소가 후 벼 파고, 눈먼 자칼이 주검을 파먹는 세상에서, 맥 패거리는 호 랑이와 신중하게 식사를 하고, 곧 미칠 듯한 어린 암소를 쓰다듬 고, 캐너리 로의 갈매기들에게 줄 부스러기를 모은다. 세상 전부 가 자기 것이 된다 한들 위궤양과 전립선 비대증에 걸린 채 원근

겸용 안경을 쓰고 있다면 무슨 득이 있을까? 덫에 걸리고, 독을 먹고, 올가미에 걸린 남자들이 맥 패거리에게 쓸데없는 놈들이라고, 끝이 나쁠 놈들이라고, 동네의 오점이라고, 도둑, 악당, 부랑자라고 소리를 지르는 동안, 맥 패거리는 덫을 멀리하고 독을 피해 걸었으며, 올가미를 건너뛰었다. 코요테, 흔하디흔한 갈색 쥐, 참새, 집파리와 나방에게 생존이라는 선물을 주신 자연에 계신 우리 아버지는 쓸데없는 놈들과 동네의 오점과 부랑자, 그리고 맥 패거리에게 크고 넘치는 사랑을 베풀어주신 것이 틀림없다. 덕과 자비와 게으름과 열정. 자연에 계신 우리 아버지여.

3

리청의 가게는 공터 오른쪽에 있다(이 터에는 낡은 보일러, 녹슨 파이프, 크고 네모난 목재, 거기에 오 갤런들이 깡통까지 잔뜩 쌓여 있는데, 왜 이곳을 공터라고 부르는지는 아무도 모른다). 공터 뒤쪽으로 올라가면 철로와 팰리스 플롭하우스가 나온다. 그리고 공터 왼쪽 경계에는 엄숙하고 당당한 도라 플러드의 매음굴이 있다. 품위 있고, 깨끗하고, 정직하고, 구식인 곳으로, 남자들이 친구들과 함께 맥주 한잔을 할 수 있는 장소이다. 이곳은 믿을 수 없는 싸구려 하급 가게가 아니라 견실하고 고결한 클럽으로, 도라가 세우고 유지하고 규율을 잡은 곳이다. 도라는 오십 년 동안 마담과 아가씨 역할을 했으며, 요령과 정직성, 자선과 독특한 현실감각 등의 특별한 재능을 활용하여 똑똑하고 학식 있고 친절한 사람들의 존경을 받아왔다. 또한 바로 그런 특징 때문에 비틀리고 음탕한 기혼 독신녀 집단으로부터 미움을 받는다. 이 기혼 독신녀의 남편들은 집을 존중하기는 하지만 별로 좋아하지는 않는다.

도라는 훌륭한 여자다. 훌륭하고 큼지막한 여자로, 머리는 타오르는 오렌지빛이며, 푸르스름한 담녹색 이브닝드레스를 좋아한다. 도라는 정직하게 일물일가(一物一價)의 원칙으로 가게를 운영하며, 독한 술을 팔지 않고, 자기 가게에서 시끄럽고 천박하게 떠드는 것은 금한다. 아가씨 몇 명은 나이와 병 때문에 매우 무기력하지만, 도라는 절대 그들을 내치지 않는다. 물론 그들 가운데 몇 명이 한 달에 세 번도 제대로 해내지 못하면서 하루에 세끼는 꼬박꼬박 먹는다고 투덜대기는 하지만. 동네를 사랑하게 되었을 때 도라는 자기 가게에 베어 플래그 식당이라는 이름을 붙였으며, 그 뒤로 이 식당에 샌드위치를 먹으러 간 사람들 이야기가 많이 흘러다닌다. 이 가게에는 늙은 아가씨를 포함하여 보통 종업원이 열두 명 있고, 거기에 그리스인 주방장, 말은 경비원이지만 온갖 까다롭고 위험한 일은 다 하는 남자가 하나 있다. 그는 싸움을 말리고, 술주정뱅이를 내쫓고, 히스테리를 달래고, 두통을 치료하고, 바를 책임진다. 찢어진 곳과 멍든 곳에 붕대를 감아주고, 경찰과 시간을 보내고, 여자들 가운데 반이 크리스천

사이언티스트이기 때문에 일요일 아침이면 『사이언스 앤드 헬스』를 큰 소리로 읽어준다. 그의 전임자는 그보다 균형이 잡히지 못한 사람이라, 앞으로 말하겠지만 끝이 나빴다. 그러나 앨프리드는 환경에 승리를 거두었으며, 환경이 자신을 따라오게 만들었다. 그는 어떤 사람이 거기 있어야 하고, 어떤 사람이 없어야 하는지 안다. 그는 몬터레이의 누구보다 이곳 시민의 가정생활을 많이 알고 있다.

도라로 말하자면, 불안정한 생활을 하고 있다. 법에 어긋나게, 적어도 글자 그대로의 법에는 어긋나게 살지만, 그럼에도 다른 누구보다 법을 두 배로 지켜야 하기 때문이다. 술주정뱅이도 없어야 하고, 싸움도 없어야 하고, 천박함도 없어야 한다. 아니면 도라네 가게는 문을 닫아야 한다. 또 불법이기 때문에 도라는 특별히 박애주의적일 수밖에 없다. 모두가 도라에게서 뭘 뜯어내려 하니까. 경찰이 연금 기금 마련을 위한 무도회를 열어 모두 일 달러씩 내면 도라는 오십 달러를 내야 한다. 상업회의소에서 정원을 다시 꾸미면 상인들은 모두 오 달러씩 내지만 도라한테는 백 달러를 내라고 하고 또 실제로 그렇게 낸다. 적십자, 공동모금, 보이스카우트 모두 마찬가지이다. 도라 스스로 떠벌리지도 않고 공표되지도 않는, 그녀의 뻔뻔스럽고 더러운 죄의 값은 기부금 가운데 항상 최고액이었다. 그러나 도라가 가장 큰 타격을 받은 것은 대공황 때였다. 평소의 자선금 외에도 도라는 캐너리 로의 배고픈 아이들과 실직한 아버지들과 근심 많은 여자들을 보살폈으며, 이 년 동안 여기저기에 먹을 것을 사다 나르느라 거의 파산할 지경에 이르렀다. 도라네 아가씨들은 훈련을 잘 받았고 유쾌했다. 이들은 전날 밤에 가게에 왔던 남자라 해도 길거리에서는 절대 말을 걸지 않았다.

현재 경비원인 앨피가 들어오기 전에 베어 플래그 식당에서는 모두를 가슴 아프게 한 비극이 발생했다. 이전 경비원은 이름이 윌리엄으로, 피부가 거무스름하고 외로워 보이는 남자였다. 그는 낮에 할 일이 별로 없을 때는 여자들과 함께 있는 것이 지겨워지곤 했다. 창문으로는 맥 패거리가 햇볕이 잘 드는 공터의 파이프에 앉아 아욱풀 속에 발을 대롱거리며, 중요하지는 않지만 재미있는 일들에 관해 느릿느릿 철학적으로 담론을 나누는 모습이 보였다. 가끔은 올드 테니스 슈즈 한 파인트짜리를 꺼내 소매로 병목을 쓱 닦아낸 다음 차례차례 입에 무는 모습도 볼 수 있었다. 윌리엄은 자기도 거기 끼었으면 하고 바라기 시작했다. 그러다 어느 날 걸어나가 파이프에 앉았다. 맥 패거리는 대화를 멈추었고, 불안하고 적대적인 정적이 깔렸다. 잠시 후 윌리엄은 쓸쓸하게 베어 플래그로 돌아갔다. 창문으로 보니 대화가 다시 피어오르고 있었다. 가슴이 아팠다. 그는 얼굴이 거무스름하고 못생겼으며, 생각에 잠기면 입까지 뒤틀렸다.

다음 날 윌리엄은 다시 갔다. 이번에는 위스키 한 파인트를 들고 갔다. 맥 패거리는 위스키를 받아 마셨다. 그들도 정신 나간 사람들은 아니었으니까. 그러나 그들이 나눈 이야기라고는 "행운을 빌어"와 "지켜보고 있어"뿐이었다.

한참 뒤 윌리엄은 베어 플래그로 돌아갔고, 창문을 통해 그들을 지켜보았다. 맥이 목청을 높여 말하는 소리가 들렸다. "하지만 젠장, 나는 포주가 싫어!" 윌리엄은 몰랐지만 이는 전혀 사실이 아니었다. 맥 패거리는 그냥 윌리엄이 싫었던 것이다.

어쨌든 윌리엄은 상심했다. 부랑자들이 그를 자기네 사회에 받아들여주지 않았기 때문이다. 그를 자기들보다 한참 아래로 본 것이다. 윌리엄은 내성적이고 늘 자기를 탓하는 사람이었다. 그는 모자를 쓰고 걸어나가, 바다를 따라 등대까지 갔다. 이윽고 파도가 두드려대는 소리가 끊이지 않는 작고 예쁜 공동묘지에 들어섰다. 윌리엄은 어둡고 음침한 생각에 잠겼다. 아무도 나를 사랑하지 않아. 아무도 나에게 관심이 없어. 사람들은 나를 경비원이라고 부를지 모르지만 사실 나는 포주야. 더러운 포주야. 세상에서 제일 비천한 존재야. 그러다가 윌리엄은 자신에게도 남들처럼 행복하게 살 권리가 있다는 데 생각이 미쳤다. 정말이지, 나도 그럴 권리가 있어. 윌리엄은 화가 나서 가게로 돌아갔지만,

베어 플래그에 도착해 층계를 올라갈 때는 이미 화가 다 풀렸다. 저녁이었다. 주크박스에서는 〈가을의 보름달〉이 흘러나왔다. 윌리엄은 자기를 낚은 첫 창녀가 그 노래를 좋아했다는 기억이 떠올랐다. 그 여자는 달아나서 결혼을 하더니 사라져버렸다. 그 노래를 들을 때면 윌리엄은 몹시 슬펐다. 윌리엄이 들어갔을 때 도라는 뒷방에서 차를 마시고 있었다. 도라가 물었다. "왜 그래, 어디 아파?"

"아니요." 윌리엄이 말했다. "그렇지만 그게 무슨 소용이 있어요? 기분이 더러운데. 이러다 죽어버릴 것 같아요."

도라는 나름대로 신경증 환자들을 다룰 만큼 다루어본 여자였다. 농담으로 받아쳐서 빠져나오게 하라, 이것이 그녀의 모토였다. "그럼 근무시간이 아닐 때 죽도록 하고, 바닥 깔개는 더럽히지 마."

윌리엄의 마음 위에 축축한 잿빛 구름이 끼었다. 그는 천천히 밖으로 나가 복도를 따라 걸어가다 에바 플래니건의 방문을 두드렸다. 붉은 머리의 에바는 매주 고해를 하러 갔다. 그녀는 형제자매가 많은 대가족 출신으로 매우 영적인 여자였으나 예측할 수 없는 주정뱅이이기도 했다. 에바가 매니큐어를 바른답시고 손톱을 형편없이 망쳐놓고 있을 때 윌리엄이 들어왔다. 윌리엄은 에바가 술에 취했다는 것을 알았다. 도라는 술 취한 여자에

겐 일을 시키지 않았다. 매니큐어를 손가락 첫번째 관절에까지 묻힌 에바는 화가 나 있었다. "뭐가 고민이야?" 그녀가 말했다. 윌리엄도 화가 났다. "난 죽어버릴 거야." 윌리엄이 사납게 대꾸했다.

에바가 날카롭게 비명을 질렀다. "그건 더럽고, 지저분하고, 악취가 나는 죄악이야." 그녀는 큰 소리로 말하더니 덧붙였다. "내가 오랜만에 겨우 기분이 내켜서 이스트 세인트루이스에나 가볼까 했더니 가게를 엉망으로 만들어 옴짝달싹도 못하게 만들겠다는 식이로군. 너는 아무짝에도 쓸모없는 놈이야." 에바는 계속 소리를 질렀다. 윌리엄은 방에서 나가 문을 닫고 주방으로 갔다. 여자들이 너무 지겨웠다. 여자들한테 시달린 뒤이니 그리스인을 보면 좀 마음이 편해질 것 같았다.

커다란 앞치마를 두르고 소매를 걷어 올린 그리스인은 넓은 프라이팬 두 개에 돼지고기 토막을 튀기고 있었다. 그는 얼음 깨는 송곳으로 고기를 뒤집었다. "여, 키츠. 어떤가?" 팬에서 돼지고기들이 쉭쉭, 획획 소리를 냈다.

"모르겠어, 루." 윌리엄이 말했다. "가끔 우리가 할 수 있는 가장 좋은 일은 이거라고 생각해. 쓰윽!" 윌리엄이 손가락으로 목을 그었다.

그리스인은 얼음송곳을 스토브에 넣더니 소매를 더 높이 걷

었다. "내가 들은 얘기를 해주지, 키츠. 내가 들은 바로는 말이
야, 입으로 그런 얘기를 하는 사람은 실제로는 절대 그렇게 하지
않는다더군." 윌리엄이 얼음송곳으로 손을 뻗더니, 편하게 송곳
을 쥐었다. 그리고 그리스인의 거무스름한 눈 깊은 곳을 들여다
보았다. 믿지 않는다는 표정과 재미있다는 듯한 표정이 섞여 있
었다. 윌리엄이 계속 물끄러미 바라보자, 그리스인의 눈이 곤혹
스러워하는 쪽으로 바뀌더니, 이윽고 걱정하는 쪽으로 옮겨갔
다. 윌리엄은 그 변화를 보았다. 그리스인이 처음에는 윌리엄이
그럴 수도 있다고 생각을 하다가, 이윽고 정말로 그렇게 할 것이
라고 생각을 바꾸는 것을 보았다. 그리스인의 눈에서 그것을 본
순간 윌리엄은 그렇게 해야만 하는구나 하고 생각했다. 슬펐다.
이제는 그것이 어리석은 일로 여겨졌기 때문이다. 그의 손이 위
로 올라갔다. 얼음송곳이 심장을 파고들었다. 얼마나 쉽게 들어
가는지 놀라울 지경이었다. 윌리엄 뒤에 앨프리드가 경비원으로
왔다. 모두 앨프리드를 좋아했다. 그는 언제라도 맥 패거리와 파
이프에 앉을 수 있었다. 심지어 팰리스 플롭하우스에도 찾아갈
수 있었다.

4

　어스름 녘에 캐너리 로에 묘한 일이 생겼다. 석양이 지고 가로등이 켜지기 전, 짧지만 고요한 잿빛의 시간에 벌어진 일이었다. 한 늙은 중국인이 언덕을 내려와 팰리스 플롭하우스를 지나, 판잣길을 따라 내려가 공터를 가로질렀다. 오래된 납작한 밀짚모자, 상하의 모두 파란 진, 거기에 묵직한 구두 차림이었다. 구두 한 짝은 밑바닥이 떨어져 걸을 때 바닥에 찰싹거렸다. 손에는 덮개를 덮은 고리버들 세공 바구니를 들고 있었다. 여윈 얼굴은 갈색이었으며 육포처럼 비비 틀렸다. 늙은 눈도, 심지어 흰자위조차 갈색이었다. 두 눈은 깊이 자리를 잡아 마치 구멍에서 내다보는 것 같았다. 그는 딱 어스름 녘에 나타나 도로를 건너더니, 웨스턴 생물학 연구소와 헤디온도 통조림공장 사이의 공터를 가로

질렀다. 이어 작은 해변을 가로지르더니 잔교를 지탱하는 말뚝과 강철 기둥들 사이로 사라졌다. 아무도 새벽 전에 그를 다시 보지 못했다.

그러나 새벽에, 그러니까 가로등은 꺼지고 날은 아직 밝지 않았을 때, 늙은 중국인은 말뚝들 사이에서 기어나와 해변과 도로를 가로질렀다. 이제 고리버들 세공 바구니는 무겁고 축축했고 물이 뚝뚝 들었다. 떨어진 구두 바닥은 길을 철퍼덕철퍼덕 때렸다. 그는 언덕을 올라가 두번째 도로로 들어서더니, 높은 판자 담장에 달린 문으로 들어가 저녁 전에는 다시 눈에 띄지 않았다. 잠자던 사람들은 그의 구두가 철퍼덕거리며 지나가는 소리를 듣고 잠깐 잠을 깼다. 몇 년째 일어나는 일이지만 아무도 이 노인에게 익숙해지지 못했다. 어떤 사람들은 그가 신이라고 생각했으며, 아주 늙은 사람들은 죽음이라고 생각했다. 그리고 늙고 낯선 것은 모두 웃기다고 생각하는 어린아이들은 그를 아주 웃기는 늙은 중국인이라고 생각했다. 그러나 아이들은 보통의 경우와는 달리 그를 놀리거나 소리를 지르지는 않았다. 뭔가 작은 공포의 구름 같은 것이 그를 따라다녔기 때문이다.

오직 샐리너스 출신의 용감하고 아름다운 열 살짜리 소년 앤디만이 이 늙은 중국인과 맞선 적이 있었다. 앤디는 몬터레이에 놀러온 아이로, 이 노인을 보자 자신의 자존심을 지키기 위해서

라도 소리를 질러 놀려야 한다고 생각했다. 그러나 용감무쌍한 앤디마저도 작은 공포의 구름을 느꼈다. 매일 저녁 지나가는 노인을 보면서 앤디의 의무감과 공포는 갈등을 일으켰다. 그러던 어느 날 저녁 앤디는 마음을 다잡고 날카로운 가성으로 노래를 부르며 노인의 뒤를 따라갔다. "칭-칭 중국인이 철로에 앉아 있다네. 백인이 와서 꼬리를 잘라버렸다네."

노인이 발을 멈추고 뒤를 돌아보았다. 앤디도 발을 멈췄다. 짙은 갈색 눈이 앤디를 보았고, 밧줄처럼 비비 꼬인 얇은 입술이 움직였다. 그다음에 일어난 일을 앤디는 절대 설명할 수도 없고 잊을 수도 없었다. 두 눈이 점점 커져 마침내, 눈만 남고 중국인은 사라졌기 때문이다. 이윽고 눈은 하나로 합쳐졌다. 교회 문만큼이나 커다란 갈색 눈이었다. 앤디는 그 빛나는 투명한 갈색 눈을 들여다보았다. 그 너머로 쓸쓸한 시골 풍경이 보였다. 몇 킬로미터나 평평하게 펼쳐지던 시골은 소와 개의 머리, 천막, 버섯처럼 생긴 환상적인 산맥을 만나면서 끝이 났다. 들판에는 낮고 성긴 풀밭도 있었고, 여기저기 작은 둔덕도 있었다. 둔덕마다 마멋처럼 생긴 작은 짐승이 앉아 있었다. 그 쓸쓸함 때문에, 그 풍경에서 느껴지는 황량하고 추운 외로움 때문에 앤디는 울먹였다. 세상에 아무도 없고 자기 혼자 버려진 느낌이었다. 앤디는 더 보지 않으려고 눈을 감았다. 다시 눈을 뜨자 그는 캐너리 로에 있었고, 늙은 중국인은 웨스턴 생물학 연구소와 헤디온도 통조림공장 사이를 철퍼덕철퍼덕 걸어가고 있었다. 노인을 놀렸던 아이는 앤디 하나뿐이었으며, 앤디도 두 번 다시 그를 놀리지 않았다.

5

웨스턴 생물학 연구소는 도로 건너편에서 공터를 바라보고 있었다. 리청의 식료품점은 거기서 대각선으로 오른쪽에 있었고, 도라의 베어 플래그 식당은 왼쪽에 있었다. 웨스턴 생물학 연구소는 이상하고 아름다운 물품들을 거래한다. 해면, 멍게, 말미잘, 평범한 불가사리와 더불어 버틀스타나 선스타라고 부르는 불가사리들, 쌍각류 조개, 조개삿갓, 지렁이와 조가비, 전설에 나올 듯한 다양한 작은 형제들, 바다의 살아 움직이는 꽃들, 갯민숭달팽이와 삿갓군소, 못이나 혹이나 가시가 달린 성게, 게와 반쪽 게, 작은 용처럼 생긴 것, 덥석 무는 새우, 너무 투명해서 그림자도 생기지 않는 유령새우 같은 바다의 아름다운 생물을 파는 것이다. 또한 벌레와 달팽이와 거미, 방울뱀, 쥐, 꿀벌과 독도마뱀도 판다. 이 모두가 파는 것들이다. 그외에 태어나지 않은 작은 인간도 있다. 어떤 것은 전체가 다 있고, 어떤 것은 얇게 잘라 슬라이드 위에 올려놓았다. 학생들을 위해 피를 뽑아내고 정맥과 동맥에 노란색과 파란색 물감을 집어넣은 상어도 있다. 이렇게 해놓으면 메스를 들고 피의 흐름을 따라가볼 수 있으니까. 또 정맥과 동맥에 색깔을 넣은 고양이와 개구리도 있다. 웨스턴 생물학 연구소에서는 살아 있는 모든 것을 주문할 수 있고, 조만간 그것을 얻을 수 있다.

웨스턴 생물학 연구소는 도로와 잇닿은 낮은 건물에 있다. 지하실은 선반이 있는 창고인데, 천장까지 올라간 선반에는 보존용 동물을 담은 단지들이 놓여 있다. 또한 개수대와 방부 처리를 하거나 액체를 주입하는 도구도 갖춰놓았다. 뒤뜰로 가면 바다에 박은 말뚝 위에 헛간을 짓고 지붕을 덮은 곳이 있는데, 여기에는 큰 동물을 넣어놓는 탱크가 있다. 상어와 가오리와 문어가 각자 자신의 콘크리트 탱크에 들어가 있다. 건물 앞쪽에는 위층으로 올라가는 계단이 있고, 문을 열면 사무실이 나온다. 사무실에는 뜯지 않은 우편물이 잔뜩 쌓인 책상, 서류 정리 캐비닛, 문이 닫히지 않게 고정해놓은 금고가 있다. 한번은 실수로 금고가 잠긴 적이 있는데, 아무도 번호를 몰랐다. 금고 안에는 뚜껑을 딴 정어리 통조림과 로케포트 치즈 한 토막이 있었다. 자물쇠 제

조사에서 번호를 보내주기 전에 금고 안에 있던 것들이 문제를 일으켰다. 그러자 닥이 혹시 원하는 사람이 있다면 은행에 복수를 할 수 있는 방법을 고안했다. "대여금고를 빌린 다음 그 안에 싱싱한 연어 한 마리를 넣고 여섯 달 동안 내버려두는 거야." 금고에 문제가 생긴 뒤에는 그 안에 음식 보관하는 일이 금지되었다. 대신 서류 정리 캐비닛에 보관했다. 사무실 뒤에는 방이 하나 있는데, 거기 놓인 수족관에는 많은 생물이 들어 있다. 현미경과 슬라이드와 약장, 실험실용 유리가 든 상자, 작업대와 작은 모터, 화학약품도 있다. 이 방에서는 온갖 냄새가 난다. 포르말린, 마른 불가사리, 해수와 박하, 페놀과 아세트산, 갈색 포장지와 밀짚과 밧줄 냄새, 클로로포름과 에테르 냄새, 모터에서 나는 오존 냄새, 현미경의 좋은 강철과 엷게 바른 윤활유 냄새, 바나나 기름과 고무 배관 냄새, 마르는 면양말과 장화 냄새, 방울뱀의 강하고 얼얼한 냄새, 쥐의 곰팡내 섞인 섬뜩한 냄새. 그리고 물이 찼을 때는 다시마와 조개삿갓 냄새, 물이 빠졌을 때는 소금과 물보라 냄새가 뒷문으로 들어온다.

사무실 왼쪽은 서재로 통한다. 벽은 천장에 이르기까지 모두 책꽂이다. 거기에는 팸플릿과 발췌 인쇄물이 든 상자들, 온갖 종류의 책, 사전, 백과사전, 시, 희곡이 꽂혀 있다. 벽 앞에는 훌륭한 축음기가 놓여 있고, 그 옆에 레코드 수백 장이 줄지어 있다. 창문 밑에는 붉은 목재로 만든 침대가 있고, 벽과 책꽂이에는 도미에, 엘우드 그레이엄, 티치아노, 다빈치와 피카소, 달리와 조지 그로스의 복제품들이 여기저기 눈높이 위치에 핀으로 꽂혀 있어 보고 싶으면 볼 수 있다. 의자와 벤치도 있고, 물론 침대도 있는 이 작은 방에는 한번에 무려 마흔 명이 들어갔던 적도 있다.

이 서재 혹은 음악실, 또는 뭐라고 부르든 이 방 뒤쪽에는 부엌이 있다. 가스스토브, 온수기, 개수대가 있는 좁은 공간이다. 사무실에서는 음식이 서류 정리 캐비닛에 보관되듯이, 부엌에서는 접시며 조리용 지방이며 야채가 전면이 유리인 조립식 책장에 보관되어 있다. 무슨 기발한 생각이 있었던 건 아니다. 그냥 그렇게 되었다. 부엌 천장에는 베이컨 조각이며, 살라미며, 검은 해삼 같은 것들이 걸려 있다. 부엌 뒤에는 변기와 샤워기가 있는데, 오 년 동안 새던 변기를 어느 날 영리하고 잘생긴 손님이 껌 조각으로 고쳐주었다.

닥은 웨스턴 생물학 연구소의 소유자이자 운영자다. 몸집은 작은 편이다. 그러나 그 몸집에 속으면 안 되는 것이, 그는 강단이 있고, 아주 힘이 세고, 화가 불끈 치솟으면 몹시 사납다. 닥은 턱수염을 길렀으며, 얼굴의 반은 그리스도이고 반은 사티로스다. 그의 얼굴은 진실을 말한다. 그는 많은 여자를 골치 아픈 일에서 건져주고 다른 골치 아픈 일로 집어넣었다는 소문이 있다. 닥은 뇌수술을 하는 의사의 손을 가졌으며, 마음은 서늘하면서도 따뜻하다. 닥이 차를 타고 지나가면서 개를 보고 모자에 손을 얹어 인사하면, 개는 그를 쳐다보고 웃음을 짓는다. 그는 필요하다면 뭐든지 죽일 수 있지만, 쾌락을 위해서라면 남의 감정에 상처 하나 주지 못할 것이다. 그에게는 커다란 공포가 하나 있다. 머리가 젖는 것에 대한 두려움이다. 그래서 여름 겨울 할 것 없이 늘 방수 모자를 쓰고 다닌다. 가슴까지 오는 조수 웅덩이 속을 걸어다니면서도 축축하다는 느낌을 받지 않는데, 머리에 비 한 방울만 떨어져도 공포에 사로잡힌다.

긴 세월이 흐르면서 닥은 자신도 미처 몰랐을 정도로 굳건하게 캐너리 로에 자리를 잡았다. 그는 철학과 과학과 예술의 원천이 되었다. 도라의 가게 아가씨들은 연구소에서 단선율 성가와 그레고리오 성가를 처음 들어보았다. 리청은 영어로 읽어주는 이백(李白)의 시에 귀를 기울였다. 화가 앙리는 처음으로 〈사자의 서〉를 듣고 너무 감동을 받아 매체를 바꾸어버렸다. 풀, 쇠의 녹, 색을 입힌 닭털로 그림을 그리다가, 갑자기 생각을 바꾸어 다음 네 작품은 여러 가지 견과의 껍질로만 그린 것이다. 닥은 아무리 허무맹랑한 소리라도 귀 기울여 듣고는 그것을 어떤 지혜로 바꾸어주었다. 그의 정신에는 한계가 없었고, 그의 공감에는 비꼼이 없었다. 그는 아이들하고도 이야기를 나누었다. 아주 심오한 이야기를 아이들이 이해할 수 있도록 들려주곤 했다. 그는 경이의 세계, 흥분의 세계에 살았으며, 토끼처럼 정욕이 강했고 지옥처럼 부드러웠다. 그를 아는 모두가 그에게 빚을 지고 있었다. 그가 머릿속에 떠오르면 모두 이런 생각을 했다. "정말이지 닥에게 뭔가 좋은 일을 좀 해줘야 하는데."

6

닥은 반도 끄트머리에 있는 '큰 조수 웅덩이'에서 해양 생물을 채집했다. 이곳은 굉장한 곳이다. 물이 들어오면서 생긴 파도가 휘저은 웅덩이는 거품 때문에 크림처럼 변하고, 암초 위의 경적 부이* 쪽에서 밀려오는 물결의 채찍을 맞는다. 그러나 물이 빠지면 이 작은 물의 세계는 예쁘고 조용하게 변한다. 바다는 매우 맑아지고, 바닥은 서두르고, 싸우고, 먹고, 새끼를 낳는 동물들 때문에 환상적으로 바뀐다. 게들은 물결치는 조류(藻類)의 잎 사이를 쏜살같이 몰려다닌다. 불가사리들이 홍합과 꽃양산조개 위에 쭈그리고 앉아 수많은 작은 빨판을 붙인 다음 밀어지지

---

* 무적(霧笛)이 붙어 있어 파도의 움직임에 따라 소리가 나는 안개용 부이.

않는 힘으로 천천히 들어올리면 먹이가 바위에서 떨어져나온다. 그러면 불가사리의 위가 밖으로 나와 먹이를 둘러싼다. 주황색 점이 박힌 피리 모양의 갯민숭달팽이는 우아하게 바위 위를 미끄러져간다. 그녀의 치마가 스페인 무희의 드레스처럼 물결친다. 검은 뱀장어는 갈라진 틈에서 머리를 내밀고 먹이를 기다린다. 찰칵거리는 발톱으로 덥석 무는 새우가 요란하게 등장한다. 아름다운 색색의 세계에 유리가 덮인 듯하다. 소라게들은 흥분한 아이처럼 모래 바닥을 부리나케 달려간다. 그러다 한 마리가 자기 것보다 나은 빈 껍질을 발견하고는 잠시 적에게 부드러운 몸을 노출시켰다가 새 껍질로 쏙 들어간다. 웅덩이를 둘러싼 모래톱 위에서 파도가 부서지며 유리 같은 물을 잠시 휘젓는다. 웅덩이에 거품이 보글거리더니 이내 맑아진다. 다시 고요하고 아름답고 흉포해진다. 이곳에서는 게가 형제의 다리를 뜯는다. 말미잘은 부드럽고 찬란한 꽃처럼 몸을 펼치고는 지치고 당황한 동물에게 잠시라도 자신의 품에 누웠다 가라고 초대한다. 작은 게나 물웅덩이에 처음 들어온 귀여운 신참내기가 그 녹색과 자주색이 어우러진 초대에 응하는 순간 꽃잎들은 획 닫힌다. 찌르는 세포들이 아주 작은 마취용 바늘을 먹이에 꽂는다. 그러면 먹이는 힘을 잃는다. 어쩌면 졸음이 올지도 모른다. 그때를 놓치지 않고 살을 태우는 소화용 부식성 산(酸)이 그 먹이를 녹여버린다.

이윽고 기어다니는 살인자 문어가 슬며시 몸을 내민다. 잿빛 안개처럼 천천히, 부드럽게 움직이며, 잡초인 척했다가, 돌인 척했다가, 썩은 고기 조각인 척한다. 그러는 동안에도 사악한 염소 눈은 주위를 차갑게 살핀다. 문어는 분비물을 뿜으며 먹이를 먹는 게 쪽으로 흘러간다. 게에게 가까이 다가가자 노란 눈이 타오르고 몸이 기대와 분노로 고동치면서 장밋빛으로 바뀐다. 문어는 갑자기 돌진하는 고양이만큼이나 사납게 팔 끝으로 미끄러지듯 달리기 시작한다. 마침내 게 위로 가차 없이 뛰어오른다. 검은 액체가 퍽 뿜어져나온다. 몸부림치는 게가 먹물 구름에 가려진 동안 문어는 게를 살해한다. 물 위로 튀어나온 바위에서는 조개삿갓이 닫힌 문 뒤에서 거품을 뿜고 꽃양산조개가 말라간다. 검은 파리들이 뭐 먹을 게 있나 보려고 바위로 내려온다. 조류에서 나는 요오드의 얼얼한 냄새, 석회질 덩어리에서 나는 석회 냄새와 강력하고 변화무쌍한 것들의 냄새, 정자와 난자 냄새가 허공을 채운다. 드러난 바위 위의 불가사리는 팔 사이로 정자와 난자를 발산한다. 삶과 풍요의 냄새, 죽음과 소화의 냄새, 부패와 탄생의 냄새 때문에 공기가 묵직하다. 모래톱으로부터 소금기 섞인 물살이 바람에 실려온다. 그곳에서 바다는 다시 큰 조수 웅덩이로 돌아가려고 조수의 힘이 치솟기를 기다린다. 암초 위에서는 경적 부이가 황소처럼 슬프고 애처롭게 울부짖는다.

닥과 헤이즐은 웅덩이에서 함께 일을 했다. 펠리스 플롭하우스에서 맥 패거리와 함께 사는 헤이즐은 자기 삶의 진행만큼이나 우연한 방식으로 그 이름을 얻었다. 그의 걱정 많은 어머니는 팔 년 동안 자식 일곱을 낳았다. 헤이즐은 여덟째였는데, 어머니는 그가 태어났을 때 그의 성별에 혼란을 느꼈다. 그렇지 않아도 일곱 자식과 그들의 아버지를 먹이고 입히느라 지치고 쇠약해진 판이었다. 그녀는 종이꽃을 만들고, 집에서 버섯을 키우고, 고기와 모피를 얻기 위해 토끼를 기르는 등 돈을 벌려고 가능한 모든 방법을 동원했다. 반면 그녀의 남편은 그녀를 돕는답시고 캔버스 천으로 만든 의자에 앉아 조언과 추론과 비판을 하곤 했다. 그녀에게는 생명보험을 판다고 알려진 헤이즐이라는 대고모가 있었다. 그녀는 여덟째에게 헤이즐이라는 이름을 붙여주었는데, 나중에야 헤이즐이 남자애라는 생각이 들었다. 그러나 그때는 그 이름에 너무 익숙해져 굳이 바꾸고 싶지가 않았다. 헤이즐은 성장하면서 초등학교에 사 년을 다니고, 소년원에 사 년을 있었다. 그러나 두 곳 어디에서도 아무것도 배우지 못했다. 소년원에서는 타락과 범죄를 가르친다고 하지만, 헤이즐은 별 관심이 없었다. 그는 소년원을 나올 때 분수와 장제법(長除法)을 모르듯이 타락도 몰랐다. 헤이즐은 대화를 듣는 걸 아주 좋아했지만 상대방의 말에 귀를 기울이지는 않았다. 그냥 대화의 어조에만 귀를 기울였다. 질문을 던지는 것도 답을 들으려는 것이 아니라 흐름을 이어가려는 것일 뿐이었다. 헤이즐은 스물여섯 살이었다. 머리는 거무스름했으며, 유쾌하고, 튼튼하고, 선선하고, 의리가 있었다. 그는 닥과 함께 채집을 자주 나갔는데, 한번 요령을 터득하자 아주 능숙하게 일했다. 그의 손가락은 문어처럼 기어가서 말미잘처럼 쥐고 놓지 않았다. 미끄러운 바위에서도 발을 헛디디지 않았으며, 사냥을 좋아했다. 닥은 방수 모자에 긴 고무장화 차림이었지만, 헤이즐은 테니스 운동화에 파란 진 차림으로 절벅거리고 다녔다. 그들은 불가사리를 채집했다. 닥이 삼백 마리를 주문받았기 때문이다.

헤이즐은 혹이 달린 옅은 자줏빛 불가사리를 웅덩이 바닥에서 집어들어 거의 가득 찬 마대 자루에 던져 넣었다. "이걸 가지고 뭘 하는지 모르겠네요." 헤이즐이 말했다.

"뭘 가지고?" 닥이 물었다.

"불가사리 말이에요." 헤이즐이 말했다. "이걸 파시잖아요. 한 통을 채워서 보내잖아요. 그럼 이걸 산 사람들은 이걸로 뭘 하죠? 먹을 순 없잖아요."

"연구를 하지." 닥이 참을성 있게 대답했다. 벌써 수십 번이나 똑같은 질문에 답을 했다는 기억이 났다. 그러나 닥에게는 떨쳐버릴 수 없는 정신적 습관이 한 가지 있었다. 누가 어떤 질문을 하면, 답을 알고 싶어서 물어본다고 생각하는 것이었다. 닥 자신은 물론 그랬다. 닥은 알고 싶지 않으면 절대 묻지 않았다. 따라서 알고 싶지 않으면서 물어보는 뇌를 떠올릴 수 없었다. 그러나 그냥 말이 듣고 싶을 뿐인 헤이즐은 한 질문에 대한 답을 다른 질문의 기초로 삼는 체계를 개발했다. 그렇게 하면 대화가 이어졌다.

"연구해서 뭘 알아내죠?" 헤이즐이 질문을 이어갔다. "그냥 불가사리일 뿐인데요. 수도 없이 많잖아요. 얼마든지 갖다줄 수 있는데."

"이건 복잡하고 흥미로운 동물이야." 닥이 약간 방어적으로 말했다. "게다가 이건 중서부에 있는 노스웨스턴 대학으로 가는 거야."

헤이즐이 자신의 책략을 사용했다. "거기에는 불가사리가 없나보죠?"

"거기에는 바다가 없지."

"아!" 헤이즐은 새로운 질문거리를 찾아 미친 듯이 두리번거렸다. 그는 대화가 이런 식으로 죽어버리는 것을 싫어했다. 그러나 이미 늦었다. 그가 질문을 찾는 동안 닥이 먼저 질문을 던진 것이다. 헤이즐은 질문받는 것을 싫어했다. 질문을 받으면 답을 찾아 자신의 마음속을 두리번거려야 하는데, 마음속을 두리번거리는 일은 혼자서 텅 빈 박물관을 배회하는 것과 같았기 때문이다. 헤이즐의 마음은 분류가 되지 않은 전시물로 꽉 메워져 있었다. 그는 어떤 것도 잊지는 않았으나, 귀찮았기 때문에 한 번도 기억을 정리한 적이 없었다. 모든 것이 배 바닥의 낚시 도구처럼 함께 내던져져 있었다. 고리, 봉돌, 줄, 가짜 미끼, 작살이 모두 뒤엉켜 있는 셈이었다.

닥이 물었다. "팰리스는 어때?"

헤이즐은 손가락으로 거무스름한 머리를 빗으며 어수선한 마음속을 살폈다. "아주 좋아요. 게이란 사람이 들어와 함께 살 것 같아요. 마누라한테 엄청나게 두들겨 맞나보더라고요. 뭐, 깨어 있을 때는 맞아도 상관없대요. 그런데 그 마누라는 게이가 잠들기를 기다렸다가 팬대요. 그건 싫다네요. 그래서 일어나서 마누라를 두들겨 패는데, 다시 잠이 들면 이번에는 마누라가 게이를 또 팬대요. 도대체 쉴 수가 없어서 우리하고 함께 살겠대요."

"그건 새로운 소식인걸. 그 마누라가 전에는 영장을 받아서 게이를 감옥에 처넣겠다고 그랬는데."

"맞아요! 하지만 그건 샐리너스에 새 감옥을 짓기 전 얘기죠. 게이가 전에 감옥에 삼십 일을 갔다 왔는데, 그때는 나오고 싶어 죽겠더래요. 하지만 이 새 감옥은 감방에 라디오도 있고, 침상도 좋고, 보안관도 좋은 사람이래요. 게이는 거기 들어가면 나오고 싶지 않을 거예요. 게이가 거기를 너무 좋아하니까 그 마누라는 이제 게이를 잡아가게 할 생각을 안 해요. 그래서 게이가 자는 동안 팰 생각을 한 거예요. 정말 피를 말린다고 그러더라고요. 사실 닥도 나만큼이나 잘 아시잖아요. 게이는 자기 마누라 패는 거 절대 좋아하는 사람이 아니라는 걸. 그냥 자존심을 지키려고 그랬을 뿐이에요. 하지만 그것도 지쳤나봐요. 이제 우리하고 함께 있을 것 같아요."

닥은 허리를 폈다. 큰 조수 웅덩이를 둘러싼 모래톱 위에서 파도가 부서지기 시작했다. 물이 들어오면서 바다로부터 작은 강들이 바위들 위로 흐르기 시작했다. 경적 부이 쪽에서 바람이 새로 불어오고, 곶 너머에서 강치가 짖는 소리가 들렸다. 닥은 방수 모자를 머리 뒤로 젖혔다. "불가사리는 충분히 잡았군." 닥이 계속 말했다. "이봐, 헤이즐, 네 자루 바닥에 다 자라지 않은 전복 예닐곱 마리가 있다는 걸 알아. 그거 수렵구 관리인한테 걸리면 내 거라고 할 거지? 내가 허가를 받았다고. 안 그래?"

"어, 젠장."

"이봐. 나중에 내가 진짜로 전복 주문을 받았을 때, 수렵구 관리인이 내가 채집 허가를 너무 자주 사용한다고 생각하면 어떡하지? 관리인이 내가 그걸 먹는다고 생각하면 어떡할까?"

"어, 젠장."

"공업용 알코올 위원회와 마찬가지야. 그 사람들은 항상 의심해. 늘 내가 그 알코올을 마시는 줄 알아. 죄다 그런다고 생각해."

"어, 그럼 안 마셔요?"

"많이는 안 마시지. 거기 첨가하는 것 때문에 맛이 형편없거든. 그걸 다시 증류하는 건 너무 큰일이고."

"그렇게 나쁘진 않던데. 나하고 맥하고 며칠 전에 마셔봤거든요. 거기 첨가하는 게 뭐예요?"

닥은 답을 하려다가 이 역시 헤이즐의 책략임을 알았다. "움직이자." 닥은 불가사리 자루를 어깨에 멨다. 헤이즐의 자루 바닥에 있는 불법 전복은 잊어버렸다.

헤이즐은 닥을 따라 조수 웅덩이에서 나와 미끄러운 길을 걸어 단단한 땅에 올라섰다. 작은 게들이 미끄러지듯 날쌔게 움직여 길을 비켰다. 헤이즐은 무덤에 시멘트를 바르듯이 전복 이야기를 묻어버리는 게 좋겠다고 생각했다.

"그 화가가 팰리스에 돌아왔어요." 헤이즐이 말을 꺼냈다.

"그래?"

"네! 전에 닭털로 우리 그림을 그렸잖아요. 그런데 이제 호두껍질로 다 다시 그려야 한다네요. 매…… 매체를 바꿨다나봐요."

닥이 껄껄 웃었다. "지금도 배를 만든다던?"

"그럼요. 근데 다 바꾸어버렸어요. 새로운 종류의 배래요. 분해를 해서 바꿀 것 같아요. 닥, 그 사람이 미친 건가요?"

닥은 무거운 불가사리 자루를 바닥에 내려놓고 서서 숨을 약간 헐떡거렸다. "미쳤냐고? 아, 그래, 그런 것 같아. 우리만큼 미쳤지. 방향만 다를 뿐이야."

헤이즐은 그런 생각은 해본 적이 없었다. 그는 자신은 수정처럼 명료한 웅덩이이고, 자신의 인생은 장점을 인정받지 못해 문제가 생긴 유리와 같다고 보았다. 그래서 닥의 마지막 말에 약간 화가 났다. "하지만 그 배는……" 헤이즐이 소리를 질렀다. "그 사람은 그 배를 내가 아는 것만 해도 칠 년을 붙들고 있었어요. 나무 받침대가 썩어나가니까 콘크리트 받침대를 만들었고요. 그러다 다 끝날 때쯤 되면 바꿔서 처음부터 다시 시작해요. 그 사람은 미친 것 같아요. 배 한 척에 칠 년이라니."

닥은 땅바닥에 앉아 고무장화를 벗었다. "너는 이해 못해." 닥이 상냥하게 말했다. "앙리는 배는 좋아하지만 바다는 무서운 거야."

"그런데 배는 어디다 쓰겠다는 거예요?" 헤이즐이 따졌다.

"배를 좋아하는 거지. 하지만 배를 다 만들었다고 해보자고. 배가 완성되면 사람들은 말할 거야. '왜 그걸 물에 안 띄우는 거요?' 배를 물에 띄우면 그걸 타고 나가야 하잖아. 그런데 바다는 싫단 말이야. 그래서 봐, 절대 배를 완성하지 않는 거지. 그럼 바다에 안 띄워도 되니까."

헤이즐은 어느 지점까지는 이 추론을 따라왔지만, 결론에 이르기 전에 포기해버렸다. 포기했을 뿐 아니라 화제를 바꿀 방법을 찾았다. "미친 것 같아요." 헤이즐이 자신 없이 말했다.

채송화가 피어나는 검은 땅 위를 노린재 수백 마리가 기어다녔다. 많은 수가 꼬리를 허공으로 치켜들었다. "저 노린재들 좀 봐요." 헤이즐은 그 벌레들이 그곳에 있다는 것을 고마워하며 말했다.

"재미있구나."

"어, 왜 엉덩이를 저렇게 허공에 쳐들고 있죠?"

닥은 면양말을 벗은 뒤 말아서 고무장화에 집어넣더니, 호주머니에서 마른 양말과 얇은 모카신 한 켤레를 꺼냈다. "나도 모르겠는걸. 최근에 찾아보기는 했어. 저건 아주 흔한 동물이고 가장 흔하게 하는 짓이 꼬리를 공중으로 치켜드는 거야. 그런데 어떤 책에서도 꼬리를 공중에 쳐든다는 사실이나 그 이유를 이야기하지는 않더군."

헤이즐은 노린재 한 마리를 젖은 테니스 신발 위에 뒤집어놓았다. 반짝거리는 검은 벌레는 다시 똑바로 엎드리려고 미친 듯이 다리를 허우적거리며 안간힘을 썼다.

"어, 닥은 왜 그런다고 생각하세요?"

"내가 보기에는 기도를 하는 것 같아."

"뭐라고요!" 헤이즐은 충격을 받은 표정이었다.

"쟤들이 꼬리를 공중에 쳐든다는 사실은 놀라운 게 아냐. 정
말 믿을 수 없을 만큼 놀라운 일은 우리가 그걸 놀랍다고 생각한
다는 거지. 결국 우리는 우리 자신을 잣대로 생각할 수밖에 없
어. 우리에게 설명할 수 없는 이상한 짓이 있다면 그건 아마 기
도겠지. 따라서 쟤들도 기도를 하는 걸 거야."

"어서 여기서 나가기나 하자고요." 헤이즐이 말했다.

7

팰리스 플롭하우스는 갑자기 발전한 것이 아니었다. 사실 맥과 헤이즐과 에디와 휴지와 존스가 그곳에 들어갔을 때, 그들은 이곳을 그저 바람과 비를 막아줄 곳 정도로 여겼다. 다른 갈 곳이 다 막혔거나, 하도 들락거려 맞아주는 태도가 영 뜨뜻미지근할 때 마지막으로 갈 수 있는 곳 정도로 생각한 것이다. 그때만해도 팰리스는 넓고 텅 빈 공간에 불과했다. 두 개의 작은 창문으로 들어오는 빛은 침침했다. 페인트도 칠하지 않은 나무 벽에서는 어분 냄새가 물씬 풍겼다. 그때는 이들도 이곳을 좋아하지않았다. 그러나 맥은 이런 노략질하는 개인주의자들의 모임에는특히 어떤 조직이 필요하다고 생각했다.

총과 대포와 탱크가 없는 훈련 부대는 파괴의 장관을 흉내 내기 위해 모조 총과 위장한 트럭을 이용한다. 병사들은 차를 타고 다니며 나무총만 만져도 차츰 강해져서 결국 야포에도 익숙해지게 된다.

맥은 백묵 조각으로 바닥에 직사각형 다섯 개를 그렸다. 각각이 미터 길이에 폭은 일 미터가 조금 넘었다. 그는 각각의 사각형에 이름을 적었다. 모조 침대인 셈이었다. 다섯 사람은 각자 자신의 공간에서는 아무도 침해할 수 없는 소유권을 누렸다. 자신의 사각형을 침해한 사람과는 합법적으로 싸울 수 있었다. 방의 나머지 공간은 모두가 공유했다. 처음에는 그렇게 지냈다. 맥 패거리는 그냥 바닥에 앉거나 쭈그리고 앉아 카드를 하고, 단단한 판자에서 잠을 잤다. 날씨라는 우연만 아니었다면 그들은 그냥 그렇게 살았을 것이다. 그런데 전례 없이 많은 비가 한 달 이상 내리면서 모든 것이 바뀌었다. 집에 붙어 있게 되자 패거리는 바닥에 쭈그리고 앉는 데 싫증이 났다. 그들의 눈은 벌거벗은 나무 벽을 보고 격분했다. 이 집이 그들을 비바람으로부터 보호해주었기 때문에 그들도 점차 집을 귀중하게 여기게 된 것이다. 성난 집주인이 쳐들어오지 않는다는 것도 매력이었다. 리청은 근처에도 오지 않았다. 그러던 어느 날 오후 휴지가 캔버스 천이 찢어진 군용 간이침대를 들고 왔다. 그는 두 시간 동안 낚싯줄로 찢어진 곳을 꿰맸다. 그날 밤 다른 사람들은 바닥의 사각형 안에 누워 휴지가 우아하게 간이침대 속으로 사라지는 것을 지켜보았다. 가없는 편안함에 깊은 숨을 쉬는 소리가 들리는가 싶더니, 휴지는 다른 누구보다 먼저 잠이 들어 코를 골았다.

다음 날 맥은 고철 쓰레기장에서 발견한 녹슨 스프링 한 세트를 들고 숨을 몰아쉬며 언덕을 올라갔다. 그러자 팰리스가 술렁거리기 시작했다. 패거리는 팰리스 플롭하우스를 꾸미는 일에서 서로를 이기려고 애를 썼으며, 몇 달이 지나자 외려 지나치다 싶을 정도로 가구가 늘었다. 바닥에는 낡은 양탄자가 깔리고, 앉는 자리가 있기도 하고 없기도 한 의자들이 놓였다. 맥은 선홍색을 칠한 긴 고리버들 의자를 소유했다. 탁자도 있었다. 숫자판은 없지만 움직이기는 하는 괘종시계도 있었다. 회반죽을 칠한 벽은 밝고 가뿐해 보였다. 사진들이 나타나기 시작했다. 대부분은 믿을 수 없을 정도로 관능적인 금발 미녀가 코카콜라 병을 들고 있는 달력 사진이었다. 앙리도 닭털 시대의 그림 두 점을 선물했다. 한쪽 구석에는 금박을 입힌 부들 묶음이 세워졌고, 괘종시계 옆 벽에는 공작 깃털 한 묶음을 못으로 박아놓았다.

스토브도 한 대 구하려 했다. 그들은 원하던 것, 즉 은색의 소용돌이무늬가 있는 괴물을 발견했다. 꽃무늬 장식 오븐이 달려 있고, 앞은 니켈 판으로 튤립 정원처럼 꾸며놓은 것이었다. 그러나 그것을 가져오는 데는 문제가 있었다. 너무 커서 훔칠 수가 없었던 것이다. 맥은 얼른 병든 자식 여덟이 딸린 병든 과부 이야기를 꾸며내 그 과부를 돌보는 데 스토브가 꼭 필요하다고 했는데도 주인은 주려 하지 않았다. 주인은 일 달러 오십 센트를 요구했으며, 사흘이 지나도록 그 가격은 팔십 센트로 내려오지 않았다. 그러나 패거리는 결국 팔십 센트에 낙착을 보았고, 약식 차용증서를 써주었다. 아마 주인은 아직도 그것을 갖고 있을 것이다. 어쨌든 이 거래가 이루어진 곳은 시사이드였고, 스토브는 무게가 백오십 킬로그램 가까이 나갔다. 맥과 휴지는 열흘 동안 그것을 끌고 갈 모든 방법을 동원해보았지만, 결국 아무도 이 스토브를 집까지 옮겨주지 않으리란 것을 깨닫고 직접 옮기기로 했다. 스토브를 팔 킬로미터 떨어진 캐너리 로까지 옮기는 데 사흘이 걸렸다. 밤에는 그 옆에서 야영을 했다. 그러나 일단 팰리스 플롭하우스 안에 설치되자 스토브는 이 집의 난로로서 그 영광이자 중심이 되었다. 니켈로 만든 꽃과 잎은 기운찬 빛을 받아 반짝거렸다. 팰리스의 금니와 같았다. 불을 지피면 커다란 방이 따뜻해졌다. 오븐도 훌륭하여, 그 반짝이는 검은 뚜껑에 계란 프라이를 할 수도 있었다.

훌륭한 스토브와 함께 자부심이 찾아왔고, 자부심과 함께 팰리스는 가정이 되었다. 에디는 문 근처에 나팔꽃을 심었다. 헤이즐은 오 갤런들이 깡통에 심은 푸크시아 덤불을 얻어왔다. 약간 귀한 것이었다. 그 때문에 집 입구는 왠지 형식을 갖춘 듯한 느낌이 들면서도 좀 어수선해졌다. 맥 패거리는 팰리스를 사랑했으며, 가끔은 청소도 했다. 그들은 정착하지 못해 갈 집이 없는 사람들을 마음속으로 경멸했고, 이따금 집으로 손님을 하루 이틀 초대할 때마다 자부심을 느꼈다.

에디는 라 이다의 임시 바텐더였다. 정식 바텐더인 화이티가 아플 때마다 자리를 메웠는데, 화이티는 크게 야단을 맞지 않는 한 자주 아팠다. 그러나 에디가 자리를 메울 때마다 술이 몇 병씩 사라졌기 때문에 그럴 기회가 자주 생기지는 않았다. 그럼에도 화이티는 에디가 자기 자리를 메워주는 것을 좋아했다. 에디가 절대 그 자리를 영원히 차지하려고 노력할 사람이 아니라고 확신했기 때문인데, 그 생각은 물론 옳았다. 누구라도 에디를 이 정도는 신뢰할 수 있었다. 에디는 술을 많이 축낼 필요가 없었다. 그는 바 밑에 주둥이에 깔때기를 꽂은 일 갤런들이 주전자를 갖다두었다. 그리고 잔을 씻기 전에 남은 술을 모두 깔때기에 부었다. 라 이다에서 말다툼이나 노래가 시작될 무렵이면, 또는 늦은 밤에 화기애애한 동료애가 그 논리적 결론에 이를 무렵이면 반이나 삼분의 이가 남은 잔을 깔때기에 부을 수 있었다. 에디는 그 결과로 만들어진 펀치를 팰리스로 가져갔는데, 이 펀치는 늘 흥미로웠고 가끔은 놀랍기도 했다. 라이, 맥주, 버번, 스카치, 와인, 럼, 진은 늘 들어가는 편이었다. 가끔 지친 손님이 스팅어나 아니세트나 큐라소를 주문할 때도 있었는데, 이런 것이 조금 들어가면 펀치에서 독특한 풍미가 배어나왔다. 또 나오기 직전에 주전자에 앙고스투라를 약간 넣고 흔드는 것이 에디의 습관이기도 했다. 괜찮은 밤이면 에디는 사분의 삼 갤런을 가져왔다. 에디는 아무도 잃는 것이 없다는 데서 만족을 얻었다. 그가 관찰한 바에 따르면 사람은 한 잔에도 취하고 반 잔에도 취했다. 그러니까 그 사람이 취할 분위기이기만 하다면 말이다.

에디는 팰리스 플롭하우스에서 매우 바람직한 거주자였다. 그래서 다른 사람들은 절대 에디한테 집 청소를 도와달라고 하지 않았다. 한번은 헤이즐이 에디의 양말 네 켤레를 빨아준 적도 있었다.

헤이즐이 닥과 함께 큰 조수 웅덩이에 나와 있던 오후에도 패거리는 팰리스에 둘러앉아 에디가 최근에 가져온 술을 홀짝이고 있었다. 이 패거리의 신참인 게이도 그 자리에 있었다. 에디는 생각에 잠긴 표정으로 잔을 들어 홀짝이고는 입맛을 다셨다. "한번 터진다는 게 참 재미있어. 어젯밤도 그래. 맨해튼을 주문한 사람이 적어도 열 명은 됐어. 어떨 때는 한 달 가야 두 번도 안 들어오는데 말이야. 이런 맛이 나는 건 석류 시럽 때문이야."

맥이 맛을 보고, 잔뜩 맛을 보고 잔을 다시 채웠다. "그래." 맥이 침침한 얼굴로 말했다. "작은 것 때문에 차이가 생기는 거지." 그는 이런 보석 같은 말이 다른 사람들에게 어떻게 박혀드는지 둘러보았다.

게이만 확실한 영향을 받았다. "정말 그래요. 그게……"

"헤이즐은 어디 갔지?" 맥이 물었다.

존스가 대답했다. "닥하고 불가사리 잡으러 갔는데요."

맥이 취하지 않은 얼굴로 고개를 끄덕였다. "닥은 엄청나게 좋은 사람이야. 언제라도 이십오 센트는 줄 사람이지. 내가 다쳤을 때 매일 새 반창고를 붙여줬어. 엄청나게 좋은 사람이야."

다른 사람들도 전적으로 동의한다는 듯이 고개를 끄덕였다.

맥이 말을 이었다. "오랫동안 궁금했어. 우리가 닥을 위해 뭘 해줄 수 있을지. 뭘 좀 좋은 걸 해줘야 하는데, 닥이 좋아하는 걸로."

"여자를 좋아할 텐데." 휴지가 말했다.

"여자는 서넛 있어." 존스가 말했다. "금방 알 수 있잖아. 앞쪽 커튼을 닫고 축음기로 그 교회음악 같은 걸 틀 때가 그때거든."

맥이 꾸짖는 목소리로 말했다. "그럼 대낮에 벌거벗은 여자한테 거리에서 달리기를 시키지 않는다고 해서 닥이 독선주의자인 줄 알았어?"

"독선주의자가 뭐죠?" 에디가 물었다.

"여자를 얻을 수 없다는 거야." 맥이 말했다.

"난 또 무슨 파티 애긴 줄 알았네." 존스가 말했다.[*]

방에 정적이 깔렸다. 맥이 긴 의자에서 몸을 들썩였다. 휴지는 의자 앞다리를 바닥에 내렸다. 모두들 허공을 보다가 이윽고 맥에게로 시선을 돌렸다. 맥이 말했다. "흠!"

에디가 말했다. "닥이 무슨 파티를 좋아할까요?"

"파티가 여러 가진가?" 존스가 물었다.

맥이 생각에 잠긴 표정으로 말했다. "닥은 주전자에 들어 있는 이런 건 안 좋아할 것 같아."

"어떻게 알아요?" 휴지가 따졌다. "한 번도 권해본 적이 없잖아요."

"다 알지. 닥은 대학에 다녔어. 한번은 모피 외투를 입은 여자가 들어가는 걸 봤어. 나오는 건 못 봤지. 두시까지 봤는데 그때까지 안 나오더라고. 그 교회 음악도 들렸고. 안 돼, 닥한테 이런 걸 권할 수는 없어." 맥이 다시 잔을 채웠다.

"세 잔이 넘어가니까 정말 맛있네." 휴지가 의리 있게 말했다.

"안 돼." 맥이 말했다. "닥한테는 안 돼. 위스키여야 돼, 진짜 위스키."

---

[*] 맥이 celibate(독신주의자)를 celebrate(축하하다)로 잘못 말했기 때문에 이런 오해가 생긴 것이다.

"닥은 맥주를 좋아해요." 존스가 말했다. "늘 맥주를 사러 리의 가게에 가잖아요. 어떨 때는 한밤중에도."

맥이 말했다. "맥주를 사는 건 가라지*를 너무 많이 사는 것과 같아. 팔 도짜리 맥주를 산다고 해봐. 나머지 구십이 퍼센트의 물이니 물감이니 홉이니 그런 거에 돈을 쓰는 거잖아." 맥이 에디에게 말했다. "에디, 다음번에 화이티가 아플 때 라 이다에서 위스키 너덧 병 갖고 올 수 있을까?"

"그럼요." 에디가 말했다. "물론 가져올 수는 있죠. 하지만 그걸로 끝이죠. 황금 알을 낳는 닭은 이제 없는 겁니다. 어차피 조니가 의심하는 것 같기도 해요. 며칠 전에는 이러더라고요. '에디라는 이름의 쥐 냄새가 나.' 그래서 한동안 납작 엎드려서 주전자만 갖고 온 거예요."

"그래!" 존스가 말했다. "그 일자리는 잃지 마. 만일 화이티한테 무슨 일이 일어나면, 다른 사람을 구할 때까지 너를 일주일 동안 계속 쓸지도 모르잖아. 어쨌든 우리가 닥을 위해 파티를 열어주려면 위스키를 사야 될 것 같아. 근데 위스키가 일 갤런에 얼마지?"

"몰라." 휴지가 말했다. "난 한 번에 반 파인트 이상 산 일이

---

* 일종의 독보리로서 밀과 비슷한 잡초.

없으니까, 그것도 한 번뿐이지만. 한 쿼트가 있으면 바로 친구들이 생기지 않겠어. 하지만 반 파인트면 그전에 공터에서 다 마셔버리게 되지. 사람들이 모여들기 한참 전에 말이야."

"닥한테 파티를 열어주려면 돈이 들어." 맥이 말했다. "하지만 일단 파티를 열 거라면 멋진 파티여야 돼. 큰 케이크도 갖다놓고. 닥 생일이 언제지?"

"생일에만 파티를 하는 건 아니잖아요." 존스가 말했다.

"아니지. 하지만 멋지잖아." 맥이 말했다. "닥한테 남부끄럽지 않은 파티를 열어주려면 십이나 십이 달러는 있어야 할 것 같아."

그들은 생각에 잠긴 표정으로 서로를 보았다. 휴지가 제안했다. "헤디온도 통조림공장에서 사람을 뽑는다던데."

"아냐." 맥이 얼른 말했다. "우린 평판이 좋은 사람들이야. 그걸 망치면 안 돼. 우리 모두 일단 일자리를 얻으면 한 달 또는 그이상 다녀야 돼. 그래야 일자리가 필요할 때면 언제든지 얻을 수있어. 하루 정도만 다니다 만다고 해보자고. 우리는 끈기 있는사람이라는 평판을 잃고 말 거야. 그런 다음에는 일자리가 필요해도 아무도 안 써줄 거야." 패거리는 얼른 동의하는 뜻으로 고개를 끄덕였다.

"두어 달 일을 해야 할 것 같네요. 11월하고 또 12월에도 얼마

동안." 존스가 말했다. "크리스마스 무렵에 돈이 있으면 좋을 것 같아. 잘하면 올해에는 칠면조도 해 먹을 수 있겠다."

"물론 해 먹을 수 있지." 맥이 말했다. "저 위 카멜 계곡에 천오백 마리가 한군데 모여 있는 데를 알아."

"계곡?" 휴지가 말했다. "내가 전에 닥이 시켜서 저 위 계곡에서 채집을 했던 거 알죠? 거북이니 왕새우니 개구리니 그런 것들 말이에요. 개구리는 한 마리에 오 센트씩 받았어요."

"나도." 게이가 말했다. "한번은 개구리를 오백 마리 잡은 적도 있어."

"닥한테 개구리가 필요하면 되는 거네." 맥이 말했다. "카멜 강 위로 잠깐 소풍 좀 다녀오지 뭐. 닥한테는 이유를 말해주지 않고 있다가 끝내주는 파티를 열어주는 거야."

팰리스 플롭하우스에 조용한 흥분이 자라나기 시작했다. "게이." 맥이 말했다. "문밖 좀 봐라. 닥의 차가 집 앞에 있는지 확인해봐."

게이가 창을 내리더니 밖을 내다보았다. "아직 없는데."

"뭐, 금방 돌아올 거야." 맥이 말했다. "자, 어떻게 하나 하면……"

8

1932년 4월, 두 주 만에 세번째로 헤디온도 통조림공장의 보일러 관이 나가는 바람에 랜돌프 씨와 속기사로 이루어진 이사회는 그렇게 자주 공장을 멈추느니 새 보일러를 사는 것이 더 싸겠다고 결론을 내렸다. 시간이 지나 새 보일러가 도착했고, 낡은 보일러는 리청의 가게와 베어 플래그 식당 사이의 공터로 옮겨졌다. 랜돌프 씨가 이 낡은 보일러로 어떻게 돈을 벌지 영감이 떠오르기를 기다리는 동안 공터의 받침대 위에 세워두기로 한 것이다. 공장의 기술자들은 헤디온도의 다른 낡은 장비를 수리하는 데 사용하려고 낡은 보일러의 관을 하나씩 떼어갔다. 이제 보일러는 바퀴가 없는 구식 기관차처럼 보였다. 돌출부 한가운데 큰 문이 있었고, 한쪽에 불을 때기 위한 작은 문도 있었다. 차츰 녹이 슬면서 보일러는 벌건 색으로 바스러졌고, 주위에는 아욱이 자랐으며, 껍질이 벗겨지면서 떨어진 녹이 잡초를 먹여 살렸다. 꽃이 핀 도금양은 보일러 옆구리를 따라 기어올랐고, 야생 아니스는 주변의 공기를 향기로 물들였다. 그러다 누군가 흰독 말풀 뿌리를 하나 던졌고, 그 결과 굵고 살집이 좋은 나무가 한 그루 자라게 되었다. 보일러 문 위로 크고 하얀 종 같은 꽃들이 주렁주렁 달렸고, 밤이면 꽃에서 사랑과 흥분의 냄새가 났다. 믿을 수 없이 달콤하고 감동적인 냄새였다.

1935년 샘 맬로이 부부가 보일러 안으로 이사를 왔다. 관이 다 사라진 보일러는 널찍하고, 건조하고, 안전한 아파트가 되었다. 물론 불 때는 문으로 들어가려면 기어야 했지만, 일단 들어가면 한가운데 고개를 들 만한 공간도 있었고, 건조하고 따뜻하기가 그지없었다. 맬로이 부부는 불 때는 문으로 매트리스를 하나 들여놓고 그 안에 정착했다. 맬로이 씨는 그곳에서 행복하고 만족스러웠으며, 오랫동안 맬로이 부인도 그랬다.

언덕의 보일러 밑에는 헤디온도가 버린 커다란 파이프도 많았다. 1937년 말에는 고기가 많이 잡혀 통조림공장들이 완전 가동을 하면서 주택이 부족해졌다. 그러자 맬로이 씨는 아주 적은 돈을 받고 커다란 파이프를 독신남자용 숙소로 세를 주었다. 한쪽 끝에 타르 종이를 바르고 다른 쪽 끝에 네모난 양탄자 조각을 드리우면 안락한 침실이 되었다. 물론 몸을 웅크리고 자는 데 익숙한 사람이라면 습관을 바꾸거나 다른 데로 이사를 해야 했다. 자신의 코고는 소리가 파이프 안에서 메아리쳐 잠을 깬다고 불평하는 사람도 있었다. 그러나 전체적으로 맬로이 씨의 작은 사업은 꾸준하게 유지되었으며, 그래서 맬로이 씨는 행복했다.

맬로이 부인은 남편이 집주인이 되기 전에는 만족하고 살았지만, 그 뒤로 변하기 시작했다. 처음에는 바닥 깔개, 그다음에는 욕조, 그다음에는 색깔이 있는 비단 갓 램프가 들어왔다. 마침내 어느 날 맬로이 부인이 네 발로 기어 보일러로 들어오더니 일어서서 약간 숨을 헐떡거리며 말했다. "홀면 백화점에서 커튼 세일을 해요. 진짜 레이스가 달린 커튼인데, 테두리는 파란색하고 분홍색이에요. 커튼 막대까지 끼워서 한 세트에 일 달러 구십팔 센트예요."

맬로이 씨가 매트리스에서 일어나 앉았다. "커튼?" 맬로이 씨가 따졌다. "도대체 커튼이 왜 필요한데?"

"나는 예쁜 물건이 좋아요. 늘 당신을 위해서 예쁜 물건들을 갖고 싶었어요." 그녀의 아랫입술이 떨리기 시작했다.

"하지만, 여보." 샘 맬로이가 소리쳤다. "나도 커튼을 싫어하지 않아. 나도 좋아해."

"겨우 일 달러 구십팔 센트밖에 안 해요." 맬로이 부인의 목소리가 떨렸다. "그런데도 당신은 나한테 일 달러 구십팔 센트를 내놓는 걸 아까워해요." 그녀는 코를 훌쩍였다. 가슴이 벌렁거렸다.

"내가 왜 아까워해. 하지만 여보, 도대체 우리가 커튼을 뭐에 쓰냔 말이야. 창문이 없잖아."

맬로이 부인은 울고 또 울었다. 샘은 그녀를 품에 안고 다독거렸다.

"남자들은 여자 기분을 도무지 이해하지 못해요." 그녀는 흐느꼈다. "도대체 여자 입장에서 생각해보려고 하지를 않는단 말이에요."

그러자 샘은 그녀 옆에 누워 그녀가 잠들 때까지 오랫동안 등을 쓰다듬어주었다.

9

닥의 차가 연구소로 돌아오자, 맥 패거리는 헤이즐이 불가사리 자루 나르는 걸 돕는 광경을 몰래 지켜보았다. 몇 분 뒤 헤이즐이 축축한 모습으로 판잣길을 걸어 팰리스로 왔다. 진은 바닷물로 허벅지까지 젖었으며, 마르는 곳에는 하얀 소금 고리들이 생겨나고 있었다. 그는 자신의 소유인 에나멜가죽 흔들의자에 털썩 주저앉더니 테니스 운동화를 벗었다.

맥이 물었다. "닥은 기분이 어때?"

"좋아요. 여기 있는 사람들은 닥이 하는 말을 한 마디도 이해하지 못할 거야. 닥이 노린재를 보고 뭐라고 했는지 알아? 아냐, 말 안 하는 게 나아."

"닥이 기분이 좋나? 친하게 얘기 좀 나눌 만한 분위기야?"

"그럼요. 불가사리를 이삼백 마리나 잡았거든요. 닥의 기분은 괜찮아요."

"모두 함께 가보는 게 좋을까?" 맥이 자문하더니 스스로 대답했다. "아냐, 혼자 가는 게 좋을 거야. 우리가 다 가면 닥이 정신이 없을 테니."

"왜요?" 헤이즐이 물었다.

"계획이 있어." 맥이 말했다. "놀라지 않게 나 혼자 가야겠다. 너희들은 여기서 기다려. 곧 돌아올 테니까."

맥은 밖으로 나가 판잣길을 흔들흔들 걸어가 철로를 건넜다. 맬로이 씨는 보일러 앞에 놓인 벽돌에 앉아 있었다.

"어떠쇼, 샘?" 맥이 물었다.

"아주 좋지."

"부인은 안녕하시우?"

"아주 잘 지내지. 혹시 헝겊을 쇠에 붙일 수 있는 풀 아나?"

보통 때 같으면 맥은 앞뒤 안 가리고 그 문제로 뛰어들었을 테지만, 지금은 다른 데로 방향을 틀 수가 없었다. "모르겠는데."

맥은 공터를 가로질러, 도로를 건너, 연구소 지하실로 들어갔다.

닥은 이제 파이프가 터지지 않는 한 머리가 젖을 염려는 없었기 때문에 모자를 벗고 있었다. 젖은 자루에서 불가사리를 꺼내

서늘한 콘크리트 바닥에 늘어놓느라 바빴다. 불가사리는 매듭처럼 몸을 비비 꼬고 있었다. 불가사리는 뭔가에 달라붙는 것을 좋아하는데 지금까지 한 시간 동안 자기들밖에 없었던 것이다. 닥은 불가사리들을 여러 줄로 늘어놓았다. 그러자 불가사리들이 아주 천천히 몸을 폈다. 마침내 콘크리트 바닥에 대칭을 이루는 별들이 자리를 잡았다. 일하느라 땀이 나서 닥의 뾰족한 갈색 턱수염이 축축해졌다. 닥은 맥이 들어오자 약간 신경질적으로 고개를 들었다. 맥이 늘 문제를 들고 들어와서라기보다는 그가 오면 늘 무슨 일이 생겼기 때문이다.

"안녕하신가, 닥?" 맥이 말했다.

"괜찮네." 닥이 불편한 표정으로 대꾸했다.

"베어 플래그의 필리스 메이 이야기는 들었나? 술주정뱅이한테 한 방 먹였는데 이빨이 주먹에 박혀서 염증이 팔꿈치까지 올라갔다던데. 나한테 이빨을 보여주더라고. 틀니에서 나온 거던데. 그러니까 그게 의치 독 아닐까, 닥?"

"아마 인간의 입에서 나오는 모든 것이 독일걸." 닥이 경고하듯 말했다. "의사는 찾아가봤다던가?"

"경비원이 고쳐주었지." 맥이 말했다.

"술파제를 좀 갖다줘야겠군." 닥이 말했다. 그리고 폭풍이 불기를 기다렸다. 맥이 뭔가 일이 있어 왔다는 걸 알고 있었고, 맥도 닥이 안다는 것을 알고 있었기 때문이다.

맥이 말했다. "닥, 혹시 지금 뭐 동물 필요한 거 없나?"

닥이 안도의 한숨을 쉬며 방어적으로 물었다. "왜?"

맥은 가슴을 열고 속을 털어놓았다. "있잖아, 닥, 우리 애들이 돈이 좀 필요한데, 그냥 좀 필요해. 좋은 목적에 쓰려는 건데, 훌륭한 일에 쓴다고 할 수도 있고."

"필리스 메이의 팔을 고치는 데?"

맥은 기회가 생겼다는 걸 알았으나, 잠시 재본 뒤에 포기했다. "어, 그건 아니고. 그것보다 중요한 일이네. 창녀는 질겨서 죽이려 해도 죽지 않잖아. 이건 다른 걸세. 나하고 애들은 자네한테 뭐 필요한 게 있으면 갖다줄 수 있고, 그러면 우리도 잔돈푼 좀 만질 수 있지 않을까 하는 생각을 했지."

해될 것이 없는 간단해 보이는 일이었다. 닥은 불가사리를 네 마리 더 늘어놓았다. "개구리가 삼사백 마리 있으면 좋겠는데. 내가 직접 잡아도 되지만 오늘밤에 라호야에 가야 해서 말이야. 내일 조수가 좋아서 문어를 좀 잡아야 하거든."

"개구리 값은 같나?" 맥이 물었다. "마리당 오 센트?"

"값은 같지."

맥은 기분 좋은 표정이었다. "개구리는 걱정 마, 닥. 원하는 만큼 다 갖다줄 테니까. 개구리는 마음 푹 놓으라구. 카멜 강에서 바로 잡아오면 어떻겠나. 내가 잘 아는 데가 있는데."

"좋지. 가져오는 건 다 받겠지만, 어쨌든 필요한 건 삼백 마리쯤이야."

"마음 푹 놔, 닥. 걱정 말고 잠 푹 자란 뜻이야. 원하는 만큼 개구리를 얻게 될 테니까. 칠팔백 마리가 될지도 모르겠는데." 맥은 개구리 문제에 관해서는 장담을 했다. 그런데 맥의 얼굴에 구름 한 점이 스쳐갔다. "그런데 닥, 계곡까지 가는 데 자네 차 좀 쓸 수 있을까?"

"안 되는데. 말했잖나. 내일 물때에 맞추려면 오늘밤에 라호야까지 가야 한다고."

"아." 맥은 의기소침한 표정을 지었다. "아. 뭐, 걱정하지 마, 닥. 리청의 낡은 트럭을 타고 가도 되니까." 이윽고 맥의 얼굴이 조금 더 어두워졌다. "닥, 이런 거래를 할 때는 말이지, 휘발유값으로 이삼 달러는 선금으로 줄 수 있는 것 아닌가? 리청이 우리한테 기름은 안 줄 거거든."

"안 돼." 닥은 전에도 이런 일을 겪은 적이 있었다. 게이가 거북을 잡아 온다기에 돈을 댄 것이다. 두 주 쓸 돈을 댔는데, 두 주가 지날 무렵 게이는 부인의 고발로 감옥에 들어가 있었고, 거북은 잡으러 가지도 못했다.

"허, 그럼 못 갈지도 모르겠는걸." 맥이 처량하게 말했다.

닥은 정말로 개구리가 필요했다. 그래서 자선이 아니라 사업 측면에서 이 문제를 풀어보려 했다. "이렇게 하면 어떨까? 내가 기름을 넣을 주유소에 편지를 써주지. 그럼 기름 십 갤런을 넣을 수 있을 거야. 그럼 어떨까?"

맥이 웃음을 지었다. "좋지. 그럼 다 잘될 거야. 나하고 애들은 내일 일찍 출발하겠네. 자네가 남쪽에서 돌아오면 평생 보지 못했던 엄청난 양의 개구리를 보게 될 거야."

닥은 라벨을 붙이는 책상으로 가서 주유소의 레드 윌리엄스에게 보내는 편지를 썼다. 맥에게 휘발유 십 갤런을 내주라는 내용이었다. "여기 있네."

맥이 활짝 웃었다. "닥, 잠 푹 자게. 개구리 걱정은 할 필요도 없으니까. 자네가 여기 돌아올 때쯤이면 개구리가 가득한 요강이 여러 개 있을 테니."

닥은 약간 불안한 마음으로 맥이 떠나는 것을 지켜보았다. 맥 패거리와 거래를 하면 언제나 재미는 있었지만, 닥에게 이익이 된 적은 거의 없었다. 맥한테서 수고양이 열 마리를 샀다가 밤에 주인이 나타나 다 찾아갔던 일이 기억나자 닥은 마음이 스산해졌다. 그때 닥은 물었다. "맥, 왜 다 수고양이지?"

맥은 이렇게 대답했다. "닥, 이건 내가 생각해낸 거지만, 자네가 좋은 친구니까 말해주지. 철사로 커다란 덫을 만들고 미끼는 쓰지 않아. 그냥, 어, 그냥 암고양이만 쓰는 거지. 그렇게 하면 이 나라의 염병할 수고양이를 죄다 잡을 수 있어."

맥은 연구소에서 길을 건너 리청 식료품점의 망이 달린 문을 열고 들어갔다. 리 부인이 정육점용 커다란 도마에 베이컨을 썰고 있었다. 리의 친척 하나가 상추의 약간 시든 머리를 다듬고 있었다. 소녀가 늘어진 핑거웨이브를 다듬는 것 같았다. 커다란 오렌지 더미 위에서는 고양이가 잠을 자고 있었다. 리청은 평소와 다름없이 시가 카운터와 진열장 사이에 서 있었다. 맥이 안으로 들어가자 거스름돈 매트를 두드리던 손가락의 속도가 빨라졌다.

맥은 스파링을 하느라 시간을 낭비하지 않았다. "리, 저기 닥한테 문제가 생겼어. 뉴욕 박물관에서 개구리 주문을 잔뜩 받았대. 닥한테는 아주 중요한 거지. 그런 주문에는 돈만이 아니라 신용도 크게 걸리는 법이거든. 그런데 닥은 남쪽에 볼일이 있어서 나하고 애들이 좀 도와주기로 했지. 친구가 구덩이에 빠졌을 때는 할 수만 있다면 꺼내주는 게 도리 아니겠나. 특히 닥같이 좋은 사람이라면 말이야. 아마 닥이 여기서 한 달에 육칠십 달러는 쓸걸."

리청은 입을 꾹 다물고 지켜보기만 했다. 거스름돈 매트 위의 통통한 손가락은 거의 움직이지 않고 긴장한 고양이 꼬리처럼 약간씩 흔들리기만 했다.

맥이 논제로 뛰어들었다. "닥을 위해서 카멜 계곡으로 개구리를 잡으러 가려는데 여기 낡은 트럭 좀 쓸 수 있을까? 착하고 오랜 친구 닥을 위해서 말이야."

리청은 의기양양하게 웃음을 지었다. "트럭 못 써. 망가졌어."

그 말에 맥은 잠시 주춤했으나 곧 회복하고는 시가 카운터에 휘발유 요청 편지를 펼쳤다. "봐! 닥은 그 개구리가 정말 필요하단 말이야. 개구리를 얻으려고 휘발유를 달라는 이런 편지까지 줬잖아. 나는 닥을 실망시킬 수 없단 말이야. 그런데 말이지 게이가 솜씨 좋은 정비공이거든. 게이가 트럭을 손봐서 말짱하게 고쳐놓으면, 그걸 가져가게 해주겠어?"

리는 고개를 뒤로 젖혔다. 반쪽짜리 안경을 통해 맥을 보려는 것이었다. 그 제안에는 하나도 잘못된 점이 없는 듯했다. 트럭은 정말로 움직이지 않았고, 게이는 정말로 훌륭한 정비공이었으며, 휘발유 주문 편지는 신의의 분명한 증거였다.

"얼마나 쓸 거야?" 리가 물었다.

"한나절쯤. 아니면 하루. 뭐, 개구리를 다 잡을 때까지."

리는 걱정이 되었지만 빠져나갈 길이 보이지 않았다. 위험은 다 드러났고, 리는 그것을 모두 알고 있었다. "좋아."

"됐군." 맥이 말했다. "나도 리가 닥을 도와줄 줄 알았어. 당장 게이한테 그 트럭을 손보라고 해야지." 맥이 나가려고 돌아서다 말했다. "그런데 닥이 우리한테 개구리 한 마리당 오 센트를 준다고 했거든. 그럼 칠팔백이 손에 들어올 거야. 올드 테니스 슈즈 한 파인트만 미리 가져가면 안 될까? 개구리 갖고 와서 갚을 테니까."

"안 돼!" 리청이 말했다.

10

프랭키는 열한 살 때부터 웨스턴 생물학 연구소에 드나들었다. 일주일 정도는 그냥 지하실 문 밖에 서서 안을 들여다보기만 했다. 그러다 어느 날 문 안으로 들어가 섰다. 열흘 뒤에는 지하실 안에 있었다. 프랭키는 눈이 아주 컸고, 헝클어진 거무스름한 머리카락은 더러운 철사 같았다. 손도 더러웠다. 그는 대팻밥을 한 줌 집어 쓰레기통에 넣더니 닥을 보았다. 닥은 자주색 해파리가 담긴 표본병에 라벨을 붙이고 있었다. 마침내 프랭키는 작업대 가까이까지 다가와 더러운 손을 작업대에 올려놓았다. 거기까지 가는 데 프랭키는 삼 주가 걸렸지만, 아직도 여차하면 도망칠 태세였다.

어느 날 마침내 닥이 프랭키에게 물었다. "이름이 뭐냐?"

"프랭키요."

"어디 살아?"

"저 위에요." 언덕 위를 손가락으로 가리켰다.

"왜 학교 안 다녀?"

"학교 안 다녀요."

"왜 안 다녀?"

"저를 좋아하지 않아요."

"손이 더럽구나. 안 씻고 다니냐?"

프랭키는 화들짝 놀라더니 개수대로 가서 손을 박박 문질러 씻었다. 그 뒤로는 매일 거의 껍질이 벗겨지도록 손을 씻어댔다.

그는 매일 연구소에 왔다. 둘은 서로 별말이 없었다. 닥은 전화를 걸어보고 프랭키가 한 말이 사실임을 확인했다. 학교에서는 프랭키를 원치 않았다. 프랭키는 배울 수가 없었다. 신체 기능 조정에 약간의 문제가 있는 것 같았다. 학교에는 프랭키가 들어설 자리가 없었다. 그러나 프랭키는 백치도 아니었고, 위험하지도 않았다. 그의 부모는, 둘 다 있는지 한 명만 있는지 몰라도, 필요한 기관에 보내는 비용을 대려 하지 않았다. 프랭키는 연구소에서 자주 자지는 않았으나, 낮은 그곳에서 보냈다. 가끔 대팻밥 상자에 기어들어가 자기도 했다. 집에 문제가 있을 때 그러는 것 같았다.

80

닥이 물었다. "왜 여기 오는 거냐?"

"날 때리지도 않고 오 센트를 주지도 않잖아요."

"집에서는 때리냐?"

"집에는 늘 삼촌들이 있어요. 몇 명은 때리면서 나가라고 하고, 몇 명은 오 센트를 주면서 나가라고 하기도 해요."

"아버지는 어디 계시냐?"

"돌아가셨어요." 프랭키가 또렷하지 않은 목소리로 말했다.

"어머니는 어디 계시냐?"

"삼촌들하고 함께 있어요."

닥은 프랭키의 머리를 깎아주고 이를 잡아주었다. 그리고 리청의 가게에서 새 작업복 한 벌과 줄무늬 티셔츠를 사다주었다. 프랭키는 그의 노예가 되었다.

"사랑해요." 프랭키가 어느 날 오후에 말했다. "아, 정말 사랑해요."

프랭키는 연구소에서 일을 하고 싶었다. 그래서 매일 비질을 했다. 그러나 뭔가 잘못된 것이 있었다. 도무지 바닥을 깨끗하게 청소하지 못했다. 한번은 가재를 크기별로 분류하는 일을 도와주기도 했다. 물통에 담겨 있는 가재들을 커다란 팬 여러 개에 크기별로 나누기로 했다. 팔 센티미터짜리 따로, 십 센티미터짜리 따로, 그런 식이었다. 프랭키는 열심히 노력했다. 그러나 이마에 땀까지 맺혔음에도 제대로 하지를 못했다. 프랭키는 상대적 크기를 도무지 파악하지 못했다.

닥은 말하곤 했다. "아냐. 잘 봐, 프랭키. 네 손가락 옆에 놔봐. 그럼 어느 게 이 정도 길이인지 알 수 있잖아. 봤어? 이 가재는 네 손가락 끝에서부터 엄지 밑까지 오잖아. 자, 다른 가재를 하나 집어봐. 손가락 끝에서부터 같은 데까지 오지? 그러니까 이건 같은 크기야." 프랭키는 노력했지만 여전히 제대로 되지가 않았다. 닥이 위층으로 올라가자 대팻밥 상자로 기어들어가 오후 내내 나오지 않았다.

그러나 프랭키는 멋지고, 착하고, 친절한 소년이었다. 그는 닥의 시가에 불을 붙이는 방법을 배우더니 닥이 늘 시가를 피우길 바랐다. 시가에 불을 붙여주려는 것이었다.

프랭키는 무엇보다도 연구소 위층에서 열리는 파티를 좋아했다. 여자들과 남자들이 모여 앉아 이야기를 나누고, 커다란 축음기에서 나오는 음악에 뱃속이 고동치고, 머릿속에서 크고 아름다운 그림들이 희미하게 그려질 때, 그때를 사랑했다. 그럴 때면 프랭키는 구석에 있는 의자 뒤에 웅크려 앉았다. 그곳에 있으면 사람들 눈에 띄지 않으면서 지켜보고 귀를 기울일 수 있었다. 이해도 못하는 농담에 웃음이 터질 때면 프랭키도 의자 뒤에서 기쁘게 웃음을 터뜨렸다. 또한 대화가 추상적인 주제로 옮겨가면

이마에 깊은 주름을 잡으면서 심각한 표정으로 몰두했다.

어느 날 오후 프랭키는 마음을 모질게 먹고 모험을 하기로 했다. 연구소에서 작은 파티가 열렸다. 닥이 부엌에서 맥주를 따를 때 프랭키가 옆에 나타났다. 프랭키는 맥주잔을 잡더니 쏜살같이 문을 지나 커다란 의자에 앉아 있는 여자에게 갖다주었다.

여자가 잔을 받아들며 말했다. "어머, 고마워라." 그러고는 프랭키를 보고 웃음을 지었다.

닥이 들어서며 말했다. "그래, 프랭키는 나한테 큰 도움이 돼."

프랭키는 그 일을 잊을 수가 없었다. 마음속에서 수도 없이 되풀이해보았다. 자기가 어떻게 잔을 잡았는지, 여자가 어떻게 앉아 있었는지. 그리고 여자의 목소리. "어머, 고마워라." 그리고 닥. "나한테 큰 도움이 돼…… 프랭키는 나한테 큰 도움이 돼…… 그럼, 프랭키는 나한테 큰 도움이 돼…… 프랭키는……" 그러나 오, 맙소사!

프랭키는 큰 파티가 있을 거라고 눈치를 챘다. 닥이 스테이크와 함께 맥주를 많이 샀기 때문이다. 닥은 프랭키가 위층 전체를 청소하는 걸 돕게 해주었다. 그러나 그것은 아무것도 아니었다. 프랭키의 머릿속에서 좋은 계획이 싹트고 있었기 때문이다. 그는 어떤 일이 벌어질지 여러 번 되풀이해서 눈앞에 그려보았다. 아름다웠다. 완벽했다.

이윽고 파티가 시작되자 사람들이 앞방에 자리를 잡고 앉았다. 어리고 젊은 여자들과 남자들.

프랭키는 혼자만 부엌에 남아 문이 닫힐 때를 기다렸다. 시간이 한참 걸렸다. 마침내 혼자 남았고 문이 닫혔다. 사람들의 말소리와 커다란 축음기의 음악 소리가 들렸다. 프랭키는 아주 조용히 일을 시작했다. 처음에는 쟁반, 그다음에는 하나도 깨뜨리지 않고 잔을 꺼냈다. 그런 뒤에 잔에 맥주를 채웠다. 거품이 약간 가라앉기를 기다려 다시 채웠다.

이제 준비가 되었다. 깊이 숨을 들이마신 뒤에 문을 열었다. 주위에서 음악과 말소리가 포효하는 듯했다. 프랭키는 맥주 쟁반을 들고 방으로 들어왔다. 그는 방법을 알고 있었다. 프랭키는 전에 고맙다고 말했던 젊은 여자에게 곧장 다가갔다. 그러나 그 여자 바로 앞에서 일이 벌어졌다. 몸이 뜻대로 조정되지 않아 두 손이 제멋대로 움직였고, 근육들은 공황 상태에 빠졌다. 신경이 죽은 교환수에게 타전을 했다. 응답이 오지 않았다. 쟁반과 맥주가 젊은 여자의 무릎으로 쏟아졌다. 프랭키는 잠시 가만히 서 있다가 몸을 돌려 뛰어나갔다.

방은 조용했다. 프랭키가 아래층으로 달려내려가 지하실로 들어가는 소리가 들렸다. 뭔가를 힘없이 휘저어대는 소리도 들렸다. 이어 정적.

닥은 조용히 계단을 내려가 지하실로 들어갔다. 프랭키는 대팻밥 상자 바닥까지 기어들어가 있었다. 대팻밥이 몸을 덮었다. 닥은 프랭키가 흐느끼는 소리를 들었다. 잠시 기다리다가 조용히 위층으로 다시 올라갔다.

그가 할 수 있는 일은 아무것도 없었다.

11

리청의 모델 T 포드 트럭에는 유서 깊은 역사가 있다. 1923년
이 트럭은 W. T. 워터스 박사의 소유였다. 워터스 박사는 오 년
동안 이 차를 사용하다가 래틀이라는 보험회사 사원에게 팔았
다. 래틀 씨는 신중한 사람이 아니었다. 깨끗하고 좋은 상태로
받은 차를 미친 듯이 몰아댔다. 래틀 씨는 토요일 밤이면 술을
마셨으며 그때마다 차는 수난을 당했다. 펜더가 망가지고 휘었
다. 그리고 페달을 계속 밟아댔기 때문에 벨트를 자주 갈아야 했
다. 래틀 씨는 고객의 돈을 횡령하여 산호세로 달아났지만, 열흘
이 안 되어 머리를 높이 올린 금발 여자와 함께 있다가 붙잡혀
감옥에 들어갔다.

차체가 심하게 쭈그러진 그의 차를 인수한 다음 소유자는 뒤

쪽을 잘라내고 작은 트럭 판을 덧붙였다.

그다음 소유자는 운전석 앞부분과 유리창을 떼어버렸다. 오징어를 운반하는 데 사용했기 때문에, 얼굴에 시원한 바람을 맞고 싶었던 것이다. 그의 이름은 프랜시스 알먼스로, 슬픈 인생을 산 사람이었다. 먹고살기 위해 필요한 것보다 늘 약간 모자라게 벌었기 때문이다. 그의 아버지는 그에게 돈을 약간 물려주었지만, 매년, 매달, 프랜시스가 아무리 열심히 일하고 아무리 주의를 기울여도 돈은 점점 줄어들었다. 결국 그는 바싹 말라서 바람에 날아가버렸다.

리청은 외상값 대신 트럭을 받았다.

이때쯤 트럭은 바퀴 네 개와 엔진 하나에 불과했다. 게다가 엔진이 매우 변덕스럽고 침울하고 노쇠하여 전문적으로 돌보고 배려해주어야만 했다. 그러나 리청은 그렇게 해주지 않았다. 그 결과 트럭은 언제나 식료품점 뒤 키 큰 풀 속에 서 있었고, 바큇살 사이로 아욱이 자랐다. 뒷바퀴의 타이어는 제법 튼실했으나, 앞바퀴는 받침대를 괴어 땅에서 떼어놓았다.

아마 팰리스 플롭하우스의 누구라도 이 트럭을 달리게 할 수 있었을 것이다. 모두 유능하고 실제적인 정비공이었기 때문이다. 그러나 게이야말로 영감을 받은 정비공이라 할 만했다. 식물 기르는 솜씨가 뛰어난 사람에게는 엄지가 녹색이라는 말을 하지만, 안타깝게도 뛰어난 정비공에게 쓸 수 있는 그 비슷한 말은 없다. 하지만 있어야 한다. 보고, 듣고, 두드리고, 만져서 멈추어 있던 기계를 움직이는 사람이 있기 때문이다. 실제로 옆에 가기만 해도 자동차가 더 잘 달리는 그런 사람이 있다. 게이가 바로 그런 사람이었다. 점화 장치나 기화기 조절 나사에 닿는 그의 손가락은 부드럽고 지혜롭고 확신에 차 있었다. 그는 연구소에 있는 까다로운 전기 모터도 고칠 수 있었다. 원하기만 하면 통조림 공장에서 내내 일할 수도 있었을 것이다. 매년 투자한 금액 전부를 이윤으로 뽑아내지 못하면 안달을 해대는 이 산업에서는 기계보다 회계보고서가 훨씬 더 중요하다. 정말이지 회계장부로 정어리 통조림을 만들 수만 있다면 공장주들은 무척 행복했을 것이다. 그래서 그들은 낡아서 안간힘을 쓰는 끔찍한 고물 기계들을 사용했으며, 그 기계들은 늘 게이 같은 사람의 관심을 요구했다.

맥은 아침 일찍 패거리를 깨웠다. 그들은 커피를 마시고 바로 잡초 사이에 놓여 있는 트럭으로 갔다. 게이가 책임자였다. 그는 받침대를 괴어놓은 앞바퀴를 차보았다. "가서 펌프 좀 빌려와서 저기 바람 좀 넣어." 게이가 말했다. 이어 의자 역할을 하는 판자 밑 휘발유 탱크 안에 막대기를 집어넣었다. 기적적으로 탱크 안에는 휘발유가 일 센티미터 정도 남아 있었다. 그러자 게이는 가장 까다롭다고 여기는 문제로 넘어갔다. 그는 코일 박스들을 꺼내 끝을 문지르고 간격을 조정한 다음 도로 집어넣었다. 기화기를 열고 휘발유가 흘러들어오는지 확인했다. 크랭크를 밀어올리고 굴대 전체가 들러붙지나 않았는지, 피스톤이 실린더 안에서 녹이 슬지나 않았는지 살폈다.

그러는 동안 펌프가 도착하여, 에디와 존스가 번갈아가며 타이어에 바람을 넣었다.

게이가 일을 하면서 콧노래를 불렀다. "덤 티디 덤 티디." 게이는 스파크 플러그를 꺼내 끝을 닦고 그을음을 벗겨냈다. 이어 휘발유를 깡통에 따라 조금씩 실린더에 넣어준 뒤 스파크 플러그를 다시 꽂았다. 게이는 허리를 폈다. "건전지 두 개가 필요한데. 리청이 줄 생각이 있는지 좀 알아봐줘."

맥은 자리를 떴다가 리청이 추가로 요청이 들어오면 무조건 사용하려고 준비해두었던 "안 돼" 소리만 듣고 바로 돌아왔다.

게이는 깊이 생각해보았다. "어디 가면 건전지가 있는지 알아, 그것도 아주 좋은 걸로. 하지만 내가 가지러 가지는 않을 거야."

"어딘데?" 맥이 물었다.

"우리 집 지하실." 게이가 말했다. "현관 초인종에 쓰는 거야. 혹시 내 마누라한테 들키지 않고 우리 집 지하실에 슬쩍 들어가볼 생각 있는 사람 없어? 들어가서 왼쪽 세로보 위에 있는데. 하지만 제발 내 마누라한테 들키지는 마."

회의가 열려 에디가 선발되었고, 에디는 출발했다.

"잡히더라도 내 얘긴 마." 게이가 에디의 등 뒤에 대고 말했다. 그동안 게이는 벨트를 점검했다. 기어 페달은 벨트가 약간 남았는지 바닥에 완전히 닿지 않았다. 반면에 브레이크 페달은 바닥에 닿았다. 그러니 브레이크는 있으나마나였다. 후진 페달은 벨트가 많이 남았다. 모델 T 포드에서 후진 페달은 안전판이다. 브레이크가 닳아 없어지면 후진 페달을 브레이크로 쓸 수 있기 때문이다. 기어 벨트가 너무 닳아서 가파른 언덕을 올라가지 못하면, 차를 거꾸로 돌려 뒤로 올라가면 된다. 게이는 후진 페달이 많이 남았다는 걸 확인했기 때문에, 전체적으로 아무런 문제가 없다고 판단했다.

에디가 별 문제 없이 건전지를 가져온 것은 좋은 징조였다. 게이 부인은 부엌에 있었다. 에디는 부인이 돌아다니는 소리를 들을 수 있었지만, 부인은 에디가 내는 소리를 듣지 못했다. 에디는 그런 일에 아주 능숙했다.

게이는 건전지를 연결하고, 가속기를 앞으로 밀고, 스파크 레버를 늦추었다. "꼬리를 비틀어봐." 게이가 말했다.

게이는 정말 놀라운 사람이었다. 신의 작은 정비공이었다. 돌리고 비틀고 폭발시키는 모든 물건의 성 프란체스코였다. 코일과 전기자(電機子)와 기어의 성 프란체스코였다. 만일 패퇴한 듀센버그, 뷰익, 드 소토와 플리머스, 아메리칸 오스틴과 이소타 프라슈이니스 등 모든 고물 자동차들이 언젠가 위대한 합창으로 하느님을 찬양한다면, 그것은 게이와 그의 동료들 덕분일 것이다.

한 번 비틀자, 딱 한 번 조금 비틀자 시동이 걸린 엔진이 낑낑대다가 멈칫하다가 다시 움직였다. 게이는 스파크를 올리고 휘발유를 줄였다. 게이가 고압 자석 발전기로 옮겨가자, 리칭의 포드는 마치 자기를 사랑하고 이해하는 사람을 위하여 움직이고 있다는 사실을 잘 안다는 듯이 행복하게 껄껄거리고 흔들거리고 덜거덕거렸다.

이 트럭에는 두 가지 작은 전문적이고 법적인 문제가 있었다. 최근 번호판과 전조등이 없다는 것이었다. 그래서 패거리는 연도를 감추려고 뒷번호판에는 걸레 하나를 아무렇게나, 그러나 절대 떨어지지는 않게 걸어놓고, 앞번호판에는 진흙을 잔뜩 발랐다. 원정 장비는 간단했다. 손잡이가 긴 개구리용 그물 몇 개와 삼베 자루 몇 개가 전부였다. 즐기러 나가는 도시의 사냥꾼들은 보통 먹을 것과 술을 잔뜩 싣고 갔지만, 맥은 그렇게 하지 않았다. 그는 시골이야말로 먹을 것이 나오는 곳이라고 생각했고, 그 생각은 옳았다. 그들이 들고 가는 식량은 빵 두 조각과 에디의 술주전자에 남은 술이 전부였다. 패거리는 트럭에 올라탔다. 게이가 운전을 하고 맥이 그 옆에 앉았다. 그들은 리청의 가게 모퉁이를 덜컹거리며 돌아 파이프들 사이로 공터를 가로질렀다. 맬로이 씨가 보일러 옆 의자에서 손을 흔들었다. 게이는 속도를 낮추어 보도를 가로지른 뒤 부드럽게 갓돌에서 내려섰다. 앞바퀴 타이어의 고무가 다 닳아버린 상태였기 때문이다. 모두 기민하게 움직였음에도 오후가 되어서야 출발할 수 있었다.

트럭은 천천히 레드 윌리엄스의 주유소로 들어갔다. 맥이 내려서 편지를 레드에게 주었다. "닥이 잔돈이 좀 딸리나봐. 그러니까 오 갤런은 넣어주고, 나머지 오 갤런은 돈으로 일 달러를 줘. 닥이 그러기를 바라거든. 알겠지만 닥은 남쪽에 갔어. 거기 큰 일거리가 있거든."

레드는 선량한 얼굴로 웃음을 지었다. "이보쇼, 맥. 빠져나갈 구멍이 있다고 생각할지 모르지만 닥이 이미 다 생각해뒀소. 당신이 생각하는 건 닥도 이미 생각하고 있다는 거요. 닥은 아주 머리가 좋거든. 어젯밤에 나한테 전화를 했다는 것 아니겠소."

"그럼 십 갤런 다 넣어줘. 아냐, 잠깐만. 그러면 넘칠 거야. 오 갤런만 넣고, 오 갤런은 깡통에 줘. 마개가 있는 깡통 말이야."

레드가 즐겁다는 표정으로 웃었다. "닥이 그것도 이미 생각한 것 같던데."

"십 갤런 넣어. 호스에 한 방울도 남기지 말고 깡그리 넣어야 돼."

작은 원정대는 몬터레이 중심부로 지나가지 않았다. 번호판과 전조등이라는 민감한 문제 때문에 뒷길을 택했다. 그렇다 해도 카멜 언덕을 올라갔다 내려가 계곡으로 들어갈 때까지 족히 육 킬로미터는 간선도로를 달려야 했다. 따라서 거의 차가 다니지 않는 카멜 계곡 도로로 접어들기 전에는 지나가는 경찰에게 걸릴 위험이 있었다. 게이는 뒷길을 하나 골라, 피터즈게이트에서 간선도로로 들어섰다. 가파른 카멜 언덕이 시작되기 직전이었다. 게이는 시끄럽게 덜걱거리며 언덕을 향해 열심히 달리다가 오십 미터쯤 가서 페달을 밟아 낮은 기어로 바꾸었다. 그러나 게이도 그것이 소용없다는 건 이미 알고 있었다. 벨트가 너무 닳아 얇아졌기 때문이다. 평지에서야 문제가 없었지만 언덕은 달랐다. 게이는 차를 세우더니 방향을 돌려 언덕 아래쪽을 향했다. 이어 가속을 주면서 닳지 않은 후진 페달을 밟았다. 트럭은 느리지만 꾸준하게 후진하면서 카멜 언덕을 올라갔다.

거의 성공할 뻔했다. 물론 냉각 장치는 부글부글 끓었다. 그러나 대부분의 모델 T 전문가들은 그것이 끓지 않으면 차가 제대로 가는 것이 아니라고 생각했다.

모델 T 포드가 미국 국민에게 미친 정신적, 신체적, 미학적 영향에 관해서는 논문이라도 하나 나와야 한다. 미국인 두 세대는 클리토리스보다도 포드 코일에 관해, 태양계보다도 기어의 행성 톱니바퀴 체계에 관해 더 많은 것을 알고 있었다. 모델 T와 더불어 사적 소유라는 개념이 일부분 사라졌다. 펜치는 이제 개인 소유가 아니었으며, 타이어 펌프는 그것을 집어든 마지막 사람의 소유였다. 이 시기의 아기들은 대부분 모델 T 포드 안에서 잉태되었으며, 그 안에서 태어난 아기도 적지 않았다. 앵글로 색슨의 가정(家庭) 이론은 완전히 왜곡되어 다시는 원래대로 복구되지 않았다.

트럭은 거꾸로 억세게 카멜 언덕을 올라갔다. 그러나 잭스 피크 로드를 지나 마지막 가장 가파른 구간에 진입한 순간, 모터의 씩씩거리는 소리가 굵어지고, 꿀럭거리는 소리와 더불어 목이 졸리는 듯한 소리가 났다. 이윽고 모터가 정지하자 주변이 아주 고요해졌다. 그렇지 않아도 언덕 아래쪽을 보고 앉아 있던 게이는 그대로 아래쪽으로 오십 미터를 내려가 잭스 피크 로드를 향해 방향을 틀었다.

"왜 그래?" 맥이 물었다.

"기화기 쪽인 것 같은데." 게이가 말했다. 엔진이 열 때문에 지글거리고 삐걱거렸다. 넘치는 파이프를 따라 밀려오는 강렬한 증기가 악어처럼 쉭쉭거렸다.

모델 T의 기화기는 복잡하지는 않지만, 그 부품 모두가 제대로 기능해야만 작동을 한다. 니들 밸브도 그 가운데 하나였는데, 그 끝이 바늘 위에 올라가 구멍 안에 들어가 있어야 한다. 아니면 기화기가 작동하지 않는다.

게이는 니들을 손으로 잡아보았다. 끝이 부러져 있었다. "도대체 어쩌다 이런 일이 일어났을까?"

"마술이지." 맥이 말했다. "그냥 마술이 일어난 거지 뭐. 고칠 수 있어?"

"절대 못 고쳐. 새로 하나 구해야 해."

"얼마나 하는데?"

"새 걸 사면 일 달러 정도, 폐차장에서 구하면 이십오 센트."

"일 달러 있어?"

"있지. 하지만 그걸 쓸 필요는 없을 거야."

"그럼 될 수 있는 대로 빨리 돌아와. 여기서 기다리고 있을게."

"어차피 니들 밸브가 없으면 도망가지도 못할 텐데 뭘."

게이는 도로로 나섰다. 엄지손가락으로 차 세 대를 부른 뒤에야 한 대가 섰다. 맥 패거리는 게이가 차에 올라타 언덕을 내려가는 모습을 지켜보았다. 그들은 그후로 백팔십 일 동안 게이를 다시 보지 못했다.

아, 무한한 가능성이여! 게이를 태운 차가 몬터레이에 가기도 전에 고장이 날 줄 누가 알았겠는가? 게이가 정비공이 아니었다면 그 차를 수리하지도 않았을 것이다. 게이가 그 차를 수리하지 않았다면 차 주인이 그를 데리고 지미 브루시아네 술집에 가서 한잔 사지도 않았을 것이다. 그런데 그날이 하필이면 지미의 생일일 건 또 뭔가? 세상의 모든 가능성, 수백만 가지 가능성 가운데 오직 샐리너스 감옥으로 통하는 가능성만이 현실이 되었다. 스파키 이니어와 타이니 콜레티가 싸움을 끝내고 지미의 생일 축하를 위해 협력했다. 금발이 들어왔다. 주크박스 앞에서 음악 논쟁이 벌어졌다. 유도를 할 줄 알던 게이의 새 친구가 스파키를 붙들고 유도를 보여주려다가, 잡은 곳이 잘못되어 손목을 부러뜨렸다. 경찰관은 속이 안 좋았다. 모두 상관없는 일들이었지만 모두가 한 방향으로 흘러갔다. 운명은 게이가 개구리 사냥에 나서도록 해주지 않았다. 굳이 사람들과 사건들을 수도 없이 동원하는 수고를 해가면서까지 게이가 사냥에 나서는 것을 막았다. 홀먼 백화점 구두 가게 진열장이 박살나고 사람들이 전시되어 있던 구두를 신어보려고 하면서 상황이 절정에 이르렀을 때, 오직 게이만이 화재 경보음을 듣지 못했다. 오직 게이만이 불구경을 가지 않았다. 경찰이 왔을 때 게이는 진열장에 혼자 앉아 갈색 옥스퍼드도 신어보고 회색 천으로 위를 덮은 에나멜가죽 정장용 구두도 신어보고 있었다.

트럭에 있던 패거리는 어두워져 바다에서 냉기가 기어올라오자 불을 피웠다. 머리 위의 소나무가 상쾌한 바닷바람에 쏴쏴 소리를 냈다. 패거리는 솔잎 위에 누워 소나무 가지 사이로 쓸쓸한 하늘을 바라보았다. 한동안 게이가 니들 밸브를 구하느라 겪을 어려움에 대해 이야기했다. 시간이 점점 흐르자 게이 이야기는 더 나오지 않았다.

"누가 함께 갔어야 했는데." 맥이 말했다.

열시쯤 에디가 일어섰다. "저 언덕 위에 건축 현장이 있어. 거기 올라가서 혹시 모델 T가 있는지 알아봐야겠어."

12

몬터레이는 길고 찬란한 문학 전통을 가진 도시다. 몬터레이
는 로버트 루이스 스티븐슨이 이곳에 살았다는 사실을 기쁘게
기억하며 작은 영광으로 여긴다. 보물섬은 확실히 포인트 로보
스의 지형과 해안선이 닮았다. 최근에는 카멜 여기저기에 많은
문인이 살았다. 그러나 옛 향취, 진짜 순문학의 옛 위엄은 없다.
어쨌든 이곳 사람들이 작가에 대한 모욕 때문에 크게 격분한 적
이 있다. 위대한 유머 작가 조시 빌링스의 죽음과 관련된 일이
었다.

새로 우체국이 들어선 곳에 전에는 물이 흐르는 깊은 협곡이
있었고, 그 위에 작은 인도교가 있었다. 협곡 한쪽에는 오래된
훌륭한 어도비 벽돌집이, 건너편에는 읍의 모든 병, 출산, 죽음

을 처리하는 의사의 집이 있었다. 의사는 가축도 치료했으며, 프랑스에서 공부했기 때문에 주검을 매장하기 전에 방부 처리하는 새로운 작업도 잠깐 해보았다. 몇몇 나이든 사람들은 이것이 감상적이라 여겼고, 어떤 사람들은 낭비라고 생각했다. 또 어떤 사람들은 성서에 이와 관련된 내용이 없기 때문에 신성 모독이라고 했다. 그러나 잘사는 좋은 집안 사람들이 그 관행을 채택하자 유행이 될 것처럼 보였다.

어느 날 아침 나이든 캐리거 씨는 언덕 위의 집에서 알바라도 거리를 향해 걸어가고 있었다. 그가 막 인도교를 건너는데, 작은 소년과 개 한 마리가 협곡에서 나오려고 애쓰는 모습이 눈에 띄었다. 소년은 간을 들고 있었고, 개는 몇 미터짜리 내장을 질질 끌고 있었는데, 내장 끝에서 위가 대롱거렸다. 캐리거 씨는 발을 멈추고 작은 소년에게 정중하게 말을 걸었다. "잘 잤니?"

그 시절에는 어린 소년들도 예의가 발랐다. "안녕하세요?"

"그 간을 들고 어디 가는 거니?"

"미끼를 만들어서 고등어를 잡으려고요."

캐리거 씨는 웃음을 지었다. "그런데 그 개도 고등어를 잡을 거니?"

"저건 개가 찾아낸 거예요. 개 거죠. 우린 협곡에서 이걸 찾아냈어요."

캐리거 씨는 웃음을 지으며 계속 걸어갔다. 이윽고 그의 정신이 움직이기 시작했다. 그것은 쇠간이 아니었다. 너무 작았다. 송아지 간도 아니었다. 너무 붉었다. 양 간도 아니었다. 순간 그의 정신이 바짝 긴장했다. 그는 모퉁이에서 라이언 씨를 만났다.

"어젯밤에 몬터레이에서 누가 죽었습니까?" 캐리거 씨가 물었다.

"내가 알기로는 없는데요." 라이언 씨가 대답했다.

"그럼 살해당한 사람이라도?"

"없는데요."

캐리거 씨는 라이언 씨와 함께 걸으며 어린 소년과 개 이야기를 했다.

어도비 바에는 많은 시민들이 모여 아침 대화를 나누고 있었다. 캐리거 씨는 다시 그 이야기를 했다. 그가 막 이야기를 마쳤을 때 순경이 어도비 바에 들어섰다. 누가 죽었다면 순경은 알고 있을 터였다. "몬터레이에서는 아무도 안 죽었습니다. 하지만 저 바깥에 있는 호텔 델몬테에서 조시 빌링스가 죽었죠."

사람들은 입을 다물었다. 모든 사람의 마음속에 똑같은 생각이 지나갔다. 조시 빌링스는 훌륭한 사람이었고, 또한 훌륭한 작가였다. 그는 몬터레이에서 죽어 몬터레이를 영예롭게 했는데, 그 자신은 모욕을 당했다. 오래 이야기하지 않고도 거기 있는 모든 사람들로 위원회가 구성되었다. 얼굴이 굳은 사람들은 얼른 협곡으로 가 인도교를 건넜다. 그리고 프랑스에서 공부한 의사의 집 문을 쾅쾅 두드렸다.

의사는 전날 밤늦게까지 일했다. 그래서 문을 두드리는 소리에 침대에서 일어나 머리와 턱수염이 헝클어진 모습으로 잠옷을 입은 채 문으로 나갔다. 캐리거 씨가 엄숙한 표정으로 의사에게 물었다. "댁이 조시 빌링스를 방부 처리했소?"

"어, 그렇습니다만."

"장기는 어떻게 했소?"

"늘 하듯이 협곡에 버렸는데요."

그러자 사람들은 얼른 옷을 입으라고 한 뒤 서둘러 해변으로 내려갔다. 어린아이가 얼른 볼일을 보러 나갔으면 너무 늦었을 것이다. 그러나 위원회가 도착했을 때 아이는 막 배에 올라타는 중이었다. 내장은 개가 버린 그대로 모래밭에 있었다.

프랑스 의사는 사람들 명령에 따라 장기를 수거해 경건하게 씻고 모래도 최대한 털어내야 했다. 또 조시 빌링스의 관에 들어갈 납 상자의 비용도 대야 했다. 몬터레이는 문인이 불명예를 당하도록 놓아두는 동네가 아니었던 것이다.

13

맥 패거리는 솔밭에서 평화롭게 잠을 잤다. 새벽을 조금 앞두고 에디가 돌아왔다. 모델 T를 찾느라 한참 걸린 것이다. 찾았을 때도 그 좌석에서 니들을 뽑아오는 것이 좋은 생각인지 아닌지 알 수가 없었다. 맞지 않을 수도 있었기 때문이다. 그래서 기화기를 통째로 들고 왔다. 에디가 돌아왔는데도 패거리는 일어나지 않았다. 그래서 에디도 소나무 밑에 누워 함께 잠을 잤다. 모델 T에는 좋은 점이 하나 있었다. 부품을 서로 바꾸어 낄 수 있을 뿐 아니라, 어느 차에 속한 것인지 구분할 수도 없다는 것이었다.

카멜 비탈에서 보는 풍경은 아름답다. 곡선을 그리며 휘어지는 만에서는 파도가 거품을 내며 모래 위로 기어오른다. 시사이드 둘레는 물론이고 언덕 바로 밑까지 모래언덕이 둘러싸고 있고, 작은 도시는 따뜻하고 친밀하게 느껴진다.

맥은 새벽에 일어나 몸에 달라붙은 바지를 떼어내고 만을 굽어보았다. 대형 건착망(巾着網) 어선 몇 척이 들어오고 있었다. 유조선 한 척은 시사이드 옆에 우뚝 서서 기름을 싣고 있었다. 맥 뒤의 덤불 속에서는 토끼들이 몸을 흔들었다. 이윽고 해가 떠오르더니 바닥 깔개를 털듯 공기에서 밤의 냉기를 털어냈다. 맥은 해의 첫 온기를 느끼며 몸을 부르르 떨었다.

에디가 새 기화기를 장착하는 동안 패거리는 빵을 조금 먹었다. 준비가 되자 구태여 크랭크를 돌릴 생각도 하지 않고 차를 간선도로로 밀어내 시동이 걸릴 때까지 기어를 넣고 굴렸다. 이윽고 에디가 운전대를 잡고 뒤로 고개를 올라가, 꼭대기를 넘은 다음 방향을 틀어 제대로 앞을 보고 해튼 필즈를 지나 밑으로 내려갔다. 카멜 계곡에 들어서자 뿌연 녹색의 아티초크가 눈에 띄었다. 강을 따라 버드나무가 무성했다. 그들은 왼쪽으로 방향을 틀어 계곡을 따라 올라갔다. 처음부터 운이 좋았다. 먼지가 뽀얗게 앉은 로드아일랜드 붉은 수탉이 자기 농장에서 너무 멀리 나와 길을 건넜고, 에디는 도로에서 크게 벗어나지도 않고 차로 닭을 칠 수 있었다. 헤이즐이 트럭 뒤에 앉은 채 닭을 집어들어 손으로 닭털을 뽑아 던졌다. 이것은 세상에서 가장 넓게 퍼진 범죄

증거라 할 만했다. 제임스버그에서 살짝 불어온 아침 바람에 빨간 닭털 가운데 일부는 포인트 로보스에 내려앉고 일부는 바다까지 날아갔기 때문이다.

카멜은 어여쁜 작은 강이다. 별로 길지는 않지만 그 흐름 속에 강이 갖추어야 할 모든 것을 갖추었다. 카멜은 산속에서 발원하여 한참을 굴러떨어지고 여울로 달리다가 댐에 막혀 호수를 이룬 뒤, 댐을 넘어 둥근 바위들 사이를 비집고 내려가 천천히 플라타너스 밑을 배회하다 송어가 사는 웅덩이에서 흘러넘쳐 밑으로 떨어지며 가재가 사는 둑에 머리를 박는다. 겨울이면 격류를 이뤄 작지만 잔혹하고 사나운 강이 된다. 여름이면 아이들이 절벅거리고 낚시꾼들이 배회하는 놀이터가 된다. 개구리들이 둑에서 눈을 깜빡이고 그 옆에서는 짙은 고사리가 자란다. 아침이나 저녁이면 사슴과 여우가 몰래 물을 마시러 온다. 이따금 퓨마 한 마리가 물가에서 두 다리를 펴고 웅크린다. 작은 계곡의 비옥한 농장들은 강까지 내려와 과수원과 채소밭에 댈 물을 가져간다. 메추라기가 그 옆에서 소리를 지르고, 어스름 녘이면 산비둘기가 휘파람을 불며 날아든다. 너구리는 개구리를 찾아 강 가장자리를 걸어다닌다. 강으로서 갖출 것은 다 갖춘 셈이다.

계곡을 따라 몇 킬로미터 올라가다보면 강은 덩굴과 고사리가 늘어진 높은 절벽 밑으로 파고든다. 이 절벽 밑에 깊은 녹색 웅덩이가 있고, 웅덩이 건너편에는 앉아서 음식을 해 먹기 좋은 작은 모래밭이 있다.

맥 패거리는 행복하게 이곳으로 내려왔다. 완벽했다. 개구리가 있다면 바로 이곳에 있을 터였다. 이곳은 긴장을 풀 수 있는 곳이고, 행복할 수 있는 곳이었다. 오는 길에 그들은 부자가 되었다. 큼지막한 붉은 닭만이 아니라, 야채 트럭에서 떨어진 당근 자루도 있었다. 야채 트럭에서 떨어진 것은 아니지만 양파도 대여섯 개 있었다. 맥의 주머니에는 커피 봉지가 있었으며, 트럭에는 뚜껑을 잘라낸 오 갤런들이 깡통이 있었다. 술주전자는 거의 반쯤 차 있었다. 소금과 후추 같은 것들은 이미 챙겨왔다. 맥 패거리는 소금, 후추, 커피 같은 것 없이 돌아다니는 사람을 정말 어리석다고 여겼을 것이다.

그들은 특별한 노력도, 혼란도, 깊은 생각도 없이 둥근 돌 네 개를 작은 모래밭으로 굴렸다. 오늘 아침까지만 해도 떠오르는 태양에 도전했던 수탉은 털이 뽑힌 채 절단이 나 오 갤런들이 깡통의 물속에 들어갔다. 주위에는 껍질을 간 양파가 있었다. 죽은 버드나무의 작은 가지들이 돌 사이에서 파닥거리며 불을 피웠다. 아주 작은 불이었다. 바보들만 큰 불을 피운다. 이 수탉을 요리하는 데는 오랜 시간이 걸릴 것이다. 이만 한 몸집과 근육을 얻는 데 오랜 시간이 걸렸을 것이기 때문이다. 주위의 물이 서서히 끓기 시작하자, 수탉은 처음부터 좋은 냄새를 풍겼다.

맥이 격려 연설을 했다. "개구리를 잡는 데 가장 좋은 시간은 밤이야. 따라서 어두워질 때까지 그냥 누워 있는 게 좋을 것 같아." 그들은 그늘에 앉아 있다가 하나 둘씩 몸을 뻗고 잠이 들었다.

맥이 옳았다. 개구리는 낮에는 별로 움직이지 않았다. 고사리 밑에 숨어 바위 아래 구멍으로 몰래 밖을 내다보았다. 개구리를 잡는 방법은 밤에 손전등을 이용하는 것이었다. 패거리는 할 일이 아주 많은 밤이 될 것이라 생각하며 잠이 들었다. 헤이즐만 자지 않고 익는 닭 밑의 작은 불에 땔감을 채워넣었다.

절벽 바로 옆에는 황금의 오후가 없다. 두시쯤 해가 절벽을 넘어가자 속삭이는 그늘이 물가를 찾았다. 오후의 바람에 플라타너스가 바스락거렸다. 작은 물뱀들이 바위를 미끄러져 내려가더니 슬며시 물로 들어가 작은 잠망경처럼 머리를 꼿꼿이 쳐들고 웅덩이를 헤엄쳐갔다. 그들 뒤로 아주 작은 파문이 번져갔다. 커다란 송어가 웅덩이에서 뛰어올랐다. 해를 싫어하는 각다귀와 모기가 몰려나와 물 위에서 윙윙거렸다. 파리, 잠자리, 장수말벌, 말벌 등 해를 좋아하는 벌레들은 다 집으로 돌아갔다. 그늘이 물가를 찾았을 때, 첫 메추라기가 울기 시작했을 때 맥 패거리는 잠을 깼다. 닭 스튜 익는 냄새에 가슴이 터질 듯했다. 헤이즐이 강가의 나무에서 향미료로 쓸 싱싱한 잎을 하나 따와 스튜에 넣었다. 이제 당근도 넣었다. 돌 위에서 깡통에 넣어 끓이고 있던 커피는 너무 심하게 끓지 않도록 불에서 멀리 떼어놓았다. 맥이 잠을 깨더니 벌떡 일어나 기지개를 켜고 비틀거리며 웅덩이로 갔다. 그러고는 두 손으로 물을 떠서 얼굴을 씻고 마른기침을 하더니, 침을 뱉고, 입 안을 가시고, 방귀를 뀌고, 허리띠를 졸라매고, 두 다리를 뻗고 손가락으로 젖은 머리를 빗고, 주전자의 술을 마시고, 트림을 하고 나서 불가에 앉았다. "거 냄새 한 번 죽이네."

다른 사람들도 잠에서 깨어나 비슷한 일을 했다. 모두 맥이 거친 과정을 비슷하게 따른 것이다. 그들은 곧 불가로 모여 헤이즐을 칭찬했다. 헤이즐은 호주머니 칼을 닭의 근육에 꽂았다.

"부드러워지지는 않을 거야." 헤이즐이 말했다. "부드럽게 하려면 두 주 정도는 익혀야 할걸. 이 닭이 몇 살이나 먹었을 것 같아요, 맥?"

"나는 마흔여덟이지만 이 녀석처럼 질기지는 않아." 맥이 대꾸했다.

에디가 말했다. "닭은 몇 살까지 살 수 있을까? 아무도 쫓아다니지 않고, 병이 들지도 않는다면?"

"그건 아무도 알 수 없을 거야." 존스가 말했다.

유쾌한 시간이었다. 술주전자가 돌며 그들의 몸을 덥혀주었다.

존스가 말했다. "에디, 무슨 불평을 하려는 게 아니야. 그냥 생각해봤는데 말이야, 바 뒤에 주전자를 두세 개 갖다두면 어떨까. 위스키는 다 한 주전자에, 와인은 다른 주전자에, 맥주는 또 다른 주전자에……"

그 제안에 모두 충격을 받은 듯 정적이 흘렀다. "그렇다고 뭐라는 건 아니야." 존스가 얼른 말했다. "나도 이대로가 좋아……" 존스는 사교적으로 큰 실수를 했다는 걸 알았기 때문에 말을 많이 했다. 멈출 수가 없었다. "내가 이런 방식을 좋아하는 건 이렇게 먹으면 어떻게 취할지 절대 모르기 때문이야." 존스는 얼른 말을 이어갔다. "위스키를 마셔봐. 그럼 대강 무슨 짓을 할지 알아. 싸우는 놈은 싸우고 우는 놈은 울지. 하지만 이건……" 존스가 아량 있게 덧붙였다. "이걸 마시면 소나무를 기어올라갈지 샌타크루즈까지 헤엄을 치기 시작할지 아무도 모르잖아. 그래서 더 재미있지." 존스가 힘없이 말을 맺었다.

"헤엄 이야기가 나와서 말인데." 맥이 대화의 어색한 부분을 뭉개고 존스의 입을 닫으려고 끼어들었다. "그 매킨리 모런이란 친구는 도대체 어떻게 되었는지 궁금해. 그 심해 잠수부 기억나?"

"기억나죠." 휴지가 말했다. "내가 그 친구하고 좀 어울렸거든요. 그 친구는 일거리가 많지 않아 술을 마시게 되었죠. 잠수하면서 술도 마시는 건 만만치 않은 일인가보더라고요. 걱정이 될 정도였어요. 결국 잠수복하고 헬멧하고 펌프까지 다 팔아버리고 계속 술만 엄청 마셔대더니 여길 떠버렸어요. 어디로 갔는지는 몰라요. 사실 그 이탈리아인이 트웰브 브러더스의 닻을 들고 잠수한 다음에 그 뒤를 따라 잠수를 하고 나서 망가져버렸죠. 매킨리는 그냥 잠수를 했거든요. 그러다 고막이 터져 쓸모가 없어졌던 거예요. 그 이탈리아인은 하나도 안 다쳤는데."

맥은 다시 주전자에 든 술을 조금 마셨다. "그 친구 금주령 기간에 돈깨나 만졌지. 바닥에서 술을 찾기 위해 잠수하는 대가로 정부에서 이십오 달러를 받고, 그걸 눈감아주는 대가로 루이한테 삼 달러를 받았으니까. 그 친구는 일이 끊어지지 않도록 하루에 한 상자는 건져서 정부를 기쁘게 해주었지. 루이는 그건 아무렇지도 않게 생각했어. 새로운 잠수부가 들어오지 못하도록 그 정도는 봐준 거지. 그래서 매킨리는 돈깨나 만졌어."

"그래요." 휴지가 말했다. "하지만 그 친구도 다른 사람들하고 똑같았어요. 돈 좀 벌어 결혼을 하고 싶어했죠. 한데 세 번 결혼하고 나니까 돈이 바닥난 거죠 뭐. 난 그 친구가 결혼할 때가 되면 금방 눈치챌 수 있었어요. 하얀 여우 모피 옷을 하나 사는 거예요. 다음에 보면 어김없이 결혼한 몸이더라고요."

"게이가 어떻게 된 건지 궁금하네." 에디가 말했다. 게이 이야기가 나온 것은 처음이었다.

"똑같겠지 뭐." 맥이 말했다. "결혼한 남자는 믿을 수 없어. 암만 자기 마누라를 미워한다 해도 거기로 돌아가기 마련이야. 생각하고 또 곰곰이 생각해보면 돌아가게 되지. 그래서 유부남은 믿을 수 없는 거야. 게이를 봐. 그 친구는 마누라한테 맞고 살아. 하지만 마누라하고 사흘만 떨어져 있으면, 생각을 해보다가 그게 다 자기 잘못이라고 반성하고 마누라 환심을 사러 돌아갈 거야."

그들은 맛을 즐기며 오랫동안 닭고기를 먹었다. 꼬챙이에 닭 조각을 꿰어 국물이 뚝뚝 떨어지는 것을 식을 때까지 들고 있다가 근육질의 고기를 뼈에서 긁어먹었다. 끝이 뾰족한 버드나무 가지로 당근을 꿰어 먹고는 마지막으로 깡통을 돌려가며 국물을 마셨다. 그들 주위로 저녁이 음악처럼 섬세하게 다가왔다. 메추라기가 서로를 부르며 물로 내려왔다. 송어가 물에서 뛰었다. 나방이 내려와 웅덩이 주위에서 퍼덕거리며 돌아다니자 날빛이 어둠과 섞였다. 패거리는 커피 깡통을 돌렸다. 몸은 따뜻하고 배는 부르고 입은 무거웠다. 이윽고 맥이 말했다. "젠장. 나는 거짓말쟁이가 싫어."

"누가 거짓말을 했는데요?" 에디가 물었다.

"아, 그냥 서로 잘 지내거나 대화를 시작하려고 작은 거짓말을 하는 건 괜찮아. 하지만 자기 자신에게 거짓말을 하는 놈은 싫어."

"누가 그랬어요?" 에디가 다시 물었다.

"나. 그리고 어쩌면 너희도. 우리는 여기에 와 있어." 맥이 진지한 목소리로 말을 이어갔다. "꾀죄죄한 모습으로 여기 다 모여 있어. 닥에게 파티를 열어주고 싶어서 일을 꾸민 거지. 그래서 여기 와서 엄청나게 즐겁게 놀고 있어. 그런 뒤에 돌아가 닥한테서 큰돈을 받을 거야. 우리는 다섯 명이니까 닥보다 다섯 배는 마시겠지. 그러니까 이게 닥을 위한 것인지 잘 모르겠어. 우리 자신을 위해 이러는 건 아닌가 하는 생각이 든단 말이야. 하지만 닥은 그런 짓을 해서는 안 되는 너무 좋은 사람이야. 닥은 내가 아는 가장 좋은 사람이거든. 난 그런 사람을 이용해먹는 사람이 되고 싶지 않아. 너희도 전에 내가 닥한테 돈을 좀 뜯으러 간 일 알지? 나는 닥한테 엄청난 이야기를 해주었어. 그런데 이야기를 하다보니 닥이 그 이야기가 허튼소리라는 걸 빤히 안다는 게 보이는 거야. 그래서 이야기를 하다 말고 이랬지. '닥, 이건 다 거짓말이야!' 그러자 닥이 호주머니에 손을 집어넣더니 일 달러를 꺼내더군. 닥은 말했어. '맥, 어떤 걸 얻으려고 거짓말까지 꾸며낼 정도라면 그게 정말 필요한 거라고 생각하네.'

그러면서 그 일 달러를 주는 거야. 난 그 일 달러를 다음 날 갚아 버렸지. 사실은 아예 쓰질 않았어. 그냥 하룻밤 갖고 있다가 도 로 줘버린 거야."

헤이즐이 말했다. "닥보다 파티를 좋아하는 사람은 없어요. 우린 닥한테 파티를 열어줄 거예요. 근데 뭐가 불만이죠?"

"모르겠어. 닥한테 뭘 주는 척하다가 그걸 대부분 도로 챙기 고 싶지는 않아."

"선물은 어때요?" 휴지가 제안했다. "그냥 위스키를 한 병 사 서 안겨주고 알아서 하라고 하는 거죠."

"듣고 보니 괜찮네." 맥이 말했다. "그렇게 하자고. 그냥 위스 키를 주고 사라지는 거야."

"그럼 어떻게 될지 잘 알잖아요." 에디가 말했다. "앙리하고 그 카멜 사람들이 위스키 냄새를 맡을 거고, 그럼 우리 다섯이 아니라 스무 명은 병에 입을 댈 거예요. 한번은 닥이 그러더라고 요. 그 사람들은 저기 포인트 서에서도 자기가 캐너리 로에서 튀 기는 스테이크 냄새를 맡을 수 있다고. 맥 얘기대로 해서 얻는 게 뭔지 모르겠어요. 우리가 직접 파티를 열어주는 게 더 나을 거예요."

맥은 그 주장을 생각해보았다. "네 말이 맞을지도 모르겠다." 마침내 맥이 말했다. "하지만 위스키 말고 다른 걸 줄 수도 있잖

아. 닥의 이니셜이 새겨진 커프스단추라든가."

"아, 말도 안 되는 소리." 헤이즐이 말했다. "닥은 그런 걸 원하지 않아요."

밤이 찾아와 하늘에서 별들이 하얗게 빛나기 시작했다. 헤이즐이 불에 땔감을 넣자 물가에 빛의 공간이 조금 확보되었다. 언덕 너머에서 여우 한 마리가 날카롭게 울어댔다. 산에서 세이지 냄새가 밤을 타고 흘러내렸다. 깊은 웅덩이에서 물이 흘러나와 돌 위에서 낄낄거렸다.

맥이 조금 전에 나온 주장을 곱씹어보는데 발소리가 들려왔다. 모두 고개를 돌렸다. 시커멓고 큼지막한 사내 하나가 산탄총을 어깨에 걸치고 성큼성큼 다가왔다. 포인터 한 마리가 수줍어하면서 살금살금 뒤따라왔다.

"도대체 여기서 뭐 하는 거요?" 그가 물었다.

"아무것도 안 하오." 맥이 말했다.

"여기는 금렵구요. 낚시, 사냥도 안 되고, 불을 피우거나 야영을 하는 것도 금지요. 어서 불을 끄고 짐을 싸서 여기를 나가시오."

맥이 겸손하게 일어섰다. "몰랐소, 대장. 정말 표지판을 보지 못했소."

"사방에 붙어 있는데, 못 볼 수가 없지."

"이보쇼, 우린 실수를 했고 그래서 미안하다고 하잖소." 맥은 말을 끊고 구부정하게 서 있는 사람을 꼼꼼하게 살폈다. "군인이군, 안 그렇소? 척 보면 알지. 군인은 보통 사람하고 어깨가 달라. 나도 군대에 오래 있었기 때문에 척 보면 알 수 있지."

보일 듯 말 듯 사내가 어깨를 폈다. 눈에 띄지는 않았지만 사내의 자세가 달라졌다.

"내 땅에서 불을 피우는 건 허락할 수 없소." 사내가 말했다.

"아, 미안하게 됐소." 맥이 말했다. "바로 나갈 거요, 대장. 보다시피 우린 어떤 과학자를 위해 일하고 있소. 개구리를 좀 잡으려는 거지. 암을 연구한다고 해서 좀 도와주려고 개구리 몇 마리를 잡으러 온 거요."

사내가 잠시 망설였다. "개구리는 뭐에 쓴답니까?" 사내가 물었다.

"어, 그게, 개구리한테 암을 심는 거요. 그런 뒤에 연구를 하고 실험을 하는 거지. 개구리만 좀 있으면 암을 잡을 수 있다는군. 하지만 우리가 여기 있는 게 싫다면 당장 나가겠소, 대장. 알았다면 들어오지도 않았겠지만." 갑자기 맥은 포인터를 처음 보는 듯한 표정을 지었다. "이야, 그거 아주 잘생긴 개로구만." 맥의 목소리가 뜨거워졌다. "작년에 버지니아 야외 시합에서 우승한 놀라하고 비슷하게 생겼네. 이 아이도 버지니아 쪽이오, 대장?"

대장은 망설이다가 거짓말을 했다. "그렇소." 그는 짧게 대답하더니 덧붙였다. "하지만 다리를 절고 있소. 진드기가 어깨에 붙었거든."

맥은 곧바로 걱정하는 표정으로 바꾸었다. "내가 좀 봐도 되겠소, 대장? 이리 와라, 아가야. 착하지, 아가." 포인터는 주인을 쳐다보더니 옆걸음질로 맥에게 다가갔다. "애 좀 잘 보게 잔가지 좀더 넣어." 맥이 헤이즐에게 말했다.

"개가 핥을 수 없는 곳에 있소." 대장은 말하면서 맥의 어깨 위로 몸을 기울여 개를 보았다.

맥은 개의 어깨에 난 심하게 파인 분화구 같은 상처에서 고름을 짜냈다. "나한테도 이런 병에 걸린 개가 한 마리 있었지. 이게 파고드니까 바로 죽어버리더군. 혹시 얼마 전에 새끼를 낳지 않았소?"

"맞소, 여섯 마리. 내가 거기에 요오드를 발라줬는데."

"아냐, 그건 스며들지 않아. 집에 황산마그네슘 없소?"

"있소. 큰 병에 든 게 있소."

"황산마그네슘으로 뜨거운 습포를 만들어 여기 대쇼. 애는 새끼를 낳느라고 약해진 거야. 하필이면 지금 병이 들다니 안됐구만. 새끼까지 잃겠어." 포인터는 맥의 눈을 깊이 들여다보더니 손을 핥았다.

"이렇게 합시다, 대장. 내가 직접 이 개를 손봐주겠소. 황산마그네슘이면 직방일 거요. 그게 최고지."

대장이 개의 머리를 쓰다듬었다. "저 위쪽 우리 집 옆에 웅덩이가 하나 있는데, 개구리가 꽉 차서 밤에 도통 잠을 못 자겠소. 거기 좀 한번 봐주는 게 어떻소? 밤새도록 소리를 질러대거든. 그 개구리들 좀 없애면 속이 시원하겠는데."

"그거 좋은 말씀이오. 의사들도 고마워할 거요. 하지만 일단 이 개한테 습포부터 얹어주고 싶소." 맥은 패거리를 둘러보았다. "이 불 꺼. 불씨 하나 남기지 말고. 주위도 청소해. 엉망으로 해놓고 뜰 수는 없잖아. 나하고 대장은 먼저 가서 여기 놀라를 치료해줄 거야. 너희는 청소 다하고 따라와." 맥과 대장은 함께 떠났다.

헤이즐은 발로 모래를 차서 불을 껐다. "맥은 원하기만 하면 미국 대통령도 될 수 있을 거야."

"대통령이 되면 뭘 하겠어?" 존스가 말했다. "아무 재미도 없을 텐데."

14

캐너리 로에서 이른 아침은 마법의 시간이다. 빛이 찾아왔지만 아직 해가 뜨기 전인 회색 시간에 이 거리는 시간에서 빠져나와 은빛 속에 걸려 있는 것처럼 보인다. 가로등은 꺼지고, 잡초는 찬란한 초록빛을 뿜낸다. 통조림공장의 골함석은 백금이나 오래된 백랍처럼 진줏빛 광택을 발한다. 이때는 자동차도 다니지 않는다. 진보와 사업이 없는 거리는 적막하다. 몰려왔다 끌려나가는 파도가 바닷물 속에 박힌 통조림공장 기둥에 부딪히는 소리도 들을 수 있다. 위대한 평화의 시간이자 버려진 시간이며, 짧은 휴식의 시기다. 슬그머니 담을 넘은 고양이들은 생선대가리를 찾아 땅 위를 시럽처럼 미끄러져간다. 이른 아침에 나온 개들은 소리 없이 당당하게 줄을 지어 행진하다 오줌 눌 곳을 현명하게 고른다. 갈매기들은 날개를 퍼덕이며 통조림공장 지붕 꼭대기에 어깨를 맞대고 앉아 쓰레기가 나오는 날을 기다린다. 홉킨스 마린 역 근처 바위에서는 강치들이 짐승을 쫓는 사냥개처럼 짖어댄다. 공기는 선선하고 상쾌하다. 뒷마당에서는 뒤쥐들이 축축한 새 흙을 밀어 아침의 둔덕을 쌓은 뒤, 밖으로 기어나와 꽃을 자기 구멍으로 끌고 들어간다. 사람은 거의 없다. 가끔 눈에 띄니 오히려 더 텅 빈 것처럼 느껴진다. 도라네 아가씨 하나가 베어 플래그로 직접 오기에는 너무 돈이 많거나 너무 아픈 손님을 방문하고 돌아온다. 화장은 약간 끈적거리고 두 발은 지쳐 있다. 리청이 쓰레기통을 들고 나와 갓돌에 세워둔다. 늙은 중국인이 바다에서 나와 철퍼덕철퍼덕 도로를 건너 팰리스를 지나 위로 올라간다. 통조림공장 경비원들이 밖을 내다보다 아침빛에 눈을 깜빡인다. 베어 플래그의 경비원이 셔츠 차림으로 현관에 나와 기지개를 켜며 하품을 하고 배를 긁는다. 파이프 안 맬로이 씨의 세입자들이 내는 코고는 소리가 깊은 굴에서 들려오는 듯하다. 진주의 시간이다. 시간이 멈춰 서서 자신을 점검하는, 밤과 낮 사이의 틈이다.

이런 아침에, 이런 빛 속에서 병사 둘과 여자 둘이 거리를 따라 느긋하게 걷고 있었다. 그들은 라 이다에서 나오는 길이었는데, 아주 피곤했고 아주 행복했다. 여자들은 묵직하고 가슴이 크고 튼튼했다. 금발은 약간 헝클어졌다. 날염 인조견사 파티드레스를 입었는데, 여기저기 주름이 잡히고 몸에 꽉 끼었다. 여자들은 병사 모자를 쓰고 있었다. 한 여자는 뒤로 훌렁 젖혀 썼고, 또 한 여자는 챙이 코에 닿도록 깊이 눌러 썼다. 입술은 두툼했고, 코는 넓적했고, 엉덩이는 큼지막했다. 무엇보다도 몹시 피곤해 보였다.

병사들은 상의 단추를 풀었고, 허리띠는 견장 사이에 집어넣었다. 셔츠 칼라 단추를 풀려고 타이는 조금 아래로 끌어내린 모습이었다. 병사들은 여자 모자를 쓰고 있었다. 하나는 밀짚으로 만든 아주 작고 노란 맥고모자로, 꼭대기에는 데이지꽃이 한 묶음 달려 있었다. 또하나는 하얀 니트 하프햇으로, 동그랗고 파란 셀로판지가 붙어 있었다. 그들은 맞잡은 손을 박자에 맞춰 흔들며 걸었다. 바깥쪽 병사는 차가운 캔맥주가 가득 든 커다란 갈색 종이봉투를 들었다. 그들은 진줏빛 속을 가볍게 걸어갔다. 그들은 대단한 시간을 보냈고, 기분이 좋았다. 파티를 기억하는 피곤한 아이들처럼 부서질 듯한 웃음을 지었다. 서로 마주 보며 웃었고, 잡은 손을 흔들었다. 그들은 베어 플래그를 지나가며 배를 긁는 경비원에게 "안녕하쇼" 하고 인사했다. 파이프 안에서 나는 코고는 소리에 귀를 기울이다가 잠깐 웃음을 터뜨렸다. 리청의 가게를 지나다가 연장과 옷과 먹을거리가 눈길을 끌려고 혼잡하게 몰려 있는 지저분한 진열장을 들여다보았다. 그들은 잡은 손을 흔들고 발을 질질 끌며 캐너리 로 끝에서 철로 쪽으로 방향을 틀어 올라갔다. 여자들은 선로에 올라가 걷기 시작했으며, 병사들은 여자들이 떨어지지 않도록 통통한 허리에 팔을 둘렀다. 이윽고 그들은 배 작업장을 지나 홉킨스 마린 역의 공원 같은 땅으로 내려섰다. 역 앞에는 아주 작은 해변이 곡선을 그리고 있다. 작은 모래톱 사이의 작은 해변이다. 부드러운 아침 파도가 해변을 핥으며 부드럽게 속삭였다. 드러난 바위에서는 상큼한 해초 냄새가 풍겼다. 네 사람이 해변으로 걸어가는데, 은 같은 해가 만의 들머리 건너 톰 워크의 땅 위로 얼굴을 드러내더니 물 위로 미끄러지며 바위들을 노랗게 물들였다. 여자들은 얌전하게 모래밭에 앉아 무릎 위로 치마를 펼쳤다. 병사 한 명이 캔맥주 네 개를 따서 돌렸다. 남자들은 모래밭에서 여자들의 무릎을 베고 누워 얼굴을 올려다보았다. 그들은 서로 바라보며 웃음을 지었다. 피곤하고 평화롭고 놀라운 비밀을 나누었다.

역 근처에서 개 짖는 소리가 들렸다. 얼굴이 거무스름하고 퉁명스러운 경비원이 그들을 보았고, 그의 검고 퉁명스러운 코커스패니얼도 그들을 보았다. 경비원이 그들을 향해 소리쳤다. 아무 반응이 없자 경비원은 해변으로 내려왔다. 개는 단조롭게 짖어댔다. "여기 누워 있으면 안 된다는 거 모르쇼? 나가쇼. 여기는 사유지요!"

병사들은 그의 말을 듣지도 못한 것 같았다. 그들은 계속 웃음을 지었고, 여자들은 관자놀이를 덮은 머리카락을 쓰다듬어주었다. 마침내 한 병사가 천천히 고개를 돌렸다. 머리가 여자의 다리 사이에 낀 모습이었다. 병사는 경비원을 향해 자비롭게 웃었다. "아, 염병, 신경 *끄고* 달이나 따러 가든지 하세요." 병사가 짐짓 상냥하게 말하더니, 다시 고개를 돌려 여자를 보았다.

해가 여자의 금발을 밝게 비추었다. 여자는 병사의 귀 위를 긁어주었다. 그들은 경비원이 자기 집으로 돌아가는 것도 보지 못했다.

15

패거리가 농장에 올라갔을 때 맥은 부엌에 있었다. 암컷 포인
터가 옆으로 누워 있었고, 맥은 진드기에게 물린 자리에 황산마
그네슘을 적신 천을 덮어놓았다. 개의 두 다리 사이에서 크고 통
통한 비엔나소시지 같은 강아지들이 젖을 찾아 코를 들이대고
서로 부딪혔다. 암캐는 참을성 있게 맥의 얼굴을 들여다보며 말
했다. "어떤지 알겠죠? 주인한테 말을 하려고 했는데 이해를 못
하더라고요."

대장이 몸을 일으켜 맥을 내려다보았다.

"저걸 알게 되어서 다행이오."

맥이 말했다. "내가 나설 일은 아니라고 생각하지만, 이 강아
지들은 젖을 떼어야겠소. 젖도 많지 않은데 강아지들이 잘근잘

근 씹어대고 있으니."

"알고 있소. 하나만 남기고 다 물에 빠뜨릴 걸 잘못했단 생각도 들더군. 하지만 이곳을 운영하느라 너무 바빴소. 사람들은 예전처럼 새 사냥개에 관심을 갖지 않아. 그래서 죄다 푸들이니 복서니 도베르만뿐이지."

"그렇지. 하지만 사람한테는 포인터만 한 개가 없어. 사람들이 도대체 무슨 생각을 하는지 모르겠소. 그런데 설마 강아지들을 진짜로 물에 빠뜨릴 생각은 아니겠지?"

"글쎄. 마누라가 정치를 한다고 나선 다음부터는 미친 듯이 바빠서 말이오. 이곳 선거구에서 주(州) 의회 하원의원으로 당선되었는데, 입법부가 회기중이 아닐 때는 연설을 하러 쏘다닌다오. 집에 있을 때는 늘 공부를 하고 법안만 쓰지."

"안에 있기가 더럽겠소. 내 말은 아주 외롭겠다는 거요." 맥이 말했다. "나한테 이런 강아지가 있다면……" 맥은 어리둥절한 표정으로 꿈틀거리는 강아지 한 마리를 집어들었다. "삼 년이면 진짜 새 사냥개로 키워놓을 텐데. 어딜 가나 데리고 다닐 텐데 말이오."

"한 마리 가지겠소?" 대장이 물었다.

맥이 고개를 들었다. "나한테 한 마리 주겠다는 거요? 오! 이럴 수가, 좋고말고."

"원하는 대로 고르시오. 요즘은 새 사냥개를 이해하는 사람이 없는 것 같아."

패거리는 부엌에 서서 재빨리 집 안 분위기를 살폈다. 부인은 나가고 없는 게 분명했다. 딴 깡통, 달걀 프라이 자국이 레이스처럼 달라붙은 프라이팬, 부엌 식탁의 부스러기, 빵 상자 위에 열려 있는 산탄총알 상자. 이 모든 것이 집 안에 여자가 없다는 사실을 악을 쓰듯이 이야기하고 있었다. 반면 하얀 커튼과 접시 선반에 깔린 종이와 수건걸이의 작은 수건은 여자가 있기는 있었다는 사실을 말해주었다. 맥 패거리는 여자가 지금 없다는 사실을 무의식적으로 반겼다. 선반에 종이를 깔고 저런 작은 수건을 사용하는 여자는 본능적으로 맥과 그 패거리를 불신하고 싫어했다. 그런 여자들은 이 패거리가 가정에 최악의 위협임을 알았다. 그들이 정리, 질서, 예의와 대립되는 편안, 생각, 교제를 대변하기 때문이었다. 그들은 여자가 없다는 것을 매우 다행으로 여겼다.

이제 대장은 그들이 자신에게 좋은 일을 해준다고 느끼는 듯했다. 대장은 그들이 떠나기를 바라지 않았다. 대장이 머뭇머뭇 말했다. "개구리 잡으러 나가기 전에 몸을 좀 녹일 만한 게 필요할 것도 같은데?"

패거리는 맥을 보았다. 맥은 그 제안에 대해 생각해보는 것처럼 얼굴을 찌푸렸다. "우리는 과학적인 작업을 할 때는 아무것도 입에 안 대는 걸 규칙으로 삼고 있소." 그러곤 너무 멀리 나가기라도 한 듯 얼른 덧붙였다. "하지만 대장이 그렇게 친절하게 말해주니…… 뭐, 나는 작은 거라면 괜찮을 것 같기도 하지만. 저 친구들은 어떤지 모르겠네."

패거리도 작은 거라면 괜찮다고 맞장구를 쳤다. 대장은 손전등을 챙기더니 지하실로 내려갔다. 잡동사니와 상자들을 치우는 소리가 들리더니, 오 갤런들이 떡갈나무 통을 품에 안고 돌아왔다. 대장은 통을 탁자에 내려놓았다. "금주령 기간에 옥수수 위스키를 좀 얻어서 보관해두었지. 그런데 갑자기 상태가 어떤지 궁금해졌소. 이제 꽤 오래되었거든. 사실 거의 잊고 있었지. 보다시피…… 집사람이……" 대장은 말을 끝맺지 않았다. 듣는 사람들이 이미 이해했기 때문이다. 대장은 통 뚜껑에서 떡갈나무 마개를 뽑더니, 가장자리에 부채꼴무늬가 있는 종이가 덮인 선반에서 잔을 꺼냈다. 오 갤런들이 통에서 술을 조금 따르기는 정말 어려웠다. 모두 맑은 갈색 액체를 물잔에 반 정도 받았다. 그들은 예의를 차려 대장이 일을 마치기를 기다렸다가 "강 건너로" 하고 말하고는 술을 입 안에 털어넣었다. 그들은 술을 삼키고, 혀로 맛을 보고, 입술을 빨았다. 모두 먼 데를 바라보는 표정이었다.

맥은 잔 바닥에 거룩한 글이라도 적힌 것처럼 빈 잔을 살폈다. 이윽고 고개를 들었다. "말이 필요 없군. 이런 건 병에 담아 팔지 않지." 맥은 숨을 깊이 들이쉬더니 나오는 숨을 빨았다. "이렇게 좋은 술은 평생 맛본 적이 없는 것 같아."

대장은 기분 좋은 표정이었다. 그의 눈길이 천천히 통으로 돌아갔다. "맛이 좋네. 조금씩만 더 하겠소?"

맥이 다시 잔을 들여다보았다. "작은 걸로라면 뭐. 주전자에 좀 따라놓는 게 편하지 않겠소? 그러다 쏟기 쉬우니까."

그들은 두 시간 뒤에야 왜 그곳에 왔는지 기억했다.

개구리 웅덩이는 사각형이었다. 가로 십오 미터, 세로 이십 미터에 깊이는 일 미터였다. 가장자리에는 부드러운 풀이 무성했다. 작은 도랑 하나가 강에서 웅덩이로 물을 댔고, 작은 도랑 여러 개가 웅덩이에서 과수원으로 물을 댔다. 개구리는 많았다. 수천 마리였다. 개구리 소리가 밤을 두드렸다. 왕왕거리고 꽹꽹거리고 꽥꽥거리고 딸랑거렸다. 개구리는 별을 보고, 이우는 달을 보고, 물결치는 풀을 보고 노래를 불렀다. 소리 높여 사랑의 노래를 부르거나 도전을 했다. 사내들은 어둠을 헤치고 웅덩이로 기어갔다. 대장은 거의 꽉 찬 위스키 주전자를 들었고, 나머지는 잔을 들었다. 대장은 그들에게 불이 들어오는 손전등을 하나씩 찾아주었다. 휴지와 존스가 마대 자루를 들었다. 그들은 조용히 다가갔지만, 개구리들은 그 소리를 들었다. 개구리 노래로 시끌 벅적하던 밤이 갑자기 조용해졌다. 맥 패거리와 대장은 땅바닥에 앉아 마지막으로 작은 것을 한 잔 마시고 작전을 짰다. 계획은 과감했다.

개구리와 인간이 같은 세계에 살아온 수천 년 동안 인간은 계속 개구리 사냥을 해왔을 것이다. 그 시간 동안 사냥하고 도망가는 패턴이 형성되었다. 인간은 그물이나 활이나 창이나 총을 들고 제 딴에는 소리를 내지 않고 개구리에게 다가간다. 이 패턴에서는 개구리가 가만히 앉아 있을 것을, 가만히 앉아서 기다릴 것을 요구한다. 이 게임의 규칙은 개구리가 마지막 순간, 그물이 내려오고 창이 허공에 뜨고 손가락이 방아쇠를 당기는 순간까지 기다리다가 풀쩍 물에 뛰어들어가 바닥까지 헤엄친 다음 인간이 떠날 때까지 기다리는 것이다. 이것이 이 일이 이루어지는 방식, 늘 이루어져왔던 방식이다. 개구리에게는 이 게임이 앞으로도 늘 그렇게 이루어질 거라고 기대할 권리가 얼마든지 있다. 이따금 그물이 너무 빠르거나, 창이 정확하게 꿰뚫거나, 총알이 빗나가지 않고 날아오는 바람에 개구리가 죽는다. 그러나 이것은 공평하다고 할 수 있으며, 틀에서 벗어난 것이 아니다. 개구리들은 이런 것에 분개하지는 않는다. 그러나 개구리들이 맥의 새로운 방법을 어떻게 예상할 수 있었겠는가? 그 뒤에 찾아오는 공포를 어떻게 예측할 수 있었겠는가? 갑자기 번쩍이는 빛, 사람들이 악쓰는 소리, 정신없이 움직이는 발. 모든 개구리가 웅덩이로 펄 쩍 뛰어든 뒤 미친 듯이 바닥을 향해 헤엄쳤다. 그러자 사람들이 줄지어 웅덩이로 뛰어들어 발을 구르고, 물을 휘젓고, 이리저리 걷어차면서 미친 듯이 웅덩이를 돌아다녔다. 개구리들은 혼비백 산하여 미친 듯이 휘젓는 발보다 앞서 헤엄쳤지만, 발은 계속 따 라왔다. 개구리는 헤엄을 잘 친다. 하지만 인내심은 부족하다. 그들은 웅덩이 바닥으로 내려가, 마침내 한구석에 모여들어 북 적거렸다. 그러자 발과 곧 고꾸라질 듯 거칠게 움직이는 몸들이 그들을 따라왔다. 개구리 몇 마리는 이성을 잃고 버둥거리며 발 들 사이를 빠져나갔다. 이 개구리들은 살았다. 그러나 다수는 이 웅덩이를 영원히 떠나, 이런 일이 일어나지 않는 새로운 나라에 서 새집을 찾기로 했다. 자포자기에 빠져 곧 미쳐버릴 것 같은 개구리들, 큰 개구리, 작은 개구리, 갈색 개구리, 녹색 개구리, 남자 개구리와 여자 개구리가 물결을 이루어 둑 위로 올라가 기 고 뛰고 내뺐다. 풀밭을 기어오르며 서로 붙들고, 작은 개구리는 큰 개구리에 올라탔다. 그 순간 공포에 다시 공포가 겹치는 일이 벌어졌다. 손전등이 밝혀진 것이다. 남자 둘이 딸기처럼 개구리 를 주워 담았다. 물에서 나온 남자들이 후방을 좁혀오며 감자처 럼 개구리를 주워 담았다. 개구리는 열 마리씩 쉰 마리씩 마대 자루에 던져졌고, 자루에는 곧 지치고 겁먹고 환멸에 빠진 개구리들, 물을 뚝뚝 떨어뜨리며 훌쩍이는 개구리들이 가득 찼다. 물론 몇 마리는 달아났고, 몇 마리는 웅덩이에서 몸을 피했다. 그러나 개구리 역사상 이런 참극이 일어난 적은 없었다. 개구리가 일 킬로그램 단위, 십 킬로그램 단위로 실려나간 날이었다. 숫자를 헤아려보지는 않았지만, 육칠백 마리는 될 것 같았다. 맥은 행복한 표정으로 자루 목을 묶었다. 패거리는 쌀쌀한 공기 속에서 흠뻑 젖은 채 물을 뚝뚝 떨어뜨렸다. 그들은 집에 들어가기 전에 감기에 걸리지 않도록 작은 것으로 한잔했다.

대장은 이렇게 재미있게 놀아본 적이 없었을 것이다. 맥 패거리에게 큰 빚을 진 셈이었다. 나중에 커튼에 불이 붙어 작은 수건으로 꺼야 했지만, 대장은 괜찮다고 말했다. 패거리가 원해서 집을 다 태워버린다 해도, 자신에게는 영광이라고 생각했다. "내 마누라는 훌륭한 사람이오." 대장은 장광설을 늘어놓았다. "아주 훌륭한 사람이오. 남자로 태어났어야 하는 건데. 남자였다면 내가 결혼하지도 않았겠지." 대장은 그 말에 오랫동안 웃음을 터뜨리더니, 서너 번 그 말을 되풀이하고 나서 다른 사람에게도 들려줄 수 있게 아예 외워버리기로 결심했다. 대장은 주전자에 위스키를 따라 맥에게 주었다. 팰리스 플롭하우스에 가서 그들과 함께 살고 싶었다. 마누라도 맥 패거리를 알기만 하면 틀림없이 좋아할 거라고 생각했다. 마침내 대장은 강아지들 사이에 머리를 뉘고 잠이 들었다. 맥 패거리는 작은 것을 한 잔씩 따르고 엄숙한 표정으로 대장을 보았다.

맥이 말했다. "저 사람이 이 위스키 주전자를 나한테 줬어, 안 그래? 너희도 들었지?"

"주었고말고요." 에디가 말했다. "내가 들었어요."

"강아지도 줬지?"

"그럼요, 한 마리 고르라고 했죠. 다 들었어요. 그런데 왜요?"

"난 지금까지 술 취한 사람을 속여 먹은 적이 없거든. 이제 와서 새삼 그럴 생각도 없고." 맥이 말했다. "여기서 나가야 돼. 저 사람은 더러운 기분으로 잠을 깨서 모든 게 우리 책임이라고 할 거야. 나는 정말 여기 있고 싶지 않아." 맥은 타버린 커튼, 위스키와 강아지 오줌이 번들거리는 바닥, 스토브 앞에서 굳어가는 베이컨 기름을 둘러보았다. 그러고는 강아지들이 있는 곳으로 가서 조심스럽게 살피고 손으로 뼈와 골격을 더듬어보고 눈을 들여다보고 턱을 살피더니, 아름다운 점이 박힌 암컷을 골랐다. 코는 적갈색에 예쁜 눈은 짙은 노란색이었다. "이리 오너라, 아가야." 맥이 말했다.

불이 날 위험이 있었기 때문에 등은 껐다. 그들은 막 동이 트려고 할 때 그 집을 나섰다.

"이런 멋진 여행은 처음인 것 같아." 맥이 말했다. "하지만 저 사람 마누라가 돌아올 거라고 생각하니 등골이 오싹했어." 강아지가 품에서 낑낑거리자 맥은 강아지를 상의 속에 집어넣었다. "정말 좋은 사람이야. 그러니까 우리가 마음을 편안하게 해준 뒤에는 그렇게 되었다는 얘기지." 맥은 포드를 세워놓은 곳으로 성큼성큼 걸어갔다. "우린 이 모든 일을 닥을 위해서 한다는 사실을 잊으면 안 돼. 일이 되어가는 꼴을 보니 닥은 아주 운이 좋은 사람 같아."

16

아마 베어 플래그의 여자들이 가장 바빴던 때는 정어리가 엄청나게 잡힌 3월이었을 것이다. 단지 은빛 생선이 수도 없이 쏟아져 들어오고 돈이 지천으로 흘러다녔기 때문만은 아니었다. 새로운 연대가 프리시디오로 들어오자, 새로 온 병사들이 무리지어 다니며 한참 기웃거리다 의자에 엉덩이를 붙이곤 했다. 도라는 마침 일손이 부족했다. 에바 플래니건은 휴가를 내서 이스트 세인트루이스에 가고, 필리스 메이는 샌타크루즈의 롤러코스터에서 내리다가 다리가 부러졌고, 엘지 더블보텀은 구일 기도를 시작하여 다른 일에는 마음 쓸 여유가 없었기 때문이다. 정어리 선단에서 온 남자들은 돈을 잔뜩 들고 오후 내내 들락거렸다. 어두워지면 배를 타고 나가 밤새도록 고기를 잡았기 때문에 오후에는 놀아야 했다. 저녁이면 새로운 연대의 병사들이 내려와 주크박스 주위에서 코카콜라를 마시고 놀면서 나중에 돈을 내고 살 때를 대비해 여자들을 재보았다. 도라는 소득세 문제 때문에 골치가 아팠다. 사업 자체는 불법이라고 하면서 세금을 물리는 묘한 수수께끼에 말려들었기 때문이다. 이 모든 것 말고도 단골들, 몇 년 전부터 꾸준히 찾아오는 손님들이 있었다. 자갈채취장의 노동자들, 목장의 카우보이들, 철도 노동자들. 이들은 앞문으로 들어오는 손님이었고, 철로 옆 뒷문으로 들어와 사라사 무명으로 꾸민 작은 응접실에 앉아서 기다리는 시 공무원과 이름난 사업가들도 있었다.

전체적으로 꽤 멋진 달이었다. 어쩌면 그래서 그 달 딱 중간에 인플루엔자가 돌 수밖에 없었던 것인지도 모르겠다. 인플루엔자는 도시 전체를 휩쓸었다. 샌카를로스 호텔의 탤벗 부인과 딸도 걸렸다. 톰 워크도 걸렸다. 벤저민 피보디 부부도 걸렸다. 마리아 안토니아 필드 각하도 걸렸다. 그로스 가족도 전부 걸렸다.

일반적인 병, 사고, 신경증을 돌보기에는 충분한 숫자인 몬터레이의 의사들은 미친 듯이 뛰어다녔다. 의사들은 치료비를 지불하지는 않는다 해도, 적어도 그럴 수 있는 돈은 가진 환자들만 돌보는 데도 손이 모자랐다. 도시의 다른 지역 사람들보다 강인한 품종을 생산하는 캐너리 로는 다른 데보다 늦게 걸리기는 했지만, 어쨌든 이곳에도 인플루엔자가 들이닥쳤다. 학교는 휴교했다. 열이 나는 아이나 아픈 부모가 없는 집이 없었다. 1917년처럼 치명적인 병*은 아니었지만, 아이들에게는 유양돌기로 침투하는 경향이 있었다. 의사들은 그들이 아니더라도 매우 바빴다. 게다가 캐너리 로는 의사들이 경제적인 모험을 하기에 적당한 곳이 아니었다.

웨스턴 생물학 연구소의 닥은 의사 일을 할 권리가 없었다. 그러나 캐너리 로의 모든 사람이 그에게 의학적 조언을 구하러 오는 것이 그의 잘못은 아니었다. 닥은 자기도 모르는 새에 판잣집을 돌아다니며 열을 재고, 약을 주고, 담요를 빌리고 나누어주고, 심지어 한 집에서 먹을 것을 가져다가 다른 집에서 침대에 누워 충혈된 눈으로 자신을 바라보는 어머니에게 주기도 했다. 그러면 그 어머니는 고맙다고 하면서, 아이를 회복시킬 책임을 모조리 닥에게 떠안겼다. 닥은 정말 자신도 어쩔 수 없는 환자일 때는 동네 의사에게 전화를 했고, 의사는 응급 상황으로 보일 경우에는 찾아오기도 했다. 그러나 당사자들 입장에서는 모두가 응급 상황이었다. 닥은 제대로 잠을 자지 못했다. 맥주와 정어리 통조림만 먹고 지냈다. 그는 맥주를 사러 리청의 가게에 갔다가

---

* 1917년 전 세계적으로 스페인 독감이 유행해 수많은 사람이 목숨을 잃었다.

손톱깎이를 사러 온 도라를 만났다.

"녹초가 된 것 같네요." 도라가 말했다.

"그래요." 닥도 순순히 인정했다. "일주일 정도 잠을 전혀 못 잤습니다."

"알아요. 심각하다고 들었어요. 심각한 때에 찾아왔고."

"뭐, 그래도 아직 죽은 사람은 없잖아요. 아주 심하게 아픈 아이가 몇 명 있긴 하지만. 랜슬네 애들이 모두 유양돌기염에 걸렸습니다."

"내가 도와줄 일이 있을까요?"

"있고말고요. 사람들이 힘을 잃고 무서워하고 있어요. 랜슬네도 그래요. 죽도록 무서워하고, 혼자 있는 걸 두려워합니다. 혹시 도라나, 아니면 아가씨 몇 명이 그냥 함께 있어주기만 해도 좋을 겁니다."

쥐의 배만큼이나 부드러운 여자 도라는 때때로 카보런덤*만큼이나 단단해지기도 했다. 그녀는 베어 플래그로 돌아가 봉사단을 조직했다. 그녀에게는 심각한 때였지만 그래도 달려들었다. 그리스인 주방장은 십 갤런들이 솥에 진한 수프를 끓여 늘 진하게, 늘 철철 넘치는 상태로 유지했다. 아가씨들은 자기 본업

---

* 탄화규소의 상품명.

을 계속하면서도 교대로 환자 가족을 방문했다. 수프가 든 단지를 들고. 사람들은 계속 도라를 찾았다. 도라는 닥과 상의하여 그가 제안하는 곳으로 아가씨들을 보냈다. 그러는 동안에도 베어 플래그의 사업은 호황을 이루었다. 주크박스는 쉬지 않고 돌아갔다. 어선 선단의 사내들과 병사들이 줄을 섰다. 아가씨들은 자기 할 일을 한 다음에 수프 단지를 들고 뒷문으로 빠져나가 랜슬, 매카시, 페리아 네로 문병을 갔다. 가끔 잠든 아이와 함께 있다가 의자에 앉은 채 잠이 들기도 했다. 이제 아가씨들은 일 때문에 화장을 하지 않았다. 그럴 필요가 없었다. 도라는 자신이 양로원에 들어가도 누가 뭐라 하지 않을 얼굴이라고 말했다. 베어 플래그 아가씨들의 기억 속에 이보다 바쁜 때는 없었다. 이 시기가 지나가자 모두들 기뻐했다.

17

닥은 다정한 사람이었고 친구들도 있었지만, 또 외롭게 홀로 떨어져 사는 사람이었다. 맥은 다른 누구보다 이 점에 주목했던 것 같다. 집단 속에서 닥은 늘 혼자인 것처럼 보였다. 불이 켜지고 커튼이 드리워지고 커다란 축음기에서 그레고리오 성가가 흘러나오면, 맥은 팰리스 플롭하우스에서 연구소를 굽어보았다. 맥도 닥이 여자와 함께 있다는 걸 알았지만, 그 광경을 보면서 무시무시한 외로움을 느끼곤 했다. 맥은 닥이 여자와 친밀한 접촉을 할 때도 외로울 것이라고 생각했다. 닥은 밤에 기어다니는 사람이었다. 연구소에는 밤새도록 불이 켜져 있었다. 그러나 닥은 낮에도 일어나 있는 것 같았다. 연구소에서는 낮이나 밤이나 커다란 수의(壽衣) 같은 음악이 흘러나왔다. 가끔 완전히 깜깜

해져 마침내 잠이 찾아온 것처럼 보일 때도, 연구소의 창문으로는 시스티나 합창단 아이들의 다이아몬드 같은 목소리가 흘러나오곤 했다.

닥은 채집을 계속해야 했다. 그는 해안의 조수가 적당할 때 일을 하려 했다. 바다의 바위와 해변은 그의 자재 창고나 마찬가지였다. 그는 원하는 것이 어디에 있는지 잘 알았다. 그의 사업 품목은 모두 해안에 분류, 정리되어 있었다. 딱지조개는 여기, 문어는 저기, 서관충은 다른 곳, 팔방산호는 또다른 곳. 닥은 그것들을 어디 가면 얻을 수 있는지 알았지만, 그가 원하는 시간에 마음대로 그것을 가지러 갈 수는 없었다. 자연이 자재 창고를 잠가두고 이따금 문을 열어주었기 때문이다. 따라서 물때를 알아야 할 뿐 아니라, 언제 어떤 곳에서 어떤 썰물이 좋은지도 알아야 했다. 그런 썰물이 생기면 채집 도구를 차에 싣고, 단지, 병, 접시, 방부제도 싸서 필요한 동물이 있는 해변이나 갯벌이나 바위턱으로 갔다.

닥은 작은 문어를 주문받았다. 그것을 구할 수 있는 가장 가까운 곳은 로스앤젤레스와 샌디에이고 사이의 라호야에 있는, 바위가 흩어진 조간대(潮間帶)였다. 갈 때와 올 때 각각 팔백 킬로미터를 달려야 하고, 물이 빠질 때에 맞추어 도착해야 했다.

작은 문어는 모래에 박힌 바위 사이에 산다. 겁이 많고 어리기 때문에 동굴과 작은 틈과 진흙 둔덕이 많은 바닥을 좋아한다. 그런 곳이라야 육식동물을 피하고 파도로부터 자신을 보호할 수 있다. 같은 층에는 수없이 많은 딱지조개도 살고 있다. 따라서 닥은 주문받은 문어를 잡으면서, 딱지조개의 재고도 확보할 수 있었다.

썰물 시간은 목요일 오전 다섯시 십칠분이었다. 수요일 아침에 몬터레이를 떠나면 목요일 물때에 맞추어 넉넉하게 도착할 수 있었다. 벗 삼아 누군가를 데려가고 싶었으나 공교롭게도 모두 집에 없거나 바빴다. 맥 패거리는 개구리를 잡으러 카멜 계곡에 갔다. 닥이 아는 젊은 여자 세 명과 함께 가면 재미있겠지만 모두 일자리를 얻는 바람에 주중에는 움직일 수가 없었다. 화가 앙리는 바빴다. 홀먼 백화점이 깃대 관리자가 아니라 깃대 스케이터를 고용했기 때문이다. 그는 백화점 꼭대기의 높은 장대 위에 달린 둥글고 작은 단에서 뱅글뱅글 스케이트를 탔다. 스케이터는 그곳에서 사흘 낮 사흘 밤을 보냈다. 처음부터 단에서 스케이트 타는 것으로 새로운 기록을 세우려고 나간 것이다. 이전 기록이 백이십칠 시간이었기 때문에 조금 더 타야 했다. 앙리는 길 건너 레드 윌리엄스 주유소에 자리를 잡았다. 앙리는 매혹되었다. '깃대 스케이터의 기층의 꿈'이라는 거대한 추상화를 그려볼까 하는 생각도 했다. 앙리는 스케이터가 위에 있는 동안에는 도시를 뜰 수 없었다. 그는 깃대에서 스케이트를 타는 행위에는 아무도 건드린 적이 없는 철학적 의미가 포함되어 있다고 주장했다. 앙리는 의자에 앉아 레드 윌리엄스 주유소의 남자 화장실 문을 가린 격자문에 등을 기댔다. 허공의 스케이트장을 계속 바라보고 있는 그가 닥과 함께 라호야에 갈 수 없는 것은 분명했다. 닥은 혼자 갈 수밖에 없었다. 바닷물은 기다려주지 않았기 때문이다.

닥은 아침 일찍 짐을 챙겼다. 개인 소지품은 작은 가방에 넣었다. 다른 작은 가방에는 연장과 주사기를 넣었다. 짐을 다 싸자 갈색 턱수염을 빗어 다듬은 뒤 연필을 셔츠 호주머니에 넣고 돋보기를 옷깃에 달았다. 접시, 병, 유리판, 방부제, 고무장화, 담요는 차 뒤칸에 넣었다. 그는 진주의 시간 내내 일을 했다. 사흘 치 설거지를 하고, 쓰레기를 밀려드는 파도에 버렸다. 문은 닫았지만 잠그지는 않았다. 닥은 아홉시에 출발했다.

닥은 어디를 가든 다른 사람보다 시간이 많이 걸렸다. 급하게 운전하지도 않았고, 자주 차를 세우고 햄버거를 먹었기 때문이다. 라이트하우스 애비뉴를 따라 차를 몰다가 고개를 돌려 그를 보고 웃는 개에게 손을 흔들어주기도 했다. 몬터레이에서 출발하기도 전에 배가 고파 허먼네 가게에 차를 세우고 햄버거와 맥주를 먹었다. 샌드위치를 먹고 맥주를 홀짝이는데, 대화 한 조각이 떠올랐다. 시인 블레즈델이 그에게 한 말이었다. "당신 맥주를 무척 좋아하는군. 언젠가는 틀림없이 가게에 들어가 맥주 밀크셰이크를 주문하게 될 거야." 그냥 별것 아닌 농담이었지만, 이 말이 그후로 닥을 계속 괴롭혔다. 도대체 맥주 밀크셰이크는 어떤 맛일까? 그 생각을 하자 속이 메스꺼웠지만, 거기서 끝낼 수가 없었다. 맥주를 한 잔 마실 때마다 그 생각이 불쑥불쑥 머리를 내밀었다. 그럼 우유가 엉길까? 설탕을 넣어야 할까? 새우 아이스크림 같을까? 그 생각이 머릿속에 꽉 박히자 도무지 떨쳐낼 수가 없었다. 닥은 샌드위치를 다 먹고 허먼에게 돈을 냈다. 뒷벽에 놓인 반짝거리는 밀크셰이크 기계는 일부러 보지 않았다. 맥주 밀크셰이크를 주문하더라도 나를 모르는 곳에서 하는 게 낫지. 닥은 생각했다. 하지만 턱수염을 기른 처음 보는 남자가 맥주 밀크셰이크를 주문하면 경찰을 부를지도 모른다. 사실 턱수염을 기른 남자는 늘 약간은 의심을 받지 않는가. 따라서 턱수염을 좋아해서 기른다고 말할 수는 없다. 진실을 말한다고 사람들이 좋아하는 것도 아니니까. 어쩔 수 없이 흉터가 있어서 면도를 못한다고 말해야 했다. 닥은 시카고 대학에 있을 때 사랑 문제로 힘든데다가 일까지 너무 열심히 해 지친 적이 있었다. 그는 오래 걷는 게 도움이 되지 않을까 생각하고는 작은 배낭을 하나 메고 인디애나와 켄터키와 노스캐롤라이나와 조지아를 거쳐

플로리다까지 갔다. 농부와 산사람들 사이를 걸었다. 늪지대 사람과 어부들 사이를 걸었다. 가는 곳마다 사람들은 왜 이런 데를 걷느냐고 물었다.

닥은 진실한 것을 좋아했기 때문에 설명을 하려 했다. 신경이 좀 예민해져서이기도 하지만, 그렇지 않아도 시골을 보고 땅 냄새를 맡고 풀과 새와 나무를 보는 걸 좋아한다. 시골을 맛보는 것을 좋아한다. 걷지 않고는 그렇게 할 방법이 없지 않느냐. 진실을 말했지만 사람들은 좋아하지 않았다. 얼굴을 찌푸리거나 고개를 저으며 자기 머리를 두드렸다. 거짓말인 줄 뻔히 안다는 듯이, 거짓말쟁이를 알아볼 능력이 있다는 듯이 웃음을 터뜨렸다. 어떤 사람들은 딸이나 돼지를 훔쳐갈까 걱정이 되어 계속 걸어가라고, 어서 가라고, 너한테 좋은 게 무엇인지 안다면 자기네집 근처에서는 멈추지 말라고 말했다.

그래서 닥은 진실을 말하려는 노력을 그만두고 내기 때문에 걷고 있다고 했다. 그렇게 하면 백 달러를 딸 수 있다고. 그러자 모두 그를 좋아했고, 그의 말을 믿었다. 들어와 식사를 하자고 하고, 잠자리를 제공하고, 점심을 차려주고, 행운을 빌어주고, 그가 아주 멋있는 사람이라고 생각했다. 닥은 여전히 진실한 것들을 사랑했지만, 모두가 그것을 사랑하지는 않는다는 사실을 깨달았으며, 그것이 아주 위험한 애인이 될 수 있다는 것도 알왔다.

닥은 샐리너스에서는 햄버거를 사 먹으려고 멈추지 않았다. 그러나 곤살레스, 킹시티, 파소로블레스에서는 멈추었다. 샌타마리아에서는 햄버거 두 개와 맥주를 먹었다. 거기에서 샌타바버라까지는 먼 거리였기 때문이다. 샌타바버라에서는 수프, 상추와 콩 샐러드, 쇠고기 찜구이와 으깬 감자, 파인애플 파이와 블루치즈와 커피를 먹었고, 차에 기름을 넣고 화장실에 갔다. 주유소에서 엔진오일과 타이어를 점검하는 동안 얼굴을 씻고 턱수염을 빗었다. 닥이 차로 돌아오자 태워주기를 원하는 사람들이 잔뜩 기다리고 있었다.

"남쪽으로 가시나요?"

닥은 간선도로를 타고 자주 여행을 다녔다. 노련한 여행자라고 할 수 있었다. 태워줄 사람은 아주 신중하게 골라야 한다. 경험 많은 사람을 고르는 것이 최선이다. 그런 사람은 입을 다물고 있기 때문이다. 그러나 경험 없는 사람은 재미있게 해주어 은혜를 갚으려 한다. 닥은 이런 사람들이 계속 지껄여대는 통에 고생한 적이 있었다. 그리고 태워줄 사람을 선택한 뒤에는 멀리 가지 않는다고 말하여 자신을 보호해야 한다. 그래야 부담스러운 사람으로 판명이 날 경우 내리게 할 수 있다. 반면 운이 좋아 알 만한 가치가 있는 사람을 태울 수도 있다. 닥은 얼른 줄을 훑어보고 같이 갈 사람을 골랐다. 영업사원 느낌을 주는, 얼굴이 홀쭉한 사람으로 파란 양복 차림이었다. 입가에 깊은 주름이 있었고, 검은 눈은 생각에 잠긴 듯했다.

그는 혐오하는 표정으로 닥을 보았다. "남쪽으로 가십니까?"

"네. 멀리는 안 갑니다만."

"좀 태워주시겠습니까?"

"타쇼!" 닥이 말했다.

벤투라에 이르렀을 때는 든든한 식사를 한 지 얼마 안 되었기 때문에 맥주만 마시기로 했다. 차에 탄 사람은 한마디도 하지 않았다. 닥은 도로변의 노점에 차를 세웠다.

"맥주 좀 마시겠소?"

"아니요. 그리고 분명히 말씀드리는데, 술을 마시고 운전하는 것은 별로 좋은 생각이 아닙니다. 댁의 목숨이야 어떻게 하든 내가 상관할 바 아니지만, 지금 댁은 차를 갖고 있고, 차는 술 취한 운전자의 손에 쥐어지면 살인 무기가 될 수 있지요."

닥은 약간 놀랐다. 이윽고 닥이 작은 소리로 말했다. "내리쇼."

"네?"

"당신 면상을 한 대 갈길 생각이오. 열을 세기 전에 안 내리면 말이오. 하나―, 둘―, 셋―."

남자는 문손잡이를 더듬더니 서둘러 엉덩이부터 차에서 빼냈다. 그리고 밖에 나서자마자 소리를 질렀다. "경찰관을 찾을 거야. 당신을 잡아가라고 신고하겠어."

닥은 대시보드를 열고 멍키 스패너를 꺼냈다. 그것을 본 남자는 서둘러 걸어가버렸다.

닥은 화가 나서 노점 카운터로 걸어갔다.

갑상선종에 걸린 듯한 금발 미녀 종업원이 그를 보고 웃음을 지었다. "뭘로 하실래요?"

"맥주 밀크셰이크." 닥이 말했다.

"네?"

여기서 결국 말해버렸다. 하지만 뭐 어떠랴. 조금 있다 하느니 지금 해치우고 끝내는 게 나을지도 모른다.

금발이 말했다. "농담하세요?"

닥은 피곤하게도 자신이 설명할 수 없다는 것, 진실을 말할 수 없다는 것을 알았다. "내 방광에 문제가 좀 있소. 의사는 악성 급해장조갈증이라고 하더군. 그래서 맥주 밀크셰이크를 마셔야 하오. 의사 명령이거든."

금발은 다독이듯이 웃음을 지었다. "어머! 저는 농담인 줄 알았잖아요." 장난스러운 표정으로 말했다. "어떻게 만드는지 말씀해주세요. 아프신 줄 몰랐어요."

"몹시 아파요. 앞으로 더 아플 거고. 우유를 좀 넣고, 맥주를

반 병 보태시오. 나머지 반은 잔으로 주시오. 밀크셰이크에 설탕
은 넣지 말고." 금발이 갖다주자 닥은 얼굴을 찌푸리고 맛을 보
았다. 그렇게 나쁘지는 않았다. 김빠진 맥주에 우유를 보탠 듯한
맛이었다.

"말만 들어도 끔찍해요." 금발이 말했다.

"익숙해지면 그리 나쁘지 않소. 난 이걸 십칠 년이나 마셨는
걸."

18

닥은 천천히 운전했다. 벤투라에 도착했을 때는 늦은 오후였고, 카펜테리아에서 멈추었을 때는 너무 늦어서 치즈샌드위치를 먹고 화장실에 가는 것밖에 하지 못했다. 로스앤젤레스에서 좋은 식사를 할 생각이었는데, 도착했을 때는 이미 날이 어두웠다. 닥은 계속 가다가 그가 아는 커다란 치킨 인 더 러프에서 차를 세웠다. 그곳에서 튀긴 닭, 잘게 썬 감자, 뜨거운 비스킷과 꿀, 파인애플 파이 한 조각과 블루치즈를 먹었다. 또 보온병에 뜨거운 커피를 채우고, 햄샌드위치 여섯 개를 만들어달라고 하고 맥주 두 쿼트를 샀다. 아침으로 먹을 요량이었다.

밤에 하는 운전은 별 재미가 없었다. 개 한 마리 구경할 수 없었다. 그저 전조등이 번쩍이는 간선도로뿐이었다. 닥은 여행을 끝내려고 속도를 냈다. 두시 반쯤 라호야에 도착했다. 닥은 도시를 그대로 통과하여, 그가 찾는 갯벌을 끼고 있는 절벽으로 곧장 갔다. 그곳에서 차를 세우고, 샌드위치를 먹고, 맥주를 조금 마시고, 전조등을 끄고, 좌석에 웅크리고 잠을 잤다.

시계는 필요 없었다. 워낙 조수에 맞추어 일을 오래 했기 때문에 자면서도 조수의 변화를 느낄 수 있었다. 닥은 새벽에 일어나 앞유리 너머로 물이 밀려나가면서 바위가 깔린 갯벌이 드러나는 것을 보았다. 닥은 뜨거운 커피를 조금 마시고, 샌드위치를 세 개 먹고, 맥주 한 쿼트를 마셨다.

물은 눈에 보이지 않게 빠져나간다. 바위들이 모습을 드러내고 몸을 일으키는 것 같다. 바다는 물러나며 작은 웅덩이들을 남긴다. 축축한 해초와 이끼와 해면을 남긴다. 진주색과 갈색과 파란색과 뿌연 붉은색이다. 바닥에는 믿을 수 없이 많은 바다 쓰레기가 널려 있다. 부서지고 이가 빠진 조개껍데기와 해골 조각, 발톱. 바다 바닥 전체가 환상적인 묘지이며, 그곳에서 살아 있는 것들은 빠르게 움직이고 서로 다툰다.

닥은 고무장화를 신고 조심스럽게 방수 모자를 썼다. 통과 단지와 쇠지레를 들고 샌드위치를 한쪽 주머니에, 보온병을 다른 주머니에 집어넣은 다음 절벽을 내려가 드러난 갯벌로 갔다. 그는 바다가 밀려나간 갯벌에서 일을 했다. 쇠지레로 바위를 뒤집었다. 이따금 그의 손이 남은 물 안으로 빠르게 들어가 성나 꿈틀거리는 작은 문어를 꺼냈다. 문어는 화가 나 시뻘게진 몸으로 그의 손에 먹물을 뱉었다. 닥은 문어를 바닷물이 든 단지에 담았는데, 보통 새로 들어간 놈은 화가 나 있어 안에 있는 다른 문어들을 공격했다.

그날은 수확이 좋았다. 문어를 스물두 마리나 잡았고, 딱지조개는 수백 마리 잡아 나무통에 넣었다. 썰물이 빠져나가고 닥이 그 뒤를 따르는 동안 아침이 찾아와 해가 떴다. 갯벌은 이백 미터를 뻗어가, 해초를 몸에 붙인 채 한 줄로 나란히 서 있는 무거운 바위들과 만났다. 그 너머에서는 물이 갑자기 깊어졌다. 닥은 갯벌 끝 모래톱에 이를 때까지 일을 했다. 이제 원하는 것을 대충 얻었기 때문에 돌 밑을 보고, 허리를 굽혀 웅덩이 안을 살피며 나아갔다. 모자이크처럼 반짝거리는 웅덩이에서는 종종걸음치는 생명체들이 거품을 보글거렸다. 닥은 마침내 갯벌을 둘러싼 모래톱에 이르렀다. 가죽 같은 긴 갈색 해초들이 물에 몸을 드리우고 있었다. 빨간 불가사리가 바위에 달라붙어 있고, 바다는 다시 들어갈 때를 기다리며 모래톱에 기대 위아래로 고동쳤다. 닥은 모래톱 위에 해초가 붙은 바위 두 개 사이의 물 밑에서 하얀 것이 희끗하다가 둥둥 떠 있는 해초 밑으로 사라지는 것을 보았다. 닥은 미끄러운 돌들을 넘어 물이 있는 곳으로 가서, 몸

을 단단히 지탱한 다음 천천히 손을 뻗어 갈색 해초를 헤쳐보았
다. 순간 몸이 굳었다. 여자의 얼굴이 그를 올려다보고 있었다.
검은 머리카락에 예쁘고 창백한 얼굴이었다. 감지 않은 눈은 맑
았고, 얼굴은 단단했으며, 머리카락이 얼굴 주위에서 부드럽게
물에 씻기고 있었다. 몸은 어디 틈에 걸렸는지 보이지 않았다.
살짝 벌어진 입술 사이로 이가 드러났다. 편안하게 쉬는 듯한 표
정이었다. 바로 물 밑에 있는 얼굴은 맑은 물 때문에 아주 아름
다워 보였다. 얼굴을 보는 동안 몇 분이 흘러버린 느낌이었다.
그 얼굴은 닥의 기억에 낙인처럼 찍혔다.

닥은 아주 천천히 손을 치웠다. 다시 갈색 해초가 둥둥 떠다니
며 얼굴을 덮었다. 심장이 깊은 곳에서 쿵쿵 울렸다. 목이 팽팽
했다. 닥은 통과 단지와 쇠지레를 들고 천천히 바위를 넘어 해변
으로 돌아갔다.

그러나 여자의 얼굴이 앞서 갔다. 닥은 굵은 모래가 깔린 해변
에 앉아 장화를 벗었다. 단지 안에는 작은 문어들이 최대한 서로
거리를 둔 채 뒤죽박죽 엉켜 있었다. 귀에서 음악이 들렸다. 높
고 가늘고 달콤하게 스며드는 플루트 소리였다. 절대 기억할 수
없는 선율이었다. 배경에서 두드려대는 파도는 목관악기 같았
다. 가청 영역을 넘어선 곳으로 올라간 플루트 소리는 그곳에서
도 그 믿을 수 없는 선율을 실어 날랐다. 팔에 소름이 돋았다. 닥

은 몸을 떨었고, 위대한 아름다움에 초점을 맞출 때처럼 눈이 축축해졌다. 소녀의 눈은 맑은 잿빛이었으며, 검은 머리카락은 둥둥 떠서 얼굴 위로 가볍게 떠다녔다. 그 그림이 마음에 영원히 박혀버렸다. 앉아 있는 동안 돌아오는 밀물이 모래톱 위로 첫 물줄기를 뿜어올렸다. 닥은 음악에 귀를 기울이며 그대로 앉아 있었다. 바다가 다시 바위로 덮인 갯벌 위로 기어올랐다. 닥의 손이 박자를 두드렸다. 무시무시한 플루트가 뇌 속에서 계속 연주했다. 눈은 잿빛이었다. 입은 약간 웃음을 지었다. 아니면 환희에 젖어 숨을 멈추고 있는 것 같았다.

닥을 깨우듯이 어떤 목소리가 들려왔다. 남자가 닥을 굽어보았다. "낚시했소?"

"아니, 채집 좀."

"아, 그게 뭐요?"

"새끼 문어."

"그러니까 낙지 말이오? 그게 여기 있는 줄은 몰랐는걸. 평생 여기 살았는데."

"찾아야 나옵니다." 닥이 늘쩍지근하게 대꾸했다.

"보쇼, 어디가 안 좋소? 아파 보이는걸."

플루트 소리가 다시 위로 올라왔고, 그 아래서 첼로를 뜯는 소리가 들렸다. 바다가 해변을 향해 계속 기어들어왔다. 닥은 고개를 저어 음악을 떨쳐버렸다. 고개를 저어 얼굴을 떨쳐버렸다. 고개를 저어 몸에서 한기를 떨쳐버렸다. "근처에 경찰서 있습니까?"

"시내에 들어가야 되는데. 왜, 무슨 문제가 있소?"

"저기 모래톱 너머에 시체가 있네요."

"어디에?"

"바로 저기에…… 바위 두 개 사이에 끼어 있습니다. 어린 여자앱니다."

"보쇼, 시체를 발견하면 상금이 있는데. 얼만지는 잊어버렸지만."

닥은 일어서서 장비를 챙겼다. "신고 좀 해주시겠습니까? 나는 몸이 안 좋아서요."

"충격을 받았구먼. 그게…… 심한 상태요? 썩거나 먹혔소?"

닥은 그를 외면했다. "상금은 가지십시오. 나는 필요 없습니다." 그리고 자동차를 향해 걸어갔다. 머릿속에서는 플루트 소리만 아주 작게 들리고 있었다.

19

홀먼 백화점의 판매 촉진 활동에서 깃대 스케이터만큼 우호적인 평가를 얻은 작품은 없었을 것이다. 매일 스케이터는 그 작고 동그란 단에서 스케이트를 타고 맴을 돌았다. 밤에도 하늘을 배경으로 시커먼 형체가 눈에 띄었기 때문에, 모두들 그가 내려오지 않는다는 사실을 알았다. 밤에는 단 한가운데로 올려진 강철 막대에 몸을 묶고 있다고 다들 생각했다. 하지만 스케이터는 앉지 않았기 때문에 강철 막대가 올라가든 말든 아무도 개의치 않았다. 제임스버그에서도, 멀리 그라임스 포인트 해변에서도 그를 보려고 사람들이 몰려왔다. 샐리너스 사람들은 떼를 이루어 왔고, 그곳의 농업인회의는 다음에는 샐리너스에 와서 기록을 깨달라고, 다시 말해서 샐리너스에서 세계 신기록을 세워달라고 스케이터를 초대했다. 깃대 스케이터는 많지 않았기 때문에, 또 이 스케이터가 단연 최고였기 때문에, 그는 작년 한 해 동안에도 여러 곳을 돌아다니며 자신의 세계 기록을 깼다.

홀먼 백화점은 이 홍보 작전의 성공에 기뻐했다. 그들은 흰 섬유제품 세일, 떨이 세일, 알루미늄 제품 세일, 도자기 세일을 동시에 진행했다. 거리는 단에 홀로 올라가 있는 남자를 보려고 몰려든 사람들로 북적댔다.

스케이터는 올라간 지 이틀째 되었을 때 누군가 공기총으로 자신을 쏘았다는 소식을 밑으로 전했다. 그러자 전시부에서 머리를 써서 각도를 계산해 범인을 찾아냈다. 결국 늙은 의사 메리베일이 진료실 커튼 뒤에 숨어 데이지 공기총을 쏘았다는 사실이 드러났다. 그러나 백화점은 고발하지 않았고, 메리베일은 다시는 그런 짓을 하지 않겠다고 약속했다. 그는 프리메이슨 지부에서 아주 유명한 사람이었다.

화가 앙리는 레드 윌리엄스 주유소에 있는 자신의 의자를 계속 지켰다. 그는 이 상황을 두고 가능한 모든 철학적 방법을 동원하여 고민한 끝에, 집에 단을 세우고 직접 시도해보겠다는 결론을 내렸다. 앙리 말고도 도시 사람들 대부분이 다소간 이 스케이터의 영향을 받았다. 그가 보이지 않는 곳에서는 매상이 떨어졌고, 홀먼 백화점에 가까워질수록 매상이 올라갔다. 맥 패거리도 다가가 뭔가 챙길 기회를 노렸지만, 곧 다시 팰리스로 돌아갔다. 말이 안 되는 짓이라고 생각했기 때문이다.

홀먼 백화점은 진열장에 더블베드를 갖다놓았다. 스케이터가 세계 기록을 깨면 내려와서 스케이트를 신은 채 진열장에서 자게 해주려는 것이었다. 침대 발치에는 매트리스의 상표가 적힌 작은 카드가 놓여 있었다.

도시 전체가 이 스포츠 이벤트 이야기를 하기 시작했다. 그러나 가장 흥미 있는 질문, 동시에 도시 전체를 괴롭히는 질문은 아무도 입 밖에 내지 않았다. 그러면서도 이 질문은 모든 사람들의 머릿속에서 떠나지 않았다. 트롤라트 부인은 스카치 빵집에서 달콤한 롤빵이 든 가방을 들고 나오며 궁금해했다. 남성복 매장의 홀 씨도 궁금해했다. 윌로비 소녀 세 명은 그 생각을 할 때마다 깔깔거렸다. 하지만 누구도 공개적으로 그 질문을 입에 올릴 용기가 없었다.

신경질적이고 똑똑한 젊은이 리처드 프로스트는 다른 누구보다 이 문제 때문에 걱정을 많이 했다. 그 생각이 머리를 떠나지 않았다. 수요일 밤에도 걱정했고, 목요일 밤에는 안달을 했다. 금요일 밤에는 술에 취해 부인과 싸웠다. 한참 울다가 자는 척 누워 있던 부인은 리처드가 침대에서 빠져나가 부엌으로 가는 소리를 들었다. 또 술을 마시고 있었다. 이윽고 조용히 옷을 입고 밖으로 나가는 소리가 들렸다. 부인은 조금 더 울었다. 아주 늦은 시간이었다. 프로스트 부인은 남편이 도라의 베어 플래그로 가는 게 틀림없다고 생각했다.

리처드는 성큼성큼 언덕을 내려가 소나무 숲을 헤치고 라이트하우스 애비뉴에 이르렀다. 그곳에서 방향을 틀어 홀먼 백화점으로 걸어갔다. 호주머니에는 술병이 있었다. 그는 백화점에 닿기 직전에 다시 한 모금을 마셨다. 가로등은 약간 어두웠다. 시내에는 사람이 없었다. 움직이는 사람이라곤 전혀 눈에 띄지 않았다. 리처드는 길 한가운데 서서 위를 올려다보았다. 높은 깃대 꼭대기에 스케이터의 외로운 모습이 보였다. 리처드는 다시 한 모금을 마셨다. 그는 두 손을 모으고 쉰 목소리로 소리쳤다. "이봐요!" 아무런 대답이 없었다. "이봐요!" 리처드는 다시 큰 소리로 부르고 나서 혹시 은행 옆에 숨어 있던 경찰관들이 나오지나 않나 두리번거렸다.

하늘에서 무뚝뚝한 대답이 들려왔다. "왜 그러쇼?"

리처드가 다시 입에 두 손을 모았다. "화장…… 화장실은…… 어떻게 갑니까?"

"여기 깡통이 있소."

리처드는 몸을 돌려 왔던 길로 돌아갔다. 라이트하우스 애비뉴를 지나 소나무 숲을 헤치고 올라가 집으로 들어갔다. 리처드는 옷을 벗으면서 아내가 깨어 있다는 것을 알았다. 아내는 잘 때 부글부글 소리를 냈기 때문이다. 리처드가 침대로 들어가자 아내가 자리를 내주었다.

"위에 깡통이 있대." 리처드가 말했다.

20

아침나절에 모델 T 트럭이 의기양양하게 고향 캐너리 로로 들어오더니 도랑을 건너뛰어 삐걱대며 잡초를 헤치고 리청의 가게 뒤 자신이 원래 있던 자리에 멈추었다. 패거리는 앞바퀴 양쪽에 받침대를 괴고, 남은 휘발유를 뽑아 오 갤런들이 깡통에 담고, 개구리를 들고 지친 표정으로 팰리스 플롭하우스로 걸어갔다. 패거리가 커다란 스토브에 불을 피우는 동안 맥은 예의를 지켜 리청에게 갔다. 맥은 위엄 있게 트럭을 빌려주어서 고맙다고 인사하고는 여행은 큰 성공을 거두었다고, 개구리를 수백 마리나 잡았다고 말했다. 리는 수줍게 웃으며 피할 수 없는 일이 다가오기를 기다렸다.

"우린 부자가 되었어." 맥이 열띤 목소리로 말했다. "닥이 개구리 한 마리에 오 센트를 준다고 했는데 우린 천 마리 정도 잡 았거든."

리는 고개를 끄덕였다. 표준 가격이었다. 누구나 알고 있었다.

"닥은 지금 없어. 하지만 저 개구리들을 보면 아주 좋아할 거야."

리는 다시 고개를 끄덕였다. 그는 닥이 없다는 것도 알았고, 이 대화가 어디로 흘러갈지도 알았다.

"참, 그런데……" 맥은 방금 생각난 듯이 말했다. "지금 좀 쪼 들려서 그러는데……" 그 말을 들으니 맥이 아주 예외적인 상황 을 이야기하는 듯한 느낌이 들었다.

"위스키 안 돼." 리청이 말하며 웃음을 지었다.

맥은 격분했다. "우리한테 위스키가 왜 필요해? 평생 마셔보 지 못했던 최고의 위스키가 일 갤런이나 있는데, 일 갤런도 넘어 서 철철 넘치는데. 당신도 한잔 마시러 올라오셔. 애들이 당신한 테 꼭 얘기하라던데."

리는 기분이 좋아 자기도 모르게 웃음을 지었다. 없다면 권하 지도 않았을 테니까.

"아냐." 맥이 말했다. "솔직하게 말하지. 나하고 애들은 돈이 없고 배가 고파. 당신도 개구리 값이 일 달러에 스무 마리라는 거 알잖아? 그런데 지금 닥은 없고 우리는 배가 고프단 말이야.

그래서 우리 생각은 이래. 우리는 당신이 한 푼이라도 손해 보는 걸 원치 않으니 당신한테는 일 달러에 개구리를 스물다섯 마리씩 넘기겠어. 그럼 당신은 일 달러에 개구리 다섯 마리씩 이익을 보는 거야. 아무도 손해 볼 일 없지."

"안 돼. 돈 안 돼."

"이런, 리, 우리가 원하는 건 먹을 거 조금이야. 이렇게 하자고. 우리는 닥이 돌아오면 작은 파티를 열어줄 거야. 술은 충분하지만, 스테이크 같은 것도 좀 있어야 되지 않겠어? 닥은 아주 좋은 사람이거든. 당신 부인 이빨이 아플 때 아편을 준 사람이 누구야?"

맥은 제대로 찔러 들어갔다. 리는 닥에게 빚을 졌다, 그것도 큰 빚을. 그러나 리는 자신이 닥에게 빚을 졌다고 해서 왜 맥에게 외상을 주어야 하는지 이해가 되지 않았다.

"개구리를 담보로 잡히겠다든가 그런 게 아냐." 맥이 말을 이어갔다. "먹을 거 일 달러당 개구리 스물다섯 마리를 진짜로 당신 손에 쥐여주겠다니까. 그리고 당신도 파티에 올 수 있고."

리의 정신이 치즈 찬장에 들어간 쥐처럼 그 제안을 코로 건드려보았다. 아무 문제도 없었다. 모든 것이 이치에 닿았다. 닥에게 개구리는 곧 현금이었다. 가격은 정해져 있었다. 따라서 리는 이중으로 이익을 볼 수 있었다. 개구리 다섯 마리씩 이익을 보고, 먹을 것을 팔면서도 이윤을 남길 수 있었기 때문이다. 모든 것은 이 패거리가 진짜로 개구리를 갖고 있느냐에 달렸다.

"가서 개구리 좀 봐." 마침내 리가 말했다.

팰리스 앞에서 리는 위스키를 한 잔 마시고, 개구리가 든 축축한 자루를 살피고, 거래에 동의했다. 그러나 죽은 개구리는 받지 않겠다는 단서를 달았다. 맥은 개구리 쉰 마리를 세어 깡통에 담아 리와 함께 식료품점으로 가서 이 달러어치 베이컨과 달걀과 빵을 샀다.

리는 곧 거래가 활발해질 거라 예상하고, 커다란 포장 상자를 하나 가져와 야채 사이에 놓았다. 그리고 거기에 개구리 쉰 마리를 집어넣은 다음, 자신이 돌보게 된 새 상품을 행복하게 해주려고 젖은 마대 자루로 그 위를 덮었다.

아니나 다를까 거래는 활발해졌다. 에디가 어슬렁어슬렁 내려오더니 개구리 두 마리어치 불 더램을 사갔다. 잠시 뒤에 온 존스는 코카콜라 값이 개구리 한 마리에서 두 마리로 뛰었다고 격분했다. 실제로 시간이 지나면서 가격이 뛰자 분위기가 험악해졌다. 예를 들어 스테이크는 아무리 좋은 것이라 해도 사백오십 그램에 개구리 열 마리를 넘을 수 없었다. 그런데 리는 거기에 열두 마리 반이라는 가격을 붙였다. 복숭아 통조림 값도 천정부지로 뛰어, 2호 깡통이 개구리 여덟 마리였다. 리는 소비자들의 목을 졸랐다. 스리프트 마켓이나 홀먼 백화점에서는 이 새로운 통화 체계를 인정하지 않을 것이라고 확신했기 때문이다. 패거리는 스테이크가 먹고 싶으면 리가 부르는 값을 지불해야만 했다. 오래전부터 노란 비단 완장을 탐내던 헤이즐이 개구리 서른다섯 마리를 낼 생각이 없으면 다른 데 가보라는 말을 들은 뒤 분위기는 한층 더 고조되었다. 무해하고 칭찬할 만한 거래 협정에 이미 탐욕의 독이 스며들었다. 울분이 쌓여갔다. 동시에 리의 포장 상자에 개구리도 쌓여갔다.

그러나 경제적인 울분은 맥 패거리를 깊이 잠식할 수 없었다. 그들은 상업적인 인간이 아니었다. 기쁨을 팔린 물건으로 재지 않았고, 자존심을 은행 잔고로 재지 않았고, 사랑을 그 값으로 재지 않았다. 리가 자신들을 경제적으로 이용해먹는다는, 심지어 속인다는 이유로 화가 좀 나기는 했지만, 그들의 위에는 훌륭한 위스키 바로 위로 이 달러어치 베이컨과 달걀이 쌓였고, 또 아침식사 바로 위로 위스키가 다시 한 잔 쌓였다. 게다가 그들은 자기네 집에서 자기네 의자에 앉아 달링이 정어리 통조림 깡통에 든 깡통 우유를 마시는 모습을 지켜보았다. 달링은 행복한 개였을 뿐 아니라 앞으로도 계속 행복한 개일 터였다. 다섯 남자로 이루어진 이 집단에는 개 훈련에 관한 다섯 개의 서로 다른 이론이 존재했는데, 이 이론들이 서로 심하게 충돌하는 바람에 달링은 전혀 훈련을 받지 않았다. 달링은 처음부터 조숙한 암캐였다. 이 녀석은 맨 마지막에 뇌물을 준 남자의 침대에서 잤고, 남자들은 진짜로 달링을 위해 이따금 도둑질도 했다. 그리고 다른 남자에게서 꼬셔내기도 했다. 가끔 다섯 남자는 이대로는 안 된다고, 달링에게도 규율이 있어야 한다고 합의를 했지만, 방법을 이야기하다보면 원래의 의도는 늘 흐지부지되고 말았다. 남자들은 달링과 사랑에 빠졌다. 달링이 바닥에 남기는 작은 웅덩이까지도 매력적이라고 생각했다. 그들은 달링이 얼마나 귀여운지 모른다는 이야기로 모든 사람들을 지루하게 만들었다. 달링이 그들보다 양식이 있었으니 망정이지, 그렇지 않았다면 너무 많이 먹이는 바람에 죽고 말았을 것이다.

존스가 할아버지 시계 밑에 침대를 만들어주었지만 달링은 한 번도 이용하지 않았다. 마음 내키는 대로 이 남자나 저 남자와 함께 잤다. 달링은 담요를 물어뜯고, 매트리스를 찢고, 베개 깃털을 흩어놓았다. 교태를 부리며 주인들을 이간질했다. 남자들은 그런 달링이 멋지다고 생각했다. 맥은 달링에게 기술을 가르쳐 보드빌에 데려나갈 생각이었지만, 집 안을 더럽히지 않도록 길들이지도 못했다.

그들은 오후에 모여 앉아 담배를 피우고, 소화를 시키고, 생각을 하고, 이따금 입맛을 다시며 주전자의 술을 마셨다. 그럴 때마다 너무 많이 마시면 안 된다고 경고했다. 닥을 위한 술이었기 때문이다. 잠시라도 그 사실을 잊어서는 안 되었다.

"닥이 몇 시에 돌아올까?" 에디가 물었다.

"보통 여덟아홉시면 오지." 맥이 말했다. "이제 그걸 언제 열어줄지 생각해야 돼. 오늘 밤이 좋을 것 같은데."

"좋지." 다른 남자들도 맞장구를 쳤다.

"피곤할지도 모르잖아." 헤이즐이 말했다. "운전을 오래 했을 텐데."

"젠장. 좋은 파티만큼 멋진 휴식은 없어. 엄청 피곤해서 바지가 질질 끌리는 것 같아도 파티에만 가면 괜찮아지잖아." 존스가 말했다.

"어쨌든 제대로 좀 생각을 해봐야 돼." 맥이 말했다. "어디에서 열어줄까, 여기서?"

"어, 닥은 음악을 좋아하잖아요. 파티를 열면 늘 축음기를 켜요. 닥의 집에서 열어주면 더 좋아할 것 같은데."

"그 말 일리 있네." 맥이 말했다. "하지만 깜짝 파티처럼 해야 할 것 같아. 그런데 어떻게 해야 위스키 한 주전자를 달랑 들고 가는 게 아니라 제대로 파티를 열 수 있지?"

"장식을 하는 건 어때요? 독립기념일이나 핼로윈처럼." 휴지가 말했다.

맥의 눈이 허공으로 옮겨가며 입이 벌어졌다. 모든 것이 눈에 보였다. "휴지." 맥이 말했다. "네 말에 일리가 있는 것 같아. 네가 그럴 수 있을 거라고는 생각도 못했는데, 정말로 말이 되는 얘기를 했어." 맥의 목소리가 부드러워지고, 눈은 미래를 향했다. "눈에 보여. 닥이 집에 돌아와. 피곤해. 운전하느라 지쳤어. 집에는 불이 환하게 밝혀져 있어. 닥은 도둑이 들었나 생각하면서 위층으로 올라가. 그런데 이야, 집이 염병 멋지게 장식되어 있는 거야. 크레이프 종이도 있고, 선물도 있고, 커다란 케이크도 있어. 그럼 닥은 그게 파티라는 걸 알게 될 거야. 쥐가 방귀나 뀌는 조그만 파티가 아니란 것도 알게 되겠지. 우리는 잠시 숨어 있는 거야. 누가 했는지 모르게. 그러다가 소리를 지르며 나오는 거지. 닥의 얼굴이 보이지 않냐? 이야, 휴지, 네가 이런 걸 어떻게 생각해냈는지 모르겠는걸."

휴지는 얼굴을 붉혔다. 사실 그가 생각한 것은 훨씬 소박한 것으로, 라 이다의 신년 파티에 기반을 둔 것이었다. 하지만 맥의 말대로 된다 해도, 휴지는 얼마든지 그것이 자신의 생각이었다고 말할 용의가 있었다. "뭐 그럼 멋질 것 같았어요."

"그래, 아주 멋지지." 맥이 말했다. "깜짝 놀라는 분위기가 시들해져갈 때쯤 이게 누구 생각이었는지 닥에게 말해주자고." 패거리는 등을 기대고 앉아 그 일을 생각해보았다. 그들은 마음속에서 연구소를 호텔 델몬테의 온실처럼 보이게 장식했다. 그런 뒤에 그 계획을 음미하려고 두어 잔 더 마셨다.

리청의 가게는 아주 특별했다. 예를 들어 대부분의 가게는 노란색과 검은색 크레이프 종이, 검은 종이 인형, 가면, 종이 반죽으로 만든 호박을 10월에 들여놓는다. 이때에는 핼로윈 덕분에 이런 물건이 잘 팔리지만, 이 시기가 지나면 가게에서 이런 물건은 찾아볼 수 없게 된다. 다 팔렸거나 아니면 버렸는지도 모른다. 어쨌든 6월에는 그런 물건을 살 수가 없다. 깃발이나 장식용 천이나 꽃불 같은 독립기념일 장식물도 마찬가지다. 1월에 그런 것들을 어디에서 구할 수 있을까? 구할 수 없다. 어디에 있는지 아무도 모른다. 그러나 리청의 가게는 달랐다. 리청의 가게에 가면 11월에도 밸런타인 카드를 살 수 있고, 8월에도 토끼풀과 도끼와 종이 벚나무를 살 수 있었다. 그는 1920년에 들여놓은 폭죽도 아직 갖고 있었다. 수수께끼는 별로 큰 가게도 아닌데 그 다양한 재고를 어디에 다 보관하느냐 하는 것이었다. 긴 스커트와 검은 스타킹과 머릿수건이 유행하던 시절에 들여놓은 수영복도 있었다. 자전거 체인에 엉키지 않게 바지 자락을 고정하는 클립도 있고, 태팅을 하는 북실통도 있고, 마작 세트도 있었다. '메인(Maine)을 기억하라'고 적힌 배지도 있고, '싸우는 밥'을 기념하는 펠트 천 페넌트도 있었다. 1915년 파나마 태평양 국제

박람회를 기념하는 기념품도 있었다. 장신구들이 박힌 작은 수건이었다. 리의 사업 방식에는 정통에서 벗어난 것이 또하나 있었다. 그는 절대 할인 판매를 하지 않았다. 절대 가격을 내리지 않았고, 절대 떨이 판매를 하지 않았다. 1912년에 삼십 센트 하던 물건이 쥐와 좀 때문에 가치가 어느 정도 떨어져 보여도 여전히 삼십 센트였다. 이론의 여지가 없었다. 만일 연구소를 일반적인 방식으로 장식하고 싶다면, 그러니까 특정한 절기와 관계없는, 농신제와 만국기 행렬 사이의 잡종이라는 인상을 주고 싶다면, 필요한 것을 찾으러 가야 할 곳은 바로 리청의 가게였다.

맥 패거리는 이 사실을 잘 알고 있었다. 맥이 말했다. "커다란 케이크는 어디서 구하지? 리한테는 작은 빵가게 케이크밖에 없잖아."

휴지는 조금 전에 거둔 큰 성공에 힘입어 다시 한번 시도했다. "에디가 케이크를 굽는 게 어때요? 에디는 전에 한동안 샌카를로스에서 튀김 요리사 일을 했잖아요."

패거리가 그 말을 듣자마자 열렬한 반응을 보였기 때문에, 한번도 케이크를 구워본 적이 없다는 사실을 인정하려던 생각은 에디의 뇌에서 사라졌다.

게다가 맥은 여기에 정서적인 측면을 보탰다. "그러면 닥한테 더 의미가 클 거야. 케케묵고 설구워진 염병할 가게 케이크와는

다를 테니까 말이야. 거기에는 마음이 들어 있을 거야."

오후가 다 가고 위스키도 다 떨어져가자 열기가 높아졌다. 맥 패거리는 리청의 가게를 뻔질나게 들락거렸다. 한 자루의 개구리가 사라졌고, 리의 포장 상자는 바글거렸다. 여섯시가 되자 위스키 일 갤런이 사라졌고, 패거리는 올드 테니스 슈즈를 한 금에 개구리 열다섯 마리씩 쳐서 반 파인트 샀다. 그러는 동안 팰리스 플롭하우스 바닥에는 장식 재료가 쌓여갔다. 유행하는 모든 명절과 지금은 잊혀진 명절을 기념하는 크레이프 종이가 끝도 없이 이어졌다.

에디는 어미 닭처럼 스토브를 지켜보았다. 세숫대야에 케이크를 굽고 있었던 것이다. 쇼트닝을 만든 회사는 자신들의 요리법이 실패할 리 없다고 보장했지만, 처음부터 케이크는 이상하게 행동했다. 반죽이 완성되었을 때 케이크는 마치 그 안에서 동물들이 꿈틀거리고 기어다니는 것처럼 몸부림치고 숨을 헐떡였다. 오븐에 들어가자 야구공 같은 거품을 만들었다. 거품은 팽팽해지면서 반들거리더니 픽 하는 소리를 내며 꺼져버렸다. 케이크에 커다란 분화구가 생기자 에디는 새로 반죽을 한 덩어리 해서 구멍을 메웠다. 케이크는 아주 묘하게 행동하기 시작했다. 바닥은 타면서 검은 연기를 내뿜고, 위쪽은 잇따라 작은 폭발을 일으키면서 끈적끈적하게 오르내렸다.

마침내 에디가 식히려고 밖에 내놓았을 때, 케이크는 벨 게디스*가 용암 바닥에 만들어놓은 전장 모형처럼 보였다.

이 케이크는 운도 나빴다. 패거리가 연구소를 장식하는 동안 달링이 양껏 먹어치운 뒤 아파하다가 그 안에서 몸을 웅크리고 잠들었던 것이다.

맥 패거리는 크레이프 종이, 가면, 빗자루와 종이 호박, 빨강 하양 파랑 장식 천을 들고 주차장을 넘고 길을 건너 연구소로 갔다. 그들은 마지막 남은 개구리로 올드 테니스 슈즈 한 쿼트와 사십구 센트짜리 와인 두 갤런을 샀다.

"닥은 와인을 아주 좋아해." 맥이 말했다. "아마 와인을 위스키보다 더 좋아할 거야."

닥은 연구소를 잠가두는 법이 없었다. 그는 정말로 들어오려고 마음먹은 사람은 어떻게든 들어오고, 사람들은 본질적으로 정직하며, 어차피 그곳에는 사람들이 훔치고 싶어하는 게 별로 없다는 이론을 내세웠다. 가치 있는 것이라면 책과 레코드, 외과 수술 도구와 광학 유리 같은 것들로, 실용적으로 일하는 도둑이라면 거들떠보지도 않을 것들이었다. 그러나 그의 이론은 도둑, 날치기, 절도광에게는 들어맞았지만, 친구들에게는 전혀 쓸모가

* 1893~1958, 미국의 무대 장치가.

없었다. 친구들은 책을 자주 '빌려 갔다'. 그가 없으면 콩 통조림이 남아나지 않았다. 늦게 돌아온 날은 그의 침대에서 손님이 자고 있기도 했다.

패거리가 작은 방에 장식품을 쌓는데 맥이 제지했다. "어떻게 하면 닥이 가장 행복할까?"

"파티죠!" 헤이즐이 말했다.

"아냐." 맥이 말했다.

"장식인가요?" 휴지가 물었다. 그는 장식에 책임감을 느끼고 있었다.

"아냐." 맥이 말했다. "개구리야. 그게 있어야 닥의 기분이 최고가 될 거야. 닥이 도착할 때쯤이면 리청은 아마 가게 문을 닫았을 테고, 그러면 내일까지 개구리를 보지 못할 거야. 안 될 말씀이지." 맥이 소리쳤다. "그 개구리들은 바로 여기 있어야 돼! 이 방 한가운데 말이야. 그리고 그 위에 장식 천이 달려 있고, 판에는 '집에 오신 것을 환영합니다, 닥'이라고 쓰여 있어야 돼."

그러나 리를 방문한 위원회는 강한 반대에 부딪혔다. 의심하는 리의 두뇌에 온갖 가능성이 떠올랐다. 패거리는 리도 파티에 참석할 테니 그의 소유물을 지켜볼 수 있으며, 아무도 개구리들이 그의 것이라는 데 문제를 제기하지 않을 거라고 설명했다. 맥은 혹시 문제가 생길 경우에 대비해 개구리들을 리에게 양도했다는 문서까지 작성했다.

리의 저항이 약간 약해지자 패거리는 포장 상자를 연구소로 가져가 그 위에 빨강 하양 파랑 장식 천을 붙이고 판지에 요오드 팅크로 커다란 글자들을 써서 환영 간판을 만든 다음, 거기에서부터 장식을 시작했다. 위스키를 다 마신 그들은 진짜 파티 분위기에 젖어들었다. 크레이프 종이를 엇갈려 매달고 호박을 올려놓았다. 거리를 지나가던 사람들도 파티에 참여하기 위해 리의 가게로 달려가 마실 것을 더 사왔다. 리청도 잠시 파티에 참석했지만, 동네 사람들이 다 알 정도로 배가 약했던 그는 금방 속이 좋지 않아 집으로 돌아갔다. 나머지 사람들은 열한시에 스테이크를 구워 먹었다. 누군가 레코드를 뒤져 카운트 베이시의 앨범을 찾아냈고, 커다란 축음기가 소리를 지르기 시작했다. 그 소리는 배 작업장에서 라 이다까지 들렸다. 베어 플래그의 손님 한 무리가 웨스턴 생물학 연구소를 비슷한 가게로 착각하고는 기뻐서 소리 지르며 층계를 뛰어올라왔다. 격분한 주인들이 그들을 추방했지만, 그전에 오랫동안 행복하게 피를 흘리며 싸워야 했고, 그 바람에 현관문이 떨어져나가고 유리창 두 개가 부서졌다. 단지들이 부딪히는 소리는 불쾌했다. 헤이즐은 화장실로 가려고 부엌을 지나가다가 뜨거운 기름이 담긴 프라이팬을 건드려 떨어뜨리는 바람에 심한 화상을 입었다.

한시 반에 주정뱅이 한 명이 밖을 배회하다 들어와 닥에게 모욕이 될 만한 말을 흘렸다. 맥이 주정뱅이에게 제대로 한 방을 먹였는데, 이 주먹질은 지금까지도 사람들 뇌리에 남아 가끔 입에 오르내린다. 주정뱅이는 공중에 붕 떠서 작은 호를 그리더니 개구리가 담긴 포장 상자로 떨어졌다. 누가 레코드를 바꾸려다가 톤암을 떨어뜨리는 바람에 바늘이 부러졌다.

　죽어가는 파티의 심리를 연구한 사람은 아직 없다. 격분하고 소리 지르고 들끓다가 열이 나기 시작하면서 작은 침묵이 흐르고, 이윽고 빠르게 빠르게 죽어간다. 손님들은 집으로 가거나 자러 가거나 다른 볼일을 보러 흩어진다. 그들은 죽은 몸뚱이만 남겨두고 가버린다.

　연구소에는 불이 환하게 밝혀져 있었다. 현관문은 하나 남은 경첩에 비스듬하게 매달려 있고, 바닥에는 깨진 유리가 흩어져 있었다. 부서지거나 약간 깨지기만 한 레코드들도 널려 있었다. 스테이크 끝토막과 굳은 기름이 달라붙은 접시들이 바닥에, 책꽂이 위에, 침대 밑에 놓여 있었다. 위스키 잔들은 처량하게 누워 있었다. 누군가 서가에 기어오르려고 잡아 뺀 책 한 무더기가 등이 부러진 채 바닥에 어지럽게 널려 있었다. 텅 비었고, 다 끝났다.

　포장 상자의 찢어진 틈으로 개구리 한 마리가 뛰어나오더니

172

가만히 앉아서 위험하진 않은지 분위기를 살폈다. 이어 한 마리가 더 나왔다. 개구리들은 문과 깨진 창문으로 들어오는 축축하고 시원하고 달콤한 공기 냄새를 맡았다. 그 가운데 한 마리가 '집에 오신 것을 환영합니다, 닥'이라고 적힌 쓰러진 판지 위에 앉았다. 이윽고 이 두 마리는 조심스럽게 문 쪽을 향해 뛰어갔다.

한참 동안 개구리들이 작은 강을 이루어 층계를 내려갔다. 소용돌이치며 움직이는 강이었다. 또 한참 동안 개구리들이 캐너리 로를 기어다녔다. 사방에 개구리들이 우글거렸다. 베어 플래그로 아주 늦은 손님을 싣고 오던 택시가 도로에서 개구리 다섯 마리를 짓이겼다. 그러나 새벽이 오기 한참 전에 모두 사라졌다. 몇 마리는 하수구를 발견했고, 몇 마리는 언덕을 올라가 저수지로 갔고, 몇 마리는 배수 도랑으로 갔고, 몇 마리는 그냥 공터의 잡초 사이에 숨었다.

텅 비고 고요한 연구소에는 불이 환하게 밝혀져 있었다.

21

연구소 뒷방에 놓인 우리에서 하얀 쥐들이 달리고 미끄러지고 찍찍거렸다. 다른 우리의 구석에는 어미 쥐가 누워 앞이 보이지 않는 맨몸의 새끼들에게 젖을 물리다가, 예민해진 표정으로 사납게 주위를 두리번거렸다.

방울뱀 우리에서는 뱀들이 자신의 똬리에 턱을 얹고 있다가 먼지 낀 듯한 검은 눈으로 매섭게 앞을 노려보았다. 다른 우리에서는 가죽이 구슬 핸드백 같은 독도마뱀이 뒷발로 천천히 일어서더니 묵직하고 굼뜨게 철사를 움켜쥐었다. 수족관의 말미잘은 꽃이 피듯이 활짝 열려, 녹색과 자주색 촉수와 연두색 위를 드러냈다. 작은 물 펌프가 윙윙거리면서 탱크 안으로 바늘 같은 물줄기를 쏘아대자 수면 밑으로 거품이 줄을 지었다.

진주의 시간이었다. 리청은 쓰레기통을 갓돌에 내놓았다. 경비원은 베어 플래그 현관 앞에 서서 배를 긁었다. 샘 맬로이는 보일러에서 기어나와 나무토막 위에 앉아 밝아오는 동쪽을 바라보았다. 홉킨스 마린 역 근처 바위들 위에서 강치들이 단조롭게 짖어댔다. 늙은 중국인이 물이 뚝뚝 떨어지는 바구니를 들고 바다에서 나와 철퍼덕거리며 언덕을 올라갔다.

차 한 대가 캐너리 로로 방향을 틀어 들어왔다. 닥은 연구소 앞에 차를 바싹 갖다댔다. 피로 때문에 눈자위가 불그스름했다. 무척 지쳤는지 느릿느릿 움직였다. 차를 멈춘 닥은 도로에서 덜컹거리던 느낌이 신경에서 빠져나가도록 잠시 앉아 있다가 이윽고 차에서 내렸다. 그가 층계를 딛는 소리가 들리자 방울뱀들이 갈라진 혀를 흔들며 귀를 기울였다. 쥐들은 우리에서 미친 듯이 뛰어다녔다. 층계를 올라간 닥은 놀란 눈으로 축 늘어진 문과 깨진 유리창을 보았다. 피로가 몸에서 빠져나가는 것 같았다. 닥은 얼른 안으로 들어갔다. 깨진 유리를 피해 빠른 걸음으로 방마다 돌아다녔다. 재빨리 허리를 굽혀 깨진 레코드를 집어들고 제목을 보았다.

부엌에는 넘친 기름이 바닥에 하얗게 굳어 있었다. 닥의 눈이 분노로 붉게 타올랐다. 닥은 긴 의자에 앉았다. 머리는 두 어깨 사이에 단단하게 자리를 잡았고, 몸은 분노 때문에 조금씩 흔들렸다. 갑자기 일어난 닥이 축음기의 전원을 켰다. 레코드를 올리고 톤암을 얹었다. 스피커에서는 시끄럽게 쉭쉭거리는 소리밖에 들리지 않았다. 닥은 톤암을 들어올리고, 턴테이블을 멈추고, 다시 긴 의자에 앉았다.

맥이 층계에서 비틀거리며 불안하게 움직이더니 문으로 들어왔다. 얼굴이 벌겠다. 그는 방 한가운데에 자신 없이 섰다. "닥……" 맥이 말했다. "나하고 우리 애들이……"

잠시 닥은 그를 보지 못한 것 같았다. 닥이 벌떡 일어섰다. 맥이 발을 끌며 뒤로 물러섰다. "자네가 이랬나?"

"어, 나하고 우리 애들이……" 닥의 작고 단단한 주먹이 갑자기 날아와 맥의 입에 맞고 튀었다. 닥의 눈이 짐승처럼 시뻘건 분노로 반짝거렸다. 맥이 큰 소리를 내며 바닥에 주저앉았다. 닥의 주먹은 단단하고 날카로웠다. 맥의 입술은 이에 부딪혀 갈라졌고, 앞니 하나가 안으로 확 휘었다. "일어서!" 닥이 말했다.

맥이 무겁게 몸을 일으켰다. 두 손은 양옆에 내리고 있었다. 닥이 다시 주먹을 날렸다. 입을 겨냥하고 차갑게 계산한 응징의 주먹이었다. 맥의 입에서 뿜어나온 피가 턱을 따라 흘러내렸다. 맥이 입술을 핥았다.

"손을 들어올려. 싸우란 말이야, 이 개자식아." 닥이 소리치며 다시 주먹을 날렸다. 우두둑 이 부러지는 소리가 났다.

맥의 머리가 뒤로 휙 젖혀졌지만, 대비를 하고 있었기 때문에 넘어지지는 않았다. 그의 두 손은 여전히 옆에 늘어져 있었다. "계속해, 닥." 입술이 찢어져 알아듣기 힘든 소리였다. "난 맞아도 싸니까."

닥의 두 어깨가 좌절감으로 축 처졌다. "이런 개자식." 닥이 독을 품고 내뱉었다. "더러운 개새끼." 닥은 긴 의자에 앉아 찢어진 주먹을 보았다.

맥이 의자에 앉아 닥을 보았다. 크게 뜬 맥의 눈에는 고통이 가득했다. 턱을 따라 흘러내리는 피를 닦아내지도 않았다. 닥의 머릿속에 몬테베르디의 〈하늘과 땅과 바람〉의 단조로 시작되는 도입부가 떠올랐다. 라우라를 향한 페트라르카의 무한히 슬프고 체념적인 애도의 노래였다. 닥은 음악을 통해, 그의 머릿속과 허공에 있는 음악을 통해 맥의 찢어진 입을 보았다. 맥은 꼼짝도 않고 앉아 있었다. 그의 귀에도 그 음악이 들리기는 하는 모양이었다. 닥은 몬테베르디의 앨범이 있던 자리를 흘끗 보다가 축음기가 고장 났다는 사실을 기억했다.

닥은 일어섰다. "가서 세수 좀 하게." 그러고는 밖으로 나가 층계를 내려가 길을 건너 리청의 가게로 갔다. 리는 냉장고에서 맥주 두 쿼트를 가져오면서 닥과 얼굴을 마주치지 않으려 했다. 돈을 받을 때도 아무런 말이 없었다. 닥은 길을 건너 돌아갔다.

맥은 화장실에서 젖은 종이 수건으로 피 묻은 얼굴을 닦았다. 닥은 병을 따고 잔에 살며시 맥주를 따랐다. 잔의 각도를 잘 잡았기 때문에 거품이 거의 올라오지 않았다. 닥은 두번째 큰 잔에도 맥주를 가득 따른 다음, 두 잔을 들고 앞방으로 갔다. 맥이 젖은 수건으로 입을 두드리며 돌아왔다. 닥이 고갯짓으로 맥주를 가리켰다. 그러자 맥은 목을 열더니 삼키지도 않고 잔의 반을 들이부었다. 이어 폭발하듯 한숨을 쉬더니 맥주를 들여다보았다. 닥은 이미 잔을 비운 상태였다. 닥은 병을 가져와 두 잔을 다시 채웠다. 그리고 긴 의자에 앉았다.

"어떻게 된 거야?" 닥이 물었다.

맥이 바닥을 내려다보자 입술에서 피 한 방울이 맥주로 떨어졌다. 맥은 찢어진 입술을 다시 닦아냈다. "나하고 우리 애들은 자네한테 파티를 열어주고 싶었어. 우린 자네가 어젯밤에 집에 올 거라 생각했지."

닥은 고개를 끄덕였다. "알겠네."

"나도 손댈 수 없는 판이 되어버렸어. 미안하다고 말해봐야 소용없겠지만. 난 평생 미안한 짓만 하고 살았어. 이건 뭐 새로울 것도 없어. 늘 이랬으니까." 맥은 맥주를 깊이 들이마셨다. "나도 마누라가 있었어. 똑같아. 내가 한 일은 뭐든 엉망이 되어버렸으니까. 마누란 더 못 참겠다고 했지. 좋은 일을 해도 어떤 식으로든 나쁘게 되어버렸거든. 선물을 줘도 뭔가 문제가 생겼지. 마누라 나한테서 상처만 받았다네. 그래서 더 못 참겠다는 거였어. 어딜 가나 똑같았지. 결국 난 광대 짓이나 하게 되었어. 이제 난 광대 짓 말고는 하는 게 없어. 우리 애들이나 웃기는 짓 말고는 말이야."

닥은 다시 고개를 끄덕였다. 머릿속에서 다시 음악이 들리기 시작했다. 하소연과 체념이 한데 합쳐졌다. "알겠네." 닥이 말했다.

"자네한테 맞았을 땐 기분이 좋았어. 속으로 이렇게 생각했지…… '이게 날 가르쳐줄 거다. 어쩌면 이건 기억할지도 모른다.' 하지만 젠장, 난 아무것도 기억하지 못할 거야. 아무것도 배우지 못한단 말이야, 닥." 맥은 소리를 질렀다. "내가 보기엔 우린 모두 행복하고 재미있는 시간을 보낼 수 있었어. 우리가 파티를 열어주면 자네도 좋아할 것 같았고. 그러니까 우리도 좋고. 내 생각에는 좋은 파티가 될 것 같았단 말이야." 맥은 바닥의 파편들을 향해 손을 휘저었다. "결혼할 때도 마찬가지였어. 나는 열심히 생각해서 했지. 하지만 생각한 대로 되지 않더라고."

"알겠네." 닥이 말하며 두번째 맥주병을 따 잔을 채웠다.

"닥, 나하고 애들이 여길 치울게. 그리고 부서진 것도 변상할 거야. 오 년이 걸린다 해도 변상하겠어."

닥은 천천히 고개를 저으며 콧수염에서 거품을 닦아냈다. "아니, 내가 치우겠네. 어디에 둬야 할지 내가 아니까."

"변상은 하겠어, 닥."

"아니, 자네는 안 할 거야, 맥. 오랫동안 생각은 하고 걱정도 하겠지만, 변상은 안 할 거야. 깨진 박물관 유리에 아마 삼백 달러 정도는 들어갈 거야. 변상한단 말은 하지 말게. 그래봐야 마음만 불안할 테니까. 다 잊고 마음이 다시 편해지려면 이삼 년은 걸리겠지. 하지만 어차피 변상은 안 할 거야."

"그 말이 맞는 것 같아. 젠장, 나도 자네가 하는 말이 맞다는 걸 알아. 그러니 우리가 어떻게 하면 좋겠어?"

"나는 다 정리됐네. 주먹으로 몇 대 치고 나니 다 빠져나갔어. 잊자고."

맥은 맥주를 마저 마시고 일어섰다. "잘 있어, 닥."

"잘 가게. 그런데, 맥…… 부인은 어떻게 되었나?"

"모르겠어. 떠나버렸으니까." 맥은 어색한 걸음으로 층계를 내려가 길을 건너 공터를 지나 판잣길을 따라 팰리스 플롭하우스로 돌아갔다. 닥은 창문으로 맥이 걸어가는 모습을 지켜보았다. 이어 지친 표정으로 온수기 뒤에서 빗자루를 꺼냈다. 닥은 하루 종일 집을 치웠다.

22

화가 앙리는 프랑스 사람이 아니었고, 이름도 앙리가 아니었다. 사실은 화가도 아니었다. 앙리는 파리 좌안(左岸)에 관한 여러 가지 이야기에 깊이 빠져들어, 거기에 가본 적도 없으면서 거기에서 살았다. 그는 잡지에서 다다이즘 운동과 분열, 묘하게 여성적인 질투와 종교적 태도, 분파의 창립과 해체라는 난해한 과정을 열심히 추적했다. 또한 낡은 기법과 재료에 정기적으로 항거했다. 어떤 계절에는 원근법을 내동댕이쳤다. 또 어느 해에는 붉은색, 심지어 진홍색마저도 사용하기를 거부했다. 마침내 그는 그림을 완전히 포기했다. 앙리가 훌륭한 화가였는지 아닌지는 모른다. 여러 운동에 격렬하게 투신하느라 어떤 종류든 그림을 그릴 시간이 거의 없었기 때문이다.

따라서 그의 그림에 관해서는 의문이 있다. 다양한 색깔의 닭 털과 조개껍질로 만든 작품만으로는 그의 자질이 어떠한지 짐작 할 수가 없다. 그러나 배를 만드는 사람으로서는 아주 훌륭했다. 앙리는 뛰어난 장인이었다. 앙리는 오래전 배를 처음 만들기 시 작하면서부터 주방과 선실이 제대로 완성될 때까지 텐트에 살았 다. 일단 안에 들어가 살면서 비를 피할 수 있게 되자, 그는 서두 르지 않고 천천히 배를 만들어나갔다. 아니, 만든다기보다는 조 각했다. 이 배는 길이가 십 미터 정도였고, 선은 늘 유동적인 상 태였다. 한동안은 범선의 이물 모양이었다가, 구축함처럼 부채 꼴 꼬리가 되기도 했다. 한번은 카라벨*과 비슷해 보이기도 했 다. 앙리는 돈이 없었기 때문에 판자나 쇳조각이나 황동 나사 여 남은 개를 구하는 데 몇 달이 걸리기도 했다. 그러나 이것이 앙 리가 원하는 방식이기도 했다. 그는 결코 배의 완성을 바라지 않 았다.

배는 앙리가 일 년에 오 달러를 내고 세낸 땅의 소나무들 사이 에 있었다. 땅 소유자는 그 돈으로 세금을 냈기 때문에 불만이 없었다. 배는 콘크리트 기초 위에 만든 받침대에 놓여 있었다. 앙리가 집에 없을 때면 배 옆면에 밧줄 사다리가 걸렸고, 집에

---

* 15~16세기경 스페인과 포르투갈의 경쾌한 돛배.

있을 때는 사다리를 거두어들였다가 손님이 올 때만 내렸다. 작은 선실에는 푹신하고 넓은 의자 세 개가 세 벽면을 빙 둘러쌌다. 앙리는 여기서 잤고, 여기서 손님을 맞았다. 필요할 때는 탁자를 펼쳤다. 천장에는 황동 등이 매달려 있었다. 주방은 놀라울 정도로 압축적이었는데, 거기 있는 모든 물건은 몇 달 동안 생각하고 작업한 결과였다.

앙리는 가무잡잡하고 뚱한 사람이었다. 다른 사람들은 오래전에 벗어버린 베레모를 여전히 쓰고 다녔으며, 호리병박으로 만든 파이프를 피웠고, 검은 머리카락이 얼굴 주위로 늘어져 있었다. 앙리에게는 친구가 많았는데, 그는 그들을 대체로 자기를 먹여줄 친구와 자기가 먹여줄 친구로 구분했다. 그의 배에는 이름이 없었다. 완성되면 이름을 짓겠다고 했다.

앙리는 십 년 동안 그 배에 살면서 그 배를 만들었다. 그동안 결혼을 두 번 했고, 반영구적인 관계는 수도 없이 많았다. 이 젊은 여자들은 모두 똑같은 이유로 앙리를 떠났다. 오 미터짜리 선실이 두 사람이 쓰기에는 너무 좁다는 이유였다. 그들은 일어설 때마다 머리를 부딪힌다고 화를 냈으며, 화장실이 반드시 필요하다고 했다. 바다용 화장실은 해변에 묶인 배에서는 당연히 쓸모가 없었지만, 앙리는 육상 생활자를 위한 가짜 화장실을 만드는 식의 타협은 하려 하지 않았다. 앙리와 앙리가 사귀는 친구는 볼일을 볼 때면 소나무 사이로 어슬렁어슬렁 걸어가야 했다. 결국 그의 사랑은 하나 둘 그를 떠났다.

앨리스라는 여자가 떠난 직후 앙리에게 아주 이상한 일이 생겼다. 한동안 혼자 있을 때면 공식적으로는 가슴 아팠지만, 실제로는 안도감을 느낀 것이다. 그는 작은 선실에서 몸을 쭉 뻗을 수 있었다. 원하는 것을 먹을 수 있었다. 여성의 끝도 없는 생물학적 기능들로부터 자유로워진 것도 기뻤다.

버림받을 때마다 와인 일 갤런을 마시고 단단한 침상에 편안하게 팔다리를 뻗은 채 취하는 것이 그의 습관이 되었다. 가끔 혼자서 조금 울기도 했지만, 그것은 사치였으며, 보통 그 과정에서 놀라운 행복감을 얻곤 했다. 앙리는 형편없는 악센트로 랭보를 낭독하면서, 그 물 흐르는 듯한 언어에 놀라곤 했다.

사라진 앨리스를 애도하는 의식을 거행하는 동안 이상한 일이 일어났다. 밤이었고 등잔의 기름이 타고 있었다. 막 술에 취하기 시작했을 때 그는 갑자기 혼자가 아니라는 느낌을 받았다. 조심스럽게 위와 건너편을 살폈다. 반대편에 악마 같은 젊은 남자가 앉아 있었다. 거무스름하고 잘생긴 젊은 남자였다. 눈은 총기와 기백과 에너지로 빛났고, 이는 눈부셨다. 그의 얼굴에는 뭔가 아주 귀하면서도 무시무시한 데가 있었다. 그의 옆에는 머리가 황금빛인 아이가 앉아 있었다. 아기라고 해도 좋을 것 같았다. 젊은 남자가 아기를 굽어보았고, 아기는 남자를 마주 보며 뭔가 좋은 일이 일어날 것처럼 즐겁게 웃음을 터뜨렸다. 이어 남자는 앙리를 건너다보며 웃음을 짓다가 다시 아기를 흘끗 돌아보았다. 그러더니 조끼 왼쪽 윗주머니에서 날이 곧은 구식 면도칼을 꺼내 펼치더니 고갯짓으로 아이를 가리켰다. 남자가 아기의 곱슬머리에 손을 얹자 아기가 좋아하며 웃음을 터뜨렸다. 남자는 아기의 턱을 뒤로 젖혀 목을 잘랐다. 아기는 계속 웃었다. 앙리는 공포에 사로잡혀 소리를 질렀다. 남자도 아기도 그곳에 없다는 것을 깨닫는 데는 시간이 한참 걸렸다.

앙리는 떨림이 약간 가라앉자 선실에서 뛰쳐나와 배에서 뛰어내린 뒤 서둘러 소나무 사이로 언덕을 내려갔다. 앙리는 몇 시간을 걷다가 캐너리 로로 내려갔다.

닥이 지하실에서 고양이 작업을 하고 있는데, 앙리가 갑자기 들이닥쳤다. 닥은 일을 계속했고, 앙리는 자신이 겪은 일을 이야기했다. 이야기가 끝나자 닥은 진짜 공포가 얼마만큼이고 연극이 얼마만큼인지 보려고 그를 꼼꼼히 살폈다. 대부분이 진짜 공포였다.

"유령이라고 생각해?" 앙리가 다그쳤다. "전에 일어났던 일의 반영일까? 나한테서 어떤 프로이트주의적인 공포가 머리를 내민 것일까? 아니면 내가 완전히 미친 걸까? 분명히 봤어. 바로 내 앞에서, 지금 자네가 보이는 것처럼 분명하게 일어난 일이라니까."

"모르겠는데." 닥이 말했다.

"어, 나하고 같이 가볼래? 혹시 돌아올지 모르니까."

"싫어. 내 눈에도 그게 보이면 진짜 유령일 수도 있잖나. 나는 유령을 믿지 않으니까 엄청 무서울 거야. 자네 눈에는 보이는데 내 눈에는 안 보이면 그건 환각이니까 그때는 자네가 겁을 먹겠지."

"나더러 어쩌란 말이야? 만일 그게 다시 보이면 어떤 일이 생길지 나는 알아. 틀림없이 내가 죽을 거야. 그 녀석은 살인자처럼 보이지 않았어. 잘생겼고, 아이도 귀여웠단 말이야. 둘 다 이상한 데가 전혀 없었어. 그런데 그 녀석이 아기의 목을 땄다니까. 내가 봤단 말이야."

"모르겠네. 나는 정신과 의사나 마녀 사냥꾼이 아니야. 지금부터 그런 일을 시작할 생각도 없고."

지하실로 여자 목소리가 들려왔다. "안녕, 닥, 들어가도 돼요?"

"들어와." 닥이 말했다.

여자는 예쁜 편이었고, 아주 기민해 보였다.

닥이 여자를 앙리에게 소개했다.

"저 친구한테 문제가 있대. 유령을 봤거나 아니면 양심이 무

지하게 찔리는 일이 있는데, 어느 쪽인지 모르겠대. 직접 얘기를
좀 해주게, 앙리."

앙리는 다시 이야기를 했고, 여자는 눈을 반짝거렸다.

"끔찍하네요." 앙리가 이야기를 마치자 여자가 말했다. "나는
평생 유령 냄새도 못 맡았어요. 나하고 같이 가서 다시 오나 한
번 봐요."

닥은 약간 시무룩한 표정으로 그들이 나가는 걸 지켜보았다.
원래 그와 데이트를 하러 온 여자 아닌가.

여자는 유령은 보지 못했지만 앙리는 좋아하게 되었다. 그래
서 선실이 좁고 화장실이 없다는 이유로 떠날 때까지 다섯 달을
함께 살았다.

23

팰리스 플롭하우스에 검은 어둠이 내려앉았다. 기쁨은 모두 사라졌다. 입이 찢어지고 이가 부러진 모습으로 연구소에서 돌아온 맥은 참회의 표현으로 얼굴을 씻지 않은 채 침대로 가더니 담요를 머리까지 뒤집어쓰고 하루 종일 일어나지 않았다. 그의 심장도 입만큼이나 상처를 입었다. 맥은 자신이 평생 저지른 나쁜 짓들을 되새겨보았다. 자신이 한 짓은 모두 나빠 보였다. 몹시 슬펐다.

휴지와 존스는 한참 허공만 바라보다가 침울한 표정으로 헤디온도 통조림공장에 가서 취직을 했다.

헤이즐은 너무 기분이 나빠 몬터레이까지 걸어가서 병사에게 싸움을 걸어 일부러 졌다. 힘을 반만 쓰고도 패버릴 수 있는 상대에게 떡이 되도록 얻어맞자 기분이 조금은 풀렸다.

달링만 유일하게 기분이 좋았다. 이 녀석은 맥의 침대 밑에 들어가 하루 종일 행복하게 그의 구두를 물어뜯었다. 달링은 똑똑한 개였으며 이가 아주 날카로웠다. 검은 절망에 빠진 맥은 두 번이나 침대 밑으로 손을 넣어 달링을 잡아서 동무 삼아 침대로 끌어들였지만, 달링은 꿈틀거리며 빠져나가 다시 신발을 물어뜯었다.

에디는 멍하니 라 이다까지 내려가 친구인 바텐더와 이야기를 나누었다. 그는 술 몇 잔을 얻어 마시고 오 센트짜리 동전 몇 개를 빌려 주크박스에서 〈멜랑콜리 베이비〉를 다섯 번 틀었다.

맥 패거리는 울적했다. 스스로 그것을 알았고, 그럴 만하다고 생각했다. 그들은 사회에서 추방당한 자들이었다. 그들의 선한 의도는 모두 잊혔다. 그들이 닥을 위해 파티를 열었다는 사실을 안다 해도, 이제 아무도 그것을 언급하지 않았고 고려하지도 않았다. 이 이야기는 베어 플래그에도 퍼졌고, 통조림공장에서도 입에 오르내렸다. 라 이다에서는 술꾼들이 점잔을 빼며 이 주제로 토론을 했다. 리청은 아무 말도 하지 않으려 했다. 그는 경제적으로 피해를 보았다고 생각했다. 파티 이야기는 점점 부풀어 이런 식으로 변했다. 맥 패거리가 술과 돈을 훔쳤다. 그리고 악의를 품고 연구소에 침입하여, 오로지 심술과 못된 마음으로 연구소를 차근차근 파괴했다. 멍청하지 않은 사람까지도 그렇게 생각했다. 라 이다의 술꾼 몇 명은 닥한테 그런 짓을 해서는 안 된다는 걸 보여주려고 맥 패거리를 찾아가 흠씬 두들겨 패주는 문제를 고려하기까지 했다.

어떤 유대감, 그리고 맥 패거리의 싸움 솜씨가 아니었다면 그들은 어떤 식으로든 보복을 면치 못했을 것이다. 오랫동안 미덕과는 담을 쌓고 살아왔으면서 이 문제에 대해서만큼은 고결한 척하는 사람도 있었다. 그 가운데 가장 사나운 사람이 톰 셸리건이었는데, 사실 그는 그런 파티가 있는 줄 알았다면 반드시 참석했을 사람이었다.

사회적으로 맥 패거리는 경계를 넘어버렸다. 그들이 보일러 옆을 지나가도 샘 맬로이는 말을 붙이지 않았다. 그들은 자기들끼리만 엉켰으며, 아무도 그들이 그런 울적한 분위기에서 어떻게 빠져나올지 예측하지 못했다. 사회적 추방에는 두 가지 반응이 가능하기 때문이다. 하나는 더 나아지고, 순수해지고, 착해지겠다고 결심하고 나서는 것이다. 또하나는 나쁘게 마음먹고 세상에 도전하면서 훨씬 더 나쁜 짓을 하는 것이다. 사회적 낙인에 대한 반응으로는 두번째가 단연 일반적이었다.

맥 패거리는 선과 악의 저울에서 균형을 잡고 있었다. 그들은 달링에게는 착하고 상냥했으며, 서로에 대해서는 참고 인내심을 발휘했다. 첫번째 반응이 찾아왔을 때 그들은 팰리스 플롭하우스를 전례가 없을 정도로 깨끗하게 청소했다. 스토브의 반짝거리는 장식에 광택을 내고, 옷과 담요를 모두 빨았다. 경제적인 형편은 안 좋았지만 그래도 어느 정도의 돈은 있었다. 휴지와 존스가 일을 해서 집에 돈을 가져왔기 때문이다. 그들은 언덕 위 스리프트 마켓에서 식료품을 샀다. 리청의 질책하는 눈을 견딜 수 없었기 때문이다.

이 무렵 닥이 어떤 말을 했는데, 그 말은 사실일 수도 있었다. 하지만 그의 추론에는 한 가지 요인이 빠졌기 때문에, 그의 말이 옳은지는 모르겠다. 어쨌든 독립기념일이었다. 닥은 리처드 프로스트와 연구소에 앉아 맥주를 마시고 스카를라티의 새 앨범에 귀를 기울이며 창밖을 보고 있었다. 맥 패거리가 팰리스 플롭하우스 앞에 놓인 커다란 통나무에 앉아 오전의 햇볕을 쬐고 있었다. 그들은 언덕 아래 연구소 쪽을 굽어보았다.

닥이 말했다. "저 친구들을 보게. 진짜 철학자들이야. 맥 패거리는 세상에서 일어난 모든 일과 일어날 수 있는 모든 일을 아는 것 같아. 저 친구들은 이 세상에서 다른 사람들보다 훨씬 잘 살아남을 거야. 사람들이 야망과 신경과민과 욕심으로 자기 자신을 찢어발길 때도 저 친구들은 느긋해. 이른바 성공한 사람들은 다 병자야. 속이 안 좋고 영혼이 안 좋아. 하지만 맥 패거리는 건

강하고 또 묘하게 깨끗해. 저 친구들은 자기들이 원하는 걸 할 수 있어. 자기들 욕구에 굳이 다른 이름을 붙이지 않고 마음대로 충족시키지." 그 말을 하느라 목이 말라붙은 닥은 맥주잔을 깨끗이 비웠다. 그리고 손가락 두 개를 허공에 휘저으며 빙그레 웃었다. "세상에 맥주 첫 모금 맛만 한 건 없어."

리처드 프로스트가 말했다. "그냥 다른 사람들하고 똑같은 것 같은데. 그냥 돈이 없는 거잖아."

"벌 수 있지. 인생을 망쳐서 돈을 벌 수 있어. 맥은 천재적인 자질이 있어. 저 친구들 모두 뭔가를 원할 때는 아주 똑똑해지지. 하지만 세상사의 본질을 너무 잘 알기 때문에 그렇게 원하는 상태에 빠져들지를 않아."

만일 닥이 맥 패거리의 슬픔을 알았다면 그다음 말은 하지 않았을 것이다. 그러나 팰리스 거주자들에게 가해진 사회적 압력에 관해 닥에게 말해준 사람은 없었다.

닥은 잔에 천천히 맥주를 따랐다. "증거를 보여줄 수 있어. 저 친구들이 이쪽을 보고 앉아 있는 게 보이지? 어, 이제 삼십 분 정도 후면 독립기념일 퍼레이드가 라이트하우스 애비뉴를 지나갈 거야. 저 친구들은 고개만 돌리면 그걸 볼 수 있고, 일어서기만 하면 그걸 구경할 수 있고, 짧은 블록 두 개만 걸어가면 바로 그 옆에까지 갈 수 있지. 하지만 저 친구들이 고개도 돌리지 않을 거라는 데 맥주 한 쿼트를 걸지."

"고개를 안 돌리면? 그게 뭘 증명하는데?"

"뭘 증명하냐고?" 닥이 소리쳤다. "아, 저 친구들은 퍼레이드에 뭐가 있을지 안다는 거야. 시장이 후드에 장식 천을 매단 자동차를 타고 맨 처음에 지나간다는 걸 알아. 다음에는 롱 밥이 깃발을 들고 백마를 타고 지나가겠지. 그다음에는 시의회, 그다음에는 프리시디오의 중대 둘, 그다음에는 자주색 우산을 든 엘크스회, 그다음에는 하얀 타조 깃털 차림에 검을 든 템플 기사단, 그다음에는 빨간 타조 깃털 차림에 검을 든 콜럼버스 기사단. 맥 패거리는 그걸 다 알아. 곧 밴드가 연주를 하겠군. 그 친구들은 저걸 다 봤어. 다시 볼 필요가 없는 거야."

"퍼레이드를 볼 필요가 없는 사람은 이미 살아 있는 게 아니야." 리처드 프로스트가 말했다.

"그럼 내기를 하는 건가?"

"하지."

"나한테는 늘 이상해 보였어. 우리가 존경하는 미덕들, 즉 친절이나 관용, 개방성, 정직성, 이해와 공감 같은 것들은 사실 우리 사회에서는 실패에 따르는 것들이야. 우리가 혐오하는 특징들, 날카로움, 탐욕, 집착, 비열, 자기중심, 이기주의가 성공의 특징들이지. 그런데 사람들은 앞의 자질을 존중하면서도 뒤의 결과물을 사랑한단 말이야."

"선해지는 결과가 굶주림이라면 누가 선해지려고 하겠나?"

"아, 이건 굶주림의 문제가 아니야. 완전히 다른 거야. 온 세상을 얻기 위해 영혼을 파는 행위는 완전히 자발적으로 이루어지고, 사실 거의 만장일치로 이루어진 일이지. 하지만 꼭 그렇지만은 않아. 세상 어디에나 맥 패거리가 있지. 나는 저런 사람들을 멕시코의 아이스크림 장사한테서도 보았고, 알래스카의 알류트 사람들에게서도 보았어. 자네도 저 친구들이 나한테 파티를 열어주려다가 일이 잘못된 걸 알지? 어쨌든 저 친구들은 나한테 파티를 열어주고 싶어했어. 그게 저 친구들이 느낀 충동이었지. 들려? 저거 밴드 소리 아닌가?" 닥은 얼른 잔 두 개에 맥주를 채웠고, 두 사람은 창문에 다가섰다.

맥 패거리는 풀이 죽은 채 통나무에 앉아 연구소를 바라보았다. 라이트하우스 애비뉴에서 밴드 소리가 들려왔다. 북소리가 건물들에 메아리쳤다. 갑자기 라디에이터에 장식 천을 휘날리며 시장의 차가 지나갔다. 이어 기를 들고 백마를 탄 롱 밥, 이어 밴드, 이어 병사들, 엘크스회, 템플 기사단, 콜럼버스 기사단이 지나갔다. 리처드와 닥은 긴장하여 몸을 앞으로 기울였지만, 퍼레이드가 아니라 통나무에 한 줄로 앉은 남자들을 보고 있었다.

한 사람도 고개를 돌리지 않았다. 고개를 쳐드는 사람도 없었다. 퍼레이드가 줄을 지어 지나갔지만, 그들은 움직이지 않았다. 퍼레이드는 사라졌다. 닥은 잔을 다 비우고 손가락 두 개를 천천히 허공에 휘저으며 말했다. "하! 세상에 맥주 첫 모금 맛만 한 것은 없어."

리처드가 문으로 걸어갔다. "어떤 맥주로 사올까?"

"같은 걸로." 닥이 부드럽게 말했다. 그리고 언덕 위의 맥 패거리를 향해 웃음 지었다.

"시간이 모든 것을 치유할 것이며, 이 일 또한 지나갈 것이다. 사람들은 잊을 것이다." 참 좋은 말이다. 직접 관련되지 않았을 때는 실제로 그렇게 느낄지도 모른다. 하지만 직접 개입이 되어 있으면 시간은 흐르지 않는다. 사람들은 잊지 않으며, 우리는 변하지 않는 것 한가운데에 박혀 있다. 닥은 팰리스 플롭하우스의 고통과 자멸적인 비판을 알지 못했다. 알았다면 어떻게 해보려 했을 것이다. 맥 패거리는 닥이 어떤 기분인지 몰랐다. 알았다면 다시 고개를 들었을 것이다.

안 좋은 시기였다. 공터에는 악이 시커멓게 활보했다. 샘 맬로이는 부인과 자주 싸웠고, 부인은 늘 울었다. 울음소리가 보일러 속에서 메아리를 치는 바람에 물 밑에서 우는 것처럼 들렸다. 맥 패거리가 문제의 중심점인 것 같았다. 베어 플래그의 착한 경비원이 술주정뱅이를 쫓아내다가 너무 심하게, 너무 멀리 밀어 주정뱅이의 등이 부러졌다. 앨프리드는 일이 정리되기까지 샐리너스에 세 번이나 가야 했으며, 그것 때문에 기분이 별로 좋지 않았다. 사실 그는 너무 착한 경비원이라 다른 사람을 해치지 못했기 때문이다. 그가 주정뱅이의 허리 뒤춤을 잡아 일으킨 다음 멱살을 잡고 밖으로 내보내는 리듬감 있고 우아한 동작을 보면 기적 같은 솜씨라는 말이 절로 나왔다.

게다가 고결한 마음을 지닌 도시의 부인들 한 무리가 젊은 미국인 남성을 보호하기 위해 악의 소굴을 폐쇄하라고 요구했다. 이런 일은 일 년에 한 번 정도 독립기념일과 군(郡) 공진회 사이의 손님이 없는 기간에 일어났다. 그럴 때면 도라는 보통 일주일 정도 베어 플래그 문을 닫았다. 그렇게 나쁠 것도 없었다. 모두 휴가를 얻고, 배관이나 벽을 수리할 수도 있었다. 그런데 올해에는 부인들이 진짜 십자군 전쟁에 나섰다. 누군가의 머릿가죽을 벗기기를 바랐다. 여름 경기가 안 좋았기 때문에 부인들은 불안해했다. 상황이 심각해지면서 악이 이루어지는 집을 누가 실제로 소유했는지, 집세는 얼마인지, 폐쇄할 경우 어떤 소소한 문제들이 생길지 알려고 했다. 상당히 골치 아픈 위협이 다가오고 있었던 것이다.

도라는 두 주 동안 가게 문을 닫았다. 베어 플래그가 문을 닫은 동안 몬터레이에서 큰 회의가 세 번이나 열렸다. 곧 가게가 문을 닫았다는 소문이 퍼졌고, 몬터레이는 그후 일 년 동안 회의를 다섯 개나 놓쳤다. 어디에서나 상황이 좋지 않았다. 닥은 파티 때 깨진 유리를 새로 하느라 은행에서 대출을 얻어야 했다. 엘머 레차티는 서던퍼시픽 철로에서 잠들었다가 두 다리를 잃었다. 전혀 예기치 못한 폭풍이 갑자기 몰려와 후릿그물 어선 한 척과 람파라 배 세 척을 정박지에서 떼어내 델몬테 해변에 패대기쳐버렸다.

이런 일련의 불행을 설명할 길은 없다. 모두가 자신을 탓한다. 사람들은 검은 마음으로 몰래 지은 죄를 기억하고, 그것 때문에 나쁜 일이 생긴 것이 아닌가 생각한다. 어떤 사람은 흑점을 탓하기도 하지만, 확률의 법칙에 의지하는 사람은 그 말을 믿지 않는다. 의사들도 시절이 별로 좋지 않았다. 많은 사람들이 아팠지만 돈을 벌게 해주는 병은 아니었던 것이다. 좋은 의술이나 신기한 약으로 치료할 수 있는 병은 없었다.

그러나 그 모든 것을 능가하는 불행한 일이 생겼다. 달링이 아팠던 것이다. 처음 병에 걸렸을 때만 해도 아주 통통하고 활달했는데, 닷새 동안 열이 나더니 해골에 가죽만 덮인 몰골로 변했다. 간 색깔의 코는 분홍색으로 바뀌었고, 잇몸은 하얗게 변했다. 눈은 병으로 흐려졌다. 몸은 뜨거웠는데도 가끔 오한으로 떨었다. 달링은 먹으려 하지도 않고, 마시려 하지도 않았다. 작고 통통하던 배는 쪼그라들어 등뼈에 달라붙어버렸다. 심지어 꼬리마저 뼈의 윤곽을 드러냈다. 디스템퍼*가 분명했다.

그러자 팰리스 플롭하우스에 진짜 공황이 발생했다. 그동안 달링은 그들에게 엄청나게 중요한 존재였던 것이다. 휴지와 존스는 조금이라도 도우려고 당장 일을 그만두었다. 패거리는 교대로 밤을 샜다. 이마에 서늘하고 축축한 수건을 얹어주었지만 달링은 더 아프고 더 약해졌다. 어쩔 수 없이, 그리고 싶지는 않았지만, 헤이즐과 존스가 닥을 찾아가기로 했다. 닥은 닭 스튜를 먹으면서 조수 도표 작업을 하고 있었다. 그러나 스튜의 주재료는 닭이 아니라 해삼이었다. 그들은 닥이 자기들을 약간 차갑게 대한다고 생각했다.

"달링 때문인데요." 그들이 말했다. "아파요."

"뭐가 문제인데?"

"맥 말로는 디스템퍼랍니다."

"나는 수의사가 아닌데. 그런 건 어떻게 치료해야 하는지 몰라."

헤이즐이 말했다. "어, 그냥 한번 봐주실 수 없나요? 엄청나게 아프거든요."

---

* 강아지가 잘 걸리는 급성 전염병.

닥이 달링을 진찰하는 동안 그들은 원을 그리고 서 있었다. 닥은 눈알과 잇몸을 보더니, 열을 확인하려고 귀를 만졌다. 그리고 바큇살처럼 튀어나온 갈비뼈와 애처로운 등뼈를 손으로 쓰다듬어보았다. "먹지 않으려 하나?" 닥이 물었다.

"전혀." 맥이 말했다.

"억지로라도 먹여야 할 거야. 진한 수프에 달걀과 간유(肝油)를 먹여봐."

그들은 닥이 차갑고 직업적인 사람이라고 생각했다. 닥은 다시 스튜를 먹으며 조수 도표 작업을 하러 갔다.

이제 맥 패거리에게는 할 일이 생겼다. 그들은 고기가 위스키처럼 진해질 때까지 끓였다. 그리고 간유를 혀 안쪽에 집어넣었다. 조금이라도 목으로 넘기게 하려는 것이었다. 또 달링의 머리를 들어올리고 입을 깔때기처럼 만든 다음 식은 수프를 쏟아부었다. 수프를 먹지 않았다가는 수프에 익사할 판이었다. 그들은 두 시간마다 달링에게 수프를 먹이고 물을 주었다. 그전까지는 교대로 잠을 잤지만, 이제는 아무도 자지 않았다. 그저 말없이 앉아 달링에게 변화가 찾아오기를 기다렸다.

변화는 이른 아침에 나타났다. 패거리는 의자에 앉은 채 반쯤 잠이 들었지만, 맥은 일어나 강아지를 들여다보고 있었다. 개의 귀가 두 번 움직이고 가슴이 들썩이는 게 보였다. 달링은 아주

약한 몸짓으로 허약한 다리를 움직여 천천히 일어나더니, 문까지 몸을 질질 끌고 가 물을 네 번 핥고 바닥에 쓰러졌다.

맥이 소리쳐 패거리를 깨웠다. 그리고 무겁게 몸을 움직이며 춤을 추었다. 패거리는 서로 소리를 질렀다. 리청은 쓰레기통을 밖으로 내오다 그 소리를 듣고 코웃음을 쳤다. 경비원 앨프리드는 그 소리를 듣고 그들이 파티를 여는 줄 알았다.

아홉시가 되었을 때 달링은 혼자서 날달걀과 휘프드 크림 반 파인트를 먹었다. 정오가 되자 눈에 띄게 몸무게가 늘었다. 하루가 지나자 가볍게 뛰놀더니, 주말이 되자 건강한 개가 되었다.

마침내 악의 벽에 금이 가기 시작했다. 도처에서 그 증거가 나타났다. 후릿그물 어선은 바다로 다시 끌어내자 물 위에 떴다. 도라는 베어 플래그를 다시 열어도 괜찮다는 이야기를 들었다. 얼 웨이크필드는 머리가 둘인 볼락을 잡아 박물관에 팔아서 팔 달러를 벌었다. 악과 기다림의 벽은 부서졌다. 박살이 났다. 그날 밤 연구소에 커튼이 드리워지고, 그레고리오 성가가 두시까지 흘러나왔다. 음악은 멈추었지만 아무도 밖으로 나오지 않았다. 어떤 힘이 리청의 마음에 작용하여 동양적인 순간에 맥 패거리를 전부 용서했고, 처음부터 금전적으로 골칫거리였던 개구리 빚을 장부에서 지워버렸다. 그리고 용서했다는 사실을 패거리에게 증명하려고 올드 테니스 슈즈 한 파인트를 들고 가 그들에게 선물했다. 그들이 스리프트 마켓과 거래한 것 때문에 마음이 상했으나 이제 그것도 다 끝났다. 리의 방문은 달링이 병을 앓은 이후 처음으로 파괴적이고 건강한 충동을 느낀 순간에 이루어졌다. 달링은 완전히 응석받이가 되었으며, 아무도 길들일 생각을 하지 않았다. 리청이 선물을 들고 들어왔을 때 달링은 행복하게 헤이즐의 유일한 장화를 파괴하고 있었고, 달링의 행복한 주인들은 그 녀석에게 갈채를 보냈다.

맥은 베어 플래그를 직업적으로 방문한 적이 없었다. 그렇게 했다면 근친상간을 하는 느낌을 받았을 것이다. 그가 손님으로 가는 집은 야구장 옆에 있었다. 그래서 맥이 베어 플래그 앞쪽으로 바로 들어갔을 때 다들 그가 맥주를 마시러 온 줄 알았다. 맥은 앨프리드에게 다가갔다. "도라 있나?"

"도라는 왜?"

"물어볼 게 좀 있어."

"뭔데?"

"그건 네가 알 바 아니야."

"알겠어. 좋을 대로 해. 도라가 얘기하고 싶어하는지 보고 올게."

잠시 후 앨프리드는 맥을 성소로 데리고 갔다. 도라는 뚜껑 달린 책상 앞에 앉아 녹색 선글라스를 낀 채 몽당연필로 장부를 정리하고 있었다. 오래된 고급 복식 기입 장부였다. 그녀의 오렌지색 머리카락은 작은 고리를 이루어 머리 위에 쌓여 있었다. 그녀는 손목과 목에 레이스가 달린 고상한 분홍색 실크 실내복 차림이었다. 맥이 들어가자 도라는 회전의자를 빙글 돌리더니 맥을 마주 보았다. 앨프리드가 문간에 서서 기다렸다. 맥은 앨프리드가 문을 닫고 나갈 때까지 가만히 서 있었다.

도라는 수상쩍은 눈길로 맥을 꼼꼼히 살폈다. "그래, 무슨 일이야?" 마침내 도라가 따지듯이 물었다.

"있잖아, 마담, 어, 아마 저번에 우리가 닥네 집에서 어떻게 했는지 마담도 들었을 거요."

도라는 선글라스를 머리 위로 올렸다. 연필은 구식 용수철이 달린 꽂이에 집어넣었다. "그럼! 들었고말고."

"마담, 우린 닥을 위해 그런 거였소. 믿지 않을지 모르지만, 사실 닥에게 파티를 열어주고 싶었거든. 단지 닥이 제시간에 집에 안 와서 문제였던 거지. 그러다보니 나도 어쩔 수 없는 상황이 되고 말았소."

"나도 그렇다고 들었어." 도라가 말했다. "그래서 나한테 뭘 어쩌라는 거야?"

"음, 나하고 우리 애들은 마담한테 한번 물어보는 게 좋겠다고 생각했소. 마담도 우리가 닥을 어떻게 생각하는지 알잖소. 그래서 물어보고 싶었소. 우리가 닥을 위해 뭘 하면 좋을까? 뭘 해야 우리 맘을 보일 수 있을까?"

"흠." 도라는 몸을 뒤로 젖히더니 다리를 꼬고 실내복을 무릎 위에서 매만졌다. 이어 담뱃갑을 흔들어 담배를 한 개비 뽑더니 불을 붙이고 살펴보았다. "파티를 열어줬는데 닥이 못 왔다면서? 그럼 닥이 올 수 있는 파티를 열어주면 되는 거 아닌가?"

"이야." 맥이 나중에 패거리에게 말했다. "그렇게 간단한 거였어. 정말 대단한 여자야. 그 여자가 마담이 된 것도 당연한 일이야. 정말 대단한 여자야."

24

메리 탤벗, 그러니까 톰 탤벗 부인은 예뻤다. 머리는 녹색빛이 감도는 붉은색이었다. 피부는 녹색이 밴 황금색이었고, 눈은 작은 황금 점들이 반짝이는 녹색이었다. 얼굴은 삼각형이었다. 광대뼈 사이가 넓었고 두 눈 사이도 넓었으나 턱은 뾰족했다. 긴 다리와 발은 댄서 같았고, 걸을 때 보면 발이 땅에 닿지 않는 듯했다. 흥분하면, 자주 흥분했지만, 얼굴이 황금빛으로 홍조를 띠었다. 그녀의 6대조인가 7대조 할머니는 마녀로 화형을 당했다.

메리 탤벗은 세상 그 무엇보다도 파티를 좋아했다. 파티를 여는 것도 좋아했고, 파티에 가는 것도 좋아했다. 톰 탤벗이 돈을 별로 못 벌었기 때문에 메리는 원하는 만큼 파티를 열 수가 없었다. 그래서 대신 사람들을 꾀어 파티를 열게 했다. 가끔 친구한테 전화를 걸어 다짜고짜 이렇게 말하기도 했다. "너 파티 열 때 안 됐니?"

메리는 일 년에 생일을 보통 여섯 번 챙겼다. 거기에 의상 파티, 깜짝 파티, 휴일 파티도 개최했다. 그녀의 집에서 크리스마스이브는 아주 흥미진진한 날이었다. 메리가 여러 파티로 잔뜩 달아올랐기 때문이다. 이 흥분의 물결에 남편 톰도 쓸려다녔다.

톰이 출근하고 없는 오후에 메리는 가끔 이웃 고양이들을 위해 티 파티를 열었다. 등받이 없는 의자를 하나 갖다놓고 소꿉장난에 쓰는 컵과 받침 접시들을 올려놓은 뒤 고양이들을 모았다. 꽤 많았다. 그녀는 고양이들과 오랫동안 꼼꼼하게 대화를 나누었다. 이것은 그녀가 매우 좋아하는 장난이었다. 일종의 풍자놀이라고 할 수 있었는데, 이런 놀이를 하다보면 그녀에게 좋은 옷이 없고 탤벗 부부에게 돈이 없다는 사실이 가려지고 감추어졌다. 이 부부는 거의 밑바닥 가까이까지 가 있었다. 그러나 정말로 근근이 살아갈 때도 메리는 용케 어떤 식으로든 파티를 열었다.

메리는 그렇게 할 수 있었다. 또한 집 전체를 명랑한 분위기로 감염시킬 수도 있었다. 이런 재능을 무기로 삼아 늘 바깥에서 톰을 공격하려고 잠복해 있는 의기소침한 분위기를 몰아냈다. 메리는 그것이 자기가 할 일이라고 생각했다. 톰에게서 의기소침한 분위기를 씻어내는 것. 모두 톰이 언젠가는 큰 성공을 거두리라는 것을 알고 있었기 때문이다. 대부분의 경우 메리는 어두운 것들을 집 밖으로 몰아낼 수 있었지만, 가끔은 그런 것들이 톰을 공격하여 때려눕히기도 했다. 그럴 때면 톰은 몇 시간이고 시무룩하게 앉아 있었고, 메리는 명랑한 분위기로 맞불을 놓으려고 미친 듯이 안간힘을 썼다.

언젠가 새 달 첫날을 맞아 수도회사에서 무뚝뚝한 통보가 날아오고, 집세는 내지 못하고, 『콜리어』에서는 원고를 퇴짜 맞고, 『뉴요커』에서는 만화를 돌려받은데다 심한 늑막염까지 걸려 톰은 방으로 들어가 침대에 누웠다.

메리가 살금살금 들어왔다. 푸른빛을 띤 잿빛의 우울이 문 밑과 열쇠구멍으로 새어나오는 것이 보였기 때문이다. 메리는 종이 레이스로 묶은 캔디 꽃다발을 손에 들고 있었다.

"냄새 좀 맡아봐." 메리는 꽃다발을 톰의 코에 갖다댔다. 톰은 꽃냄새를 맡고도 아무 말 하지 않았다. "오늘이 무슨 요일인지 알아?" 메리는 이날을 밝은 날로 만들 뭔가를 열심히 찾았다.

톰이 말했다. "한 번이라도 똑바로 보자고. 우리는 바닥이야. 아래로 내려가고 있어. 우리 자신을 속이는 게 무슨 의미가 있어?"

"아냐, 속이는 게 아냐. 우리는 마법을 가진 사람이야. 언제나 그랬어. 당신이 책에서 찾아낸 십 달러 기억나? 당신 사촌이 오 달러 보내줬던 거 기억나? 우리한테는 나쁜 일이 일어날 수 없어."

"이미 일어났잖아. 미안해. 이번에는 말로 빠져나갈 수가 없어. 아닌 척하는 데 질렸어. 한 번이라도 그냥 있는 그대로 부딪쳐보고 싶어, 단 한 번만이라도."

"오늘 밤에 작은 파티를 열까 했었는데." 메리가 말했다.

"뭘 가지고? 설마 또 잡지에서 구운 햄 사진을 오려다 접시에 올려놓으려는 건 아니겠지? 난 이제 그런 장난 지겨워. 이젠 재미없어. 서글퍼."

"작은 파티를 열 수 있어." 메리가 고집을 부렸다. "그냥 별거 아닌 걸로. 정장을 할 필요도 없어. 오늘이 블루머리그 창립기념일이야. 당신은 기억도 못했지?"

"쓸데없어. 이러는 게 심술처럼 보일 수도 있지만, 당신 분위기를 맞춰주지 못하겠어. 문 닫고 나가줘. 나 좀 혼자 내버려둬. 안 그러면 당신 마음이 상할 거야."

메리는 톰을 가만히 보다가 그의 말이 진심임을 깨닫고 조용히 밖으로 나가 문을 닫았다. 톰은 침대에서 몸을 굴려 두 팔에 얼굴을 묻었다. 메리가 다른 방에서 바스락거리며 움직이는 소리가 들려왔다.

메리는 유리 공, 반짝이 같은 오래된 크리스마스 장식물로 문을 장식했다. '우리의 영웅 톰을 환영합니다'라고 적은 플래카드도 만들었다. 문에 귀를 갖다댔지만 아무 소리도 들리지 않았다. 메리는 약간 쓸쓸하게 등받이 없는 의자를 꺼내다가 그 위에 냅킨을 펼쳤다. 의자 한가운데에 있는 유리잔에 꽃다발을 꽂았다. 작은 컵과 받침 접시 네 개를 놓았다. 메리는 부엌으로 들어가 찻주전자에 차를 넣고 물을 끓였다. 그리고 마당으로 나갔다.

키티* 랜돌프는 앞쪽 담장 옆에서 일광욕을 하고 있었다. 메리가 말했다. "랜돌프 양, 차나 마시자고 친구 몇 명을 불렀는데, 혹시 오시고 싶으면 오세요." 키티 랜돌프는 께느른하게 몸을 굴려 드러눕더니 따뜻한 햇볕 아래서 기지개를 켰다. "네시 전에는 오셔야 해요." 메리가 말했다. "남편하고 호텔에서 열리는 블루머리그 백주년 연회에 가야 하거든요."

메리는 느릿느릿 집을 한 바퀴 돌아 뒷마당으로 갔다. 블랙베리 덩굴이 담장 위로 기어올라갔다. 키티 카시니는 땅바닥에 쭈그리고 앉아 혼자 으르렁거리며 사납게 꼬리를 흔들었다. "카시니 부인." 메리는 말하다가 입을 다물었다. 고양이가 뭘 하고 있는지 보았기 때문이다. 키티 카시니는 쥐 한 마리를 앞에 놓고

---

* '새끼 고양이'라는 뜻.

무장하지 않은 앞발로 살며시 두드렸다. 그러자 겁에 질린 쥐가 꿈틀거리며 마비된 두 다리를 질질 끌고 달아나려 했다. 고양이는 쥐가 블랙베리 덩굴에 몸을 가릴 수 있는 곳까지 가게 놔두었다가 슬며시 발을 뻗었다. 이번에는 앞발에 하얀 가시들이 돋아나와 있었다. 고양이는 우아하게 쥐의 등을 찌르더니 꿈틀거리는 쥐를 자기 쪽으로 끌고 왔다. 기쁨 때문에 긴장한 꼬리가 찰싹거렸다.

톰은 반쯤 잠이 들었을 때 자기 이름을 되풀이해 부르는 소리를 들었다. 톰은 벌떡 일어나며 소리쳤다. "무슨 일이야? 어디 있어?" 메리가 우는 소리가 들렸다. 마당으로 달려나간 톰은 무슨 일이 벌어지는지 보았다. "고개 돌려!" 톰은 소리를 지르고 나서 쥐를 죽였다. 키티 카시니는 담장 꼭대기로 뛰어올라가 성난 표정으로 톰을 지켜보았다. 톰이 돌멩이를 집어들어 고양이의 배를 맞혔다. 고양이가 담장에서 떨어졌다.

메리는 집에 들어가서도 훌쩍거렸다. 메리는 찻주전자에 물을 붓더니 탁자로 가져갔다. "거기 앉아." 메리가 톰에게 말했다. 톰은 등받이 없는 의자 앞에 쭈그리고 앉았다.

"큰 잔에 좀 마시면 안 될까?" 톰이 물었다.

"키티 카시니한테 뭐라고 할 순 없어. 나도 고양이가 어떤 동물인지 아니까. 그건 고양이 잘못이 아냐. 하지만…… 아, 톰!

다시 키티 카시니를 초대하기는 쉽지 않을 거야. 아무리 좋아하고 싶어도 당분간은 좋아할 수 없을 거야." 메리는 톰을 꼼꼼하게 살펴보았다. 이마의 주름이 사라졌고 심하게 눈을 깜빡이지도 않았다. "하지만 어차피 요즘은 블루머리그 때문에 너무 바쁜데 뭐. 일이 너무 많아 어떻게 다 처리해야 할지 모르겠어."

메리 탤벗은 그해에 임신 파티를 열었다. 모두 입을 모아 말했다. "이야! 메리의 아이는 아주 재미있을 거야."

25

캐너리 로 전체가, 그리고 어쩌면 몬터레이 전체가 변화를 느꼈을 것이다. 운이나 징조를 믿지 않는 것과는 상관없다. 그런 것은 아무도 믿지 않는다. 그런 것을 믿고 모험을 하는 것 또한 아무런 소용이 없으며, 아무도 그런 모험은 하지 않는다. 다른 모든 곳과 마찬가지로 캐너리 로도 미신적이지 않다. 다만 사다리 밑을 걷지 않고 집 안에서 우산을 펴지 않을 뿐이다. 닥은 순수한 과학자이므로 미신은 믿을 수도 없었다. 그럼에도 어느 날 밤늦게 집에 들어가다 문지방을 가로질러 하얀 꽃들이 줄지어 있는 것을 보고 마음이 영 편치 않았다. 캐너리 로의 사람들 대부분은 그런 것을 믿지 않는다. 다만 그런 것들과 함께 살아갈 뿐이다.

맥은 팰리스 플롭하우스에 먹구름이 끼었다는 사실을 전혀 의심하지 않았다. 맥은 유산(流産)으로 끝난 파티를 분석하면서 모든 틈으로 불행이 기어들어왔고, 저녁의 빌통처럼 불운이 몰려왔음을 알았다. 일단 그런 궤도에 들어서버리면, 최선은 그것이 지나갈 때까지 자버리는 것이었다. 버틸 수가 없었다. 그렇다고 맥이 미신을 믿는다는 건 아니다.

그런데 이제 어떤 기쁨 같은 것이 캐너리 로에 파고들어 퍼져나가기 시작했다. 닥은 일련의 여성 방문객과 거의 초자연적인 수준의 성공을 거두었다. 노력은 반밖에 기울이지 않았는데. 팰리스의 강아지는 완두콩처럼 무럭무럭 자랐다. 게다가 천 세대에 걸쳐 훈련받은 종자이기 때문에 스스로 훈련을 하기 시작했다. 바닥에 오줌을 누는 것이 스스로도 역겨웠는지 밖으로 나가게 된 것이다. 달링은 분명 착하고 매력적인 개로 성장해갈 것이다. 디스템퍼가 무도병으로 발전하지도 않았다.

유익한 영향력이 가스처럼 캐너리 로에 스며들었다. 이 영향력은 허먼의 햄버거 노점까지 이르렀고, 샌카를로스 호텔에도 퍼졌다. 지미 부르시아도 그것을 느꼈고, 그의 노래하는 바텐더 조니도 느꼈다. 스파키 에비어도 그것을 느껴, 도시 바깥 출신인 새로운 경찰 세 명과 벌이는 싸움에 기쁘게 참여했다. 이 영향력은 심지어 군 감옥에까지 미쳐, 이곳에서 보안관에게 체커를 져

주면서 편하게 살던 게이가 갑자기 건방져지더니 한 게임도 지지 않았다. 그렇게 해서 게이는 특권은 놓쳤지만, 다시 인간이 된 느낌이었다.

강치들도 그것을 느껴, 성 프란체스코도 기뻐할 만한 소리와 운율로 짖어댔다. 교리문답을 공부하는 어린 여학생들은 갑자기 고개를 들고 아무런 이유 없이 깔깔거렸다. 어쩌면 이렇게 퍼지는 모든 기쁨과 행운의 원천을 찾아낼 수 있는 아주 섬세한 전기 탐지기 같은 것이 개발될 수 있을지도 모르겠다. 그래서 삼각측량법으로 그 근원을 찾아가면 팰리스 플롭하우스 앤드 그릴이 나타날지도 모르겠다. 확실히 팰리스는 그 영향력으로 가득했다. 맥 패거리 모두가 잔뜩 충전이 된 것 같았다. 존스가 의자에서 벌떡 일어나 재빨리 탭댄스를 추더니 다시 앉는 모습이 보였다. 헤이즐은 아무것도 아닌 것에 모호하게 웃음을 지었다. 기쁨이 전체적으로 너무 넓게 퍼져 맥은 그 중심을 잡아 한군데에만 머물게 하는 데도 어려움을 겪었다. 라 이다에서 정기적으로 일했던 에디 덕분에 술 저장 창고에는 착실하게 술이 쌓였다. 그는 이제 와인 주전자에 맥주를 보태지 않았다. 그렇게 섞으면 맛이 없거든, 에디는 그렇게 말했다.

샘 맬로이는 보일러 위에 나팔꽃을 심기로 했다. 그는 작은 자일을 하나 걸고 저녁이면 부인과 함께 나와 그 밑에 앉곤 했다.

그녀는 침대 커버를 기웠다.

기쁨은 베어 플래그에도 침투했다. 사업이 잘되었다. 필리스 메이의 다리는 잘 아물어서 다시 일을 해도 되겠다 싶을 정도였다. 에바 플래니건은 아주 기쁜 표정으로 이스트 세인트루이스에서 돌아왔다. 이스트 세인트루이스는 더웠고, 그녀가 기억했던 것만큼 날씨가 좋지 않았다. 예전에는 그녀가 젊어서 즐겁게 지냈던 것일 뿐이었다.

사람들은 서서히 닥을 위한 파티가 열릴 것임을 알게 되었고, 또 열릴 것이라 확신하게 되었다. 그런 지식이나 믿음이 갑자기 활짝 피어난 것은 아니었다. 사람들은 모두 파티에 관해 알고 있었지만, 그냥 자신의 상상력 속에서 고치 속의 번데기처럼 서서히 자라게 내버려두었다.

맥은 현실적이었다. "지난번에는 우리가 강요를 한 거야." 그는 패거리에게 말했다. "그런 식으로는 절대 좋은 파티를 열 수 없어. 파티가 스스로 다가오게 해야 돼."

"그래서 언제 할 건데요?" 존스가 안달이 나서 물었다.

"나도 몰라." 맥이 말했다.

"깜짝 파티를 하는 건가요?" 헤이즐이 물었다.

"그래야지. 그게 가장 좋은 파티야." 맥이 말했다.

달링은 테니스공을 찾아내 맥에게 가져왔다. 맥은 공을 문밖 잡초 속에 던졌다. 달링이 다시 공을 찾아 달려갔다.

헤이즐이 말했다. "닥의 생일이 언제인지 알면 그때 생일 파티를 열어주면 되는데."

맥의 입이 벌어졌다. 헤이즐은 늘 그를 놀라게 했다. "헤이즐, 그거 괜찮은데." 맥이 소리쳤다. "바로 그거야, 닥의 생일이면 다들 선물도 줄 수 있겠지. 바로 그거야. 언제인지만 알아내면 돼."

"그건 쉬워요." 휴지가 말했다. "그냥 물어보면 되잖아요."

"젠장." 맥이 말했다. "그럼 눈치챌 거 아냐. 어떤 사람한테 생일이 언제냐고 물어본다고 해봐. 그것도 우리가 이미 그런 파티를 한번 연 뒤에 말이야. 그럼 그 사람도 왜 생일을 알려고 하는지 눈치채지 않겠어? 그냥 가서 냄새만 좀 맡아보고 아무 말 안하는 게 좋을지도 모르겠어."

"내가 함께 갈게요." 헤이즐이 말했다.

"안 돼. 우리 둘이 가면 우리가 무슨 일을 하려나보다 하고 생각할 거야."

"젠장, 내가 생각해낸 건데."

"알아. 나중에 이유를 말하게 되면 네가 생각한 거라고 닥한테 얘기할게. 하지만 지금은 나 혼자 가는 게 좋겠어."

"닥은 어때요? 잘 대해주나요?"

"그럼. 괜찮아."

닥은 연구소 아래층 뒤쪽에 있었다. 긴 고무 앞치마를 두르고 고무장갑까지 꼈다. 포름알데히드로부터 손을 보호하려는 것이었다. 작은 돔발상어의 정맥과 동맥에 색깔을 주입하고 있었다. 작은 원형 맷돌이 계속 돌아가면서 파란 물감 덩어리를 갈았다. 빨간 액체는 벌써 압력총 안에 들어가 있었다. 닥의 고운 두 손이 바늘을 정확하게 제자리에 꽂고 물감을 혈관에 집어넣는 공기 방아쇠를 잡아당겼다. 끝낸 물고기는 단정하게 쌓아두었다. 파란 물감을 동맥에 집어넣으려면 그 과정을 다시 반복해야 할 터였다. 돔발상어는 좋은 해부 표본이었다.

"안녕, 닥." 맥이 말했다. "아주 바쁜가보네?"

"원하는 만큼 바쁘지 뭐. 강아지는 어떤가?"

"아주 좋아. 자네가 아니었다면 죽었을 거야."

닥은 잠시 조심하다가 이내 긴장을 풀었다. 닥은 보통 칭찬을 들으면 신중해졌다. 그만큼 오랫동안 맥을 상대해온 것이다. 그러나 지금 목소리에는 그저 고마워하는 마음밖에 없었다. 닥도 맥이 그 강아지를 어떻게 생각하는지 잘 알았다. "팰리스는 어떤가?"

"좋아, 닥, 아주 좋아. 의자를 두 개 새로 들여놓았어. 와서 한번 봐. 아주 예쁜 곳이 되었거든."

"가보겠네. 에디가 여전히 주전자를 가져오나?"

"그럼." 맥이 말했다. "지금은 거기에 맥주를 넣지 않아서 맛이 더 나아진 것 같더군. 전보다 더 생기가 있는 것 같아."

"전에도 생기는 충분했는데."

맥은 참을성 있게 기다렸다. 조만간 닥이 물로 걸어 들어올 것이다. 맥은 그때를 기다리고 있었다. 닥이 먼저 그 이야기를 꺼내게 하는 것이 아무래도 의심을 덜 살 터였다. 맥이 자주 쓰는 수법이었다.

"헤이즐이 한참 안 보이던데. 아픈 건 아닌가?"

"아니." 맥은 작전을 개시했다. "헤이즐은 괜찮아. 그런데 그 아이하고 휴지가 엄청난 전쟁을 하고 있어. 일주일째 계속되고 있지." 맥이 낄낄거렸다. "웃기는 건 둘 다 잘 알지도 못하는 걸 갖고 그런다는 거야. 난 뒤로 물러나 있지. 나도 전혀 모르거든. 하지만 그애들은 안 그래. 심지어 서로 약간 화가 나기도 했어."

"뭘 갖고 그러는 건가?" 닥이 물었다.

"그러니까 그게, 헤이즐이 그 표를 사다놓고 운이 좋은 날이니 별이니 그런 걸 찾거든. 휴지는 그게 다 허튼소리라고 하고. 헤이즐은 어떤 사람이 태어난 날을 알면 그 사람에 관해 알 수 있다고 하고, 휴지는 그냥 헤이즐에게 표 하나에 이십오 센트 받아먹으려는 수작일 뿐이라고 하지. 나? 나는 그런 건 전혀 몰라.

자네 생각은 어때?"

"나는 휴지랑 비슷한 쪽일세." 닥은 맷돌을 멈추고 색깔 총을 씻어 파란 물감을 채웠다.

"며칠 전 밤에는 싸움이 아주 뜨겁게 달아올랐어. 나한테 생일이 언제냐고 묻기에 4월 12일이라고 얘기해줬지. 그랬더니 헤이즐이 가서 그 표를 하나 사와 내 얘기라면서 읽어주더군. 들어보니 몇 군데는 맞는 것도 같았어. 하지만 대개 다 좋은 얘기더라고. 그런데 사람이란 게 자기를 좋게 얘기하면 다 믿기 마련 아냐. 내가 용감하고 똑똑하고 친구들한테 잘해준다고 하더군. 어쨌든 헤이즐은 그게 다 사실이라고 했어. 자네는 생일이 언제야?" 오랜 이야기 끝에 나온 그 질문은 아주 자연스럽게 들렸다. 의심의 여지가 전혀 없는 것 같았다. 그러나 닥이 오랫동안 맥을 알고 지냈다는 사실을 기억해야 한다. 그렇지 않았다면 닥은 가짜 생일인 10월 27일이 아니라 진짜 생일인 12월 18일을 이야기했을 것이다. "10월 27일. 헤이즐한테 나는 어떻게 나오는지 한번 물어봐주게."

"아마 비슷한 허튼소리일 거야. 하지만 헤이즐은 그걸 진지하게 받아들이더라니까. 자네 것도 한번 찾아보라고 하지."

맥이 떠나자 닥은 크게 신경 쓰지 않으면서도 도대체 무슨 일인지 궁금했다. 그것이 어떤 실마리임을 알았기 때문이다. 닥은 맥의 기법, 방법을 이미 알고 있었다. 그의 스타일도. 도대체 내 생일을 어디에 써먹으려는 걸까? 나중에 소문이 서서히 귀에 들렸을 때에야 닥은 모든 것을 짜맞출 수 있었다. 그제야 약간 안심이 되었다. 처음에는 맥이 자신에게서 돈을 뜯으려 한다고 생각했기 때문이다.

26

사내아이 둘이 배 작업장에서 놀고 있는데 고양이 한 마리가 담장에 올라갔다. 즉시 아이들은 고양이를 추적하여, 철로 건너로 몰아냈다. 철로에 이르자 아이들은 노반에서 주운 화강암 돌멩이로 주머니를 가득 채웠다. 고양이는 아이들을 피해 키 큰 잡초 속으로 들어갔지만, 아이들은 돌멩이를 버리지 않았다. 무게, 모양, 크기, 어느 모로 보나 던지기에 딱 알맞았던 것이다. 언제 그런 돌멩이가 필요할지 모르는 일 아닌가. 그들은 캐너리 로 쪽으로 내려와서 모든 통조림공장의 골함석 문을 뻥뻥 걷어찼다. 한 남자가 깜짝 놀라 사무실 창문으로 내다보더니 문으로 달려 나왔다. 그러나 그가 붙잡기에는 아이들이 너무 빨랐다. 남자가 문 근처까지 오기도 전에 벌써 공터의 나무보 뒤에 엎드렸다. 남자는 백 년이 가도 아이들을 찾지 못할 터였다.

"아마 평생이 가도 우릴 못 찾을 거야." 조이가 말했다.

아무도 자기들을 찾지 않자 아이들은 숨어 있는 게 지겨워졌다. 그래서 일어나 캐너리 로를 따라 어슬렁어슬렁 걸었다. 아이들은 리의 진열장을 한참 들여다보며 펜치, 쇠톱, 엔지니어 모자, 바나나를 탐냈다. 이윽고 아이들은 길을 건너 연구소 2층으로 올라가는 층계 아래쪽 단에 앉았다.

조이가 말했다. "있잖아, 이 집에는 병에 든 아기가 있대."

"어떤 아기?" 윌러드가 물었다.

"보통 아기. 다만 태어나기 전일 뿐이지."

"믿을 수가 없어."

"사실이야. 스프라그네 아이가 봤대. 요만한데, 작기는 하지만 손, 발, 눈이 다 달렸대."

"머리카락은?" 윌러드가 다그쳤다.

"어, 머리카락 이야기는 못 들었는데."

"물어봤어야지. 걘 거짓말쟁이인 것 같은데."

"걔 있는 데선 그런 말 안 하는 게 좋을걸."

"흥, 내가 그러더라고 얘기해. 난 걔 안 무서워. 너도 안 무섭고. 아무도 안 무서워. 왜, 불만 있어?" 조이는 아무런 대답이 없었다. "불만 있냐고?"

"없어. 생각해봤는데 말야, 올라가서 여기 사는 아저씨한테 병에 든 아기가 있냐고 물어보자. 그게 있으면 우리한테 보여줄 지도 모르잖아."

"지금 그 아저씨 집에 없어. 그 아저씨가 있으면 차도 여기 있거든. 어디 갔나봐. 난 거짓말 같아. 스프라그네 애가 거짓말쟁이 같아. 너도 거짓말쟁이 같아. 왜, 불만 있어?"

한가한 날이었다. 월러드는 조금이라도 재미있는 일을 만들려고 열심히 노력했다. "넌 겁쟁이인 것 같아. 왜, 불만 있어?" 조이는 대답하지 않았다. 월러드는 전술을 바꾸었다. "너네 아버지 지금 어디 있냐?" 월러드가 스스럼없이 물었다.

"죽었어."

"어, 그래? 처음 듣는데. 왜 죽었어?"

조이는 잠시 입을 다물었다. 월러드가 그 이유를 안다는 것을 알고 있었다. 그러나 그걸 말할 수 없었다. 그랬다가는 월러드와 싸움이 벌어질 텐데, 조이는 월러드가 무서웠다.

"자…… 자살했어."

"그래?" 월러드는 시무룩한 표정을 지었다. "어떻게?"

"쥐약을 먹었어."

월러드의 목소리가 날카로워지면서 웃음이 터져나왔다. "도대체 뭔 생각을 한 거냐? 자기가 쥐라고 생각한 거야?"

조이는 그 농담에 약간 낄낄거렸다. 그러니까 딱 적당하다 싶을 정도만.

"자기가 쥐라고 생각한 게 틀림없어." 윌러드가 소리쳤다. "이렇게 기어다니지 않았냐? 봐, 조이. 이렇게 말야. 코에 이렇게 주름을 잡지 않았냐? 뒤에는 크고 기다란 꼬리가 달렸고?" 윌러드는 웃느라고 정신을 못 차렸다. "차라리 쥐덫을 구해다 거기에 머리를 처박지." 두 아이는 그 농담에 한참 웃었다. 윌러드는 정말 지칠 정도로 웃었다. 그러더니 다른 농담을 찾아냈다. "그걸 먹었을 때 어땠냐? 이랬냐?" 윌러드는 사팔뜨기처럼 눈을 뜨고 입을 벌리고 혀를 내밀었다.

"하루 종일 아팠어." 조이가 말했다. "한밤중이 되어서야 죽었어. 아주 아팠어."

"왜 그랬냐?"

"일을 못 구했어. 거의 일 년 동안 일자리를 못 구했어. 웃기는 게 뭔지 알아? 다음 날 아침에 어떤 사람이 일자리를 주려고 왔다는 거야."

윌러드는 다시 농담을 하려 했다. "아마 자기가 쥐라고 생각했을 거야." 그러나 윌러드 자신도 그 농담이 먹히지 않는다는 걸 알았다.

조이는 일어서더니 호주머니에 두 손을 넣었다. 도랑에서 뭔

가 작은 게 구리처럼 반짝이는 걸 보고 그곳으로 걸어갔다. 그러
나 조이가 그곳에 닿는 순간 윌러드가 조이를 밀치더니 동전을
주웠다.

"내가 먼저 봤어!" 조이가 소리쳤다. "내 거야!"

"그러니까 불만이 있다는 거야? 가서 쥐약이나 처먹어."

27

맥과 그 패거리, 그 미덕들, 지복(至福)들, 미(美)들. 그들은
팰리스 플롭하우스에 앉아 있었다. 그들은 웅덩이에 던져진 돌
멩이였다. 캐너리 로와 그 너머 퍼시픽 그로브, 몬터레이, 심지
어 언덕 너머 카멜까지 잔물결을 퍼뜨리는 파동의 중심이었다.

맥이 말했다. "이번에는 닥이 파티에 꼭 오게 해야 돼. 닥이
오지 않으면 파티를 안 여는 거야."

"이번에는 어디서 열 건데요?" 존스가 물었다.

맥이 의자를 뒤로 기울여 벽에 기대더니 두 발을 의자 앞다리
에 걸었다. "나도 생각을 많이 해봤어. 물론 여기서 열 수도 있
지. 하지만 여기서는 깜짝 파티를 하기가 힘들어. 그리고 닥은
자기 집을 좋아하거든. 거기 닥이 좋아하는 음악도 있고." 맥은

얼굴을 찌푸리고 방을 둘러보았다. "지난번에 누가 축음기를 망가뜨렸는지 모르겠어. 하지만 이번에 누가 거기 손이라도 대면 내가 직접 혼쭐을 내주겠어."

"닥의 집에서 열어야 할 것 같은데." 휴지가 말했다.

사람들은 파티 소식을 직접 듣지는 못했다. 그냥 그 소식이 그들 사이에서 천천히 자라났다. 아무도 초대받지 않았다. 그러나 모두 가기로 했다. 모두 머릿속에서 10월 27일에 빨간 동그라미를 쳤다. 생일 파티였기 때문에 선물도 생각해야 했다.

도라네 가게 아가씨들을 예로 들어보자. 그들은 모두 한두 번은 조언이나 약을 얻으러, 또는 직업과는 관계없이 함께 있으려고 연구소에 간 일이 있었다. 그들은 닥의 침대를 보았다. 낡고 색 바랜 빨간 담요로 덮여 있었고, 그 위에는 뚝새풀과 깔쭉이와 모래가 가득했다. 채집 여행을 갈 때마다 가지고 다녔기 때문이다. 돈이 생기면 닥은 연구소 장비를 샀다. 자신이 덮을 새 담요를 산다는 생각은 머릿속에 떠오르지도 않았다. 그래서 도라네 가게 아가씨들은 닥을 위해 쪽모이 세공 누비이불을 만들고 있었다. 비단으로 만든 아름다운 것이었다. 여기 사용된 대부분의 비단이 속옷과 야회복에서 나왔기 때문에, 누비이불은 살색과 연자주색과 옅은 노란색과 선홍색 조각들로 화려했다. 아가씨들은 정어리 선단 남자들이 오기 전인 늦은 아침과 오후에 그 일을 했다. 이렇게 공동의 일을 하게 되자 매음굴에 늘 있기 마련인 싸움과 반감이 완전히 사라졌다.

리청은 밖으로 나와 팔 미터짜리 긴 줄 폭죽과 중국 백합 구근이 든 커다란 봉투를 살폈다. 리는 이것이 파티에 가져갈 최고의 선물이라고 생각했다.

샘 맬로이는 오래전부터 골동품에 일가견이 있었다. 오래된 가구나 유리나 도자기가 당대에는 별로 귀하지 않지만, 시간이 지나면서 그 아름다움이나 쓸모와는 관계없이 사람들이 찾고 가치도 높아진다는 사실을 알았다. 오백 달러나 나가는 의자도 하나 알고 있었다. 샘은 역사적으로 유명한 자동차의 부품을 수집했는데, 언젠가 이 수집품들이 자신을 큰 부자로 만들어준 뒤에 최고의 박물관으로 들어가 검은 벨벳 위에 자리 잡게 될 것이라고 확신했다. 샘은 이 파티에 관해 많은 생각을 한 끝에 보일러 뒤에 있는, 자물쇠를 채운 커다란 상자에 보관중인 보물들을 살펴보았다. 그리고 닥에게 최고의 부품 하나를 주기로 했다. 1916년형 차머 자동차의 연접봉과 피스톤이었다. 한참 닦고 광을 내자 이 아름다운 부품은 오래된 갑옷처럼 빛이 났다. 샘은 부품을 넣을 작은 상자를 만들고 그 안에 검은 천을 깔았다.

맥 패거리는 이 문제를 한참 고민한 끝에 닥이 늘 고양이를 갖고 싶어했지만 구하는 데 약간 어려움을 겪었다는 사실을 생각해냈다. 맥이 이중 우리를 내왔다. 패거리는 임신한 암컷 한 마리를 빌려, 공터 꼭대기에 있는 삼나무 밑에 덫을 놓았다. 그리고 팰리스의 한 모퉁이에 철사로 우리를 만들어두었다. 그 안에 들어가는 성난 수고양이 숫자가 매일 밤 늘어났다. 존스는 이 고양이들을 돌보는 책임을 맡아 매일 두 번씩 통조림공장을 돌아다니며 생선대가리를 얻어 왔다. 맥은 생각해보더니 정확히 수고양이 스물다섯 마리가 닥에게 줄 수 있는 최고의 선물이 될 것이라는 올바른 결론을 내렸다.

"이번에는 장식을 안 할 거야." 맥이 말했다. "그냥 술만 잔뜩 갖다놓고 착실하고 멋지게 파티를 여는 거야."

게이는 멀리 샐리너스 감옥에서 파티 소식을 듣고 보안관과 거래를 하여 그날 밤에 외출하기로 했으며, 왕복 버스 차표를 사려고 이 달러까지 빌렸다. 게이는 그동안 보안관에게 잘해주었고, 보안관은 그것을 잊을 사람이 아니었다. 특히 선거가 코앞에 닥쳤고, 게이는 상당한 표를 쥐락펴락할 수 있는 인물이기도 했다. 어쨌든 게이는 그렇게 말했다. 게다가 원하기만 하면 샐리너스 감옥에 악명을 안겨줄 수도 있었다.

앙리는 갑자기 구식 바늘겨레가 하나의 예술 형식으로 꽃을 피우며 1890년대에 절정에 이르렀다가 그후로 무시를 당해왔다는 생각이 들었다. 그래서 그 형식을 소생시켰으며, 색깔을 넣은 바늘로 멋진 일을 할 수 있게 되자 기뻐했다. 바늘겨레 그림은 결코 완성되지 않는다. 바늘을 다시 배치하면 그림도 바뀌니까. 앙리는 개인전을 위해 바늘겨레 작품을 준비하다가 파티 소식을 듣고는 즉시 자기 일은 버려두고 닥을 위해 거대한 바늘겨레를 만들기 시작했다. 녹색, 노란색, 파란색 등 모두 시원한 색의 바늘만 이용한 복잡하고 도발적인 디자인이 될 예정이었는데, 그 제목은 '캄브리아기 전의 기억'이었다.

2쇄를 찍지 못했거나 두번째 책을 내지 못한 작가들의 초판만을 모으는, 앙리의 학식 있는 이발사 친구 에릭은 한 손님의 파산 절차 때 삼 년치 이발비 외상 대신 받아낸 노 젓기 연습 기계를 주기로 했다. 아주 상태가 좋았다. 아무도 그것으로 노를 젓지 않았기 때문이다. 사실 아무도 이런 기계는 사용하지 않는다.

음모가 무르익으면서 끝도 없이 사람들이 서로 오가고, 선물이나 술 이야기가 진행되고, 언제 시작할지 상의하고, 닥에게는 절대 말하면 안 된다는 다짐을 주고받았다.

닥은 까맣게 모르다가 어느 날 자신과 관련된 어떤 일이 진행중이라는 낌새를 채게 되었다. 그가 리청의 가게에 들어서자 대화가 뚝 끊긴 것이다. 처음에는 사람들이 그를 차갑게 대하는 것인 줄 알았다. 그러다 여섯 명이나 그에게 10월 27일에 뭘 할 거냐고 묻자 어리둥절했다. 자신이 생일로 이 날짜를 알려준 사실을 잊었던 것이다. 사실 닥은 가짜 생일의 점성에 관심이 있긴 했지만, 맥이 다시 그 얘기를 꺼내지 않자 잊고 말았다.

어느 날 저녁 닥은 하프웨이 하우스에 들렀다. 그가 좋아하는 생맥주를 적당한 온도로 보관하는 집이었다. 닥이 첫 잔을 꿀꺽 꿀꺽 들이켠 뒤 자리를 잡고 두번째 잔을 맛보려는데, 어떤 술 취한 사람이 바텐더에게 말하는 소리가 들렸다. "자네도 파티에 가나?"

"무슨 파티요?"

"어……" 술 취한 사람은 비밀을 말하듯이 소곤거렸다. "있잖아, 닥의 파티 말이야, 저기 캐너리 로에 있는."

바텐더는 바 위쪽을 보더니 다시 고개를 돌렸다.

술 취한 사람이 말했다. "말이야, 생일에 엄청난 파티를 열어준다던데."

"누가요?"

"모두가."

닥은 그 말을 곰곰이 생각해보았다. 술 취한 사람은 그가 전혀 모르는 사람이었다.

그 말에 대한 그의 반응은 단순하지 않았다. 자신을 위해 파티를 열어주고 싶어한다는 것에 마음이 아주 따뜻해지기도 했지만, 동시에 지난번 파티를 떠올리고는 속으로 전율하기도 했다.

이제 모든 것이 서로 맞아 들어갔다. 맥의 질문과 자기가 있으면 사람들이 입을 다무는 것. 닥은 그날 밤 책상 옆에 앉아 많은 생각을 했다. 주위를 둘러보며 다른 데 치워놓아야 할 것들을 골랐다. 그는 파티 때문에 큰 대가를 치르게 될 것이라 생각했다.

다음 날 닥은 그 나름대로 파티 준비를 시작했다. 가장 좋은 레코드들은 잠가놓을 수 있는 뒷방으로 옮겼다. 망가질 수 있는 장비들도 마찬가지였다. 그는 파티가 어떠할지 알았다. 손님들은 배가 고프겠지만, 먹을 것은 전혀 들고 오지 않을 터였다. 언제나 그렇듯이 술은 일찍 떨어질 것이다. 닥은 약간 지친 표정으로 스리프트 마켓으로 갔다. 그곳에는 훌륭하고 이해심 많은 정육 담당자가 있었다. 그들은 한동안 고기에 대해 이야기를 나누었다. 닥은 스테이크 십오 파운드, 토마토 십 파운드, 상추 열두 덩어리, 빵 여섯 덩어리, 땅콩버터 큰 단지와 딸기잼 하나, 와인 오 갤런과 꽤 괜찮지만 유명하지는 않은 위스키 사 쿼트를 샀다. 닥은 내달 1일에 은행에서 문제가 생길 것이라 짐작했다. 이런 파티 서너 번만 열면 연구소 문을 닫겠군.

한편 캐너리 로에서 파티 계획은 절정으로 치달았다. 닥의 생각이 옳았다. 아무도 먹을 것에 대해서는 생각하지 않았지만 술 몇 파인트와 쿼트는 챙겨두었다. 선물은 점점 늘었다. 만일 손님 명단 같은 게 있다면 인구 조사표와 거의 다를 바가 없었을 것이다. 베어 플래그에서는 무엇을 입을지 토론이 계속 벌어졌다. 아가씨들은 일을 하는 것이 아니었으므로 제복이나 다름없는 길고 아름다운 드레스는 입고 싶지 않았다. 그래서 평상복을 입기로 했다. 그러나 말처럼 간단하지는 않았다. 도라는 단골을 챙겨줄 최소한의 인원은 남아야 한다고 주장했다. 아가씨들은 조를 나누어 교대로 파티에 참가하기로 했다. 누가 먼저 파티에 갈지는 제비뽑기로 결정하기로 했다. 처음 가는 사람들이 아름다운 누비이불을 줄 때 닥의 표정을 볼 수 있을 터였기 때문이다. 그들은 누비이불을 식당의 창틀에 걸어놓고 작업했는데, 이제 거의 끝났다. 맬로이 부인은 한동안 이불 바느질을 밀쳐두고 맥주잔을 받칠 장식 냅킨 여섯 개를 떴다. 이제 캐너리 로에는 첫 흥분이 사라지고, 죽음 같은 진지함만 쌓여갈 뿐이었다. 팰리스 플롭하우스 옆 우리에는 수고양이 열다섯 마리가 갇혀 있었다. 이 고양이들이 울어대는 통에 밤이면 달링은 약간 신경이 곤두섰다.

28

조만간 프랭키도 파티 이야기를 들을 수밖에 없었다. 작은 구름처럼 여기저기를 떠돌아다녔기 때문이다. 그는 늘 집단의 가장자리에 있었다. 아무도 그에게 주목하지 않았고, 관심을 기울이지도 않았다. 그를 보아도 그가 듣고 있는지 아닌지 알 수가 없었다. 하지만 프랭키는 파티 이야기를 들었고 선물 이야기도 들었다. 그러자 그의 안에서 어떤 충만한 느낌이 부풀어오르기 시작했다. 아찔한 갈망 같은 것이었다.

제이콥의 보석상 진열장에는 세상에서 가장 아름다운 것이 오랫동안 진열되어 있었다. 문자반이 황금인 검은 얼룩마노 시계였다. 그러나 정말 아름다운 것은 그 위에 달린 용을 죽이는 성 조지 형상의 청동 장식이었다. 드러누워 발톱으로 허공을 할

퀴는 용의 가슴에는 성 조지의 창이 박혀 있었다. 성 조지는 완전 무장을 했지만, 면갑은 올렸다. 그는 엉덩이가 큼지막한 뚱뚱한 말을 타고 창으로 용을 바닥에 꽂았다. 무엇보다 놀라운 것은 턱수염을 기른 성 조지가 꼭 닭처럼 보인다는 것이었다.

프랭키는 일주일에도 몇 번씩 알바라도 거리로 가 진열장 앞에 서서 이 아름다운 물건을 보았다. 꿈도 꾸었다. 그 풍부하고 부드러운 청동을 손으로 쓰다듬는 꿈이었다. 그렇게 몇 달을 보내다가 파티와 선물 이야기를 듣게 되었다.

프랭키는 보도에 한 시간 동안 서 있다가 안으로 들어갔다. "뭐냐?" 제이콥 씨는 말하며 눈으로 프랭키의 몸수색을 마치고 그에게 칠십오 센트도 없으리라는 것을 알았다.

"저거 얼마죠?" 프랭키가 쉰 목소리로 물었다.

"뭐가?"

"저거."

"시계 말이냐? 오십 달러, 장식까지 하면 칠십오 달러."

프랭키는 대꾸 없이 밖으로 나갔다. 해변으로 가서 뒤집힌 작은 배 밑으로 기어들어가 얕은 파도를 바라보았다. 아름다운 청동 장식이 머리에 강하게 박혀, 마치 그의 눈앞에 서 있는 것처럼 보였다. 그러다 덫에 걸려 미쳐버릴 듯한 느낌에 사로잡히고 말았다. 그 아름다운 것을 손에 넣어야 했다. 그 생각을 하자 눈이 사나워졌다.

프랭키는 하루 종일 배 밑에 있다가 밤이 되자 밖으로 나가 알바라도 거리로 돌아갔다. 사람들은 영화관에 가고 골든 포피를 들락거렸다. 프랭키는 블록을 따라 오르락내리락 걸어다녔다. 피곤하지도 졸리지도 않았다. 아름다운 물건이 그의 내부에서 불처럼 타오르고 있었기 때문이다.

마침내 사람들이 줄더니 점차 거리가 한산해졌다. 주차했던 차들도 떠나고 도시는 잠자리에 들었다.

경찰관이 프랭키를 꼼꼼히 살폈다. "안 자고 뭐 하나?" 경찰관이 물었다.

프랭키는 얼른 달아나 모퉁이를 돌아 골목에 있는 통 뒤에 숨었다. 두시 반이 되자 제이콥의 가게 문으로 기어가 손잡이를 돌려보았다. 잠겨 있었다. 프랭키는 골목으로 돌아가 통 뒤에 앉아 생각을 했다. 통 옆에 깨진 콘크리트 조각이 보였다. 그것을 집어들었다.

경찰관은 쾅 하는 소리를 듣고 달려갔다고 보고했다. 제이콥 가게의 유리창이 깨져 있었다. 그는 범인이 빠른 걸음으로 걸어가는 것을 보고 쫓아갔다. 이십오 킬로그램짜리 시계와 청동 장식을 들고 어떻게 그렇게 멀리, 그렇게 빨리 달릴 수 있는지 알수가 없었다. 범인은 잡히지 않을 수도 있었다. 막다른 길로 들어가지만 않았다면 무사히 달아났을 것이다.

서장이 다음 날 닥에게 전화를 했다. "좀 와보시겠소? 이야기
좀 하고 싶소."

그들은 꾀죄죄하고 추레한 프랭키를 데려왔다. 눈은 충혈되
었고 입은 꾹 다물었지만, 닥을 보자 반갑다는 듯이 약간 웃음을
짓기도 했다.

"무슨 일이야, 프랭키?" 닥이 물었다.

"어제 제이콥의 가게에 침입했소." 서장이 말했다. "물건을 훔
쳤지. 저 아이 어머니와 연락을 했소. 한데 늘 닥의 집에 붙어 있
으니 자기 잘못이 아니라더군."

"프랭키, 그런 짓을 하면 안 되잖아." 닥이 말했다. 피할 수 없
는 일이라는 생각이 무거운 돌처럼 그의 심장을 눌렀다. "내가
보호할 테니 내보내주면 안 되겠습니까?" 닥이 물었다.

"판사가 허락하지 않을 거요. 정신 감정서까지 받았소. 저 아
이 뭐가 문제인지 아시오?"

"네, 압니다."

"사춘기가 되면 무슨 일이 생길지 아시오?"

"네, 압니다." 심장을 누르는 돌의 무게가 엄청나게 느껴졌다.

"의사는 가두어두는 게 좋겠다고 했소. 전에는 그럴 수 없었
지만 이제 중죄를 저질렀으니 그렇게 하는 게 좋겠소."

그 말을 들은 프랭키의 눈에서 반가워하던 빛이 사라졌다.

"뭘 가져갔습니까?" 닥이 물었다.

"커다란 시계와 청동상이오."

"내가 돈을 내지요."

"아, 그건 찾았소. 판사는 듣지 않으려 할 거요. 또 그런 일이 생길 테니까. 닥도 알잖소."

"네." 닥이 작은 소리로 말했다. "알지요. 하지만 이유가 있을지도 모릅니다. 프랭키, 왜 그걸 가져간 거야?"

프랭키는 오랫동안 닥을 보았다. "닥을 사랑해요."

닥은 밖으로 뛰어나가 차를 몰고 포인트 로보스 밑에 있는 동굴로 채집을 하러 갔다.

29

10월 27일 네시에 닥은 수많은 해파리를 병에 넣는 일을 마무리했다. 닥은 포르말린 단지를 씻고, 핀셋을 닦고, 분을 뿌리고, 고무장갑을 벗었다. 그리고 위층으로 올라가 쥐에게 먹이를 주고, 가장 좋은 레코드 몇 장과 현미경을 뒷방에 갖다놓았다. 그런 다음 문을 잠갔다. 가끔 취한 손님이 방울뱀하고 놀고 싶어했기 때문이다. 닥은 여러 가능성을 예측함으로써 이 파티가 재미있으면서도 가능한 한 치명적인 일이 벌어지지 않기를 바랐다.

닥은 커피 단지를 올려놓고, 축음기로 〈대푸가〉를 틀고, 샤워를 했다. 아주 빨리 끝냈다. 깨끗한 옷을 입고 커피를 마실 때까지도 음악이 끝나지 않았기 때문이다.

창밖으로 공터와 팰리스를 내다보았으나 아무런 움직임도 없었다. 닥은 누가, 또 몇 명이 파티에 올지 몰랐다. 그러나 사람들이 지켜보고 있다는 것은 알았다. 하루 종일 그것을 의식하며 지냈다. 그렇다고 누구를 보았다는 건 아니다. 대신 누군가가 또는 몇 사람이 늘 그를 시야에 두고 있었다. 따라서 깜짝 파티가 열릴 것이 분명했다. 그렇다면 깜짝 놀라는 것이 좋을 듯했다. 닥은 아무 일도 없는 것처럼 평소에 하던 일을 쭉 해나가기로 했다. 닥은 리청네로 건너가 맥주 두 쿼트를 샀다. 리의 가게는 동양적인 흥분을 잔뜩 억누르고 있는 것 같았다. 이 사람들도 온다는 뜻이었다. 닥은 연구소로 가서 맥주를 따랐다. 첫 잔은 목이 말라 비우고, 맛을 보려고 두번째 잔을 따랐다. 공터와 거리에는 여전히 사람이 없었다.

맥 패거리는 팰리스에 있었다. 문은 닫은 상태였다. 오후 내내 스토브가 불을 뿜으며 목욕물을 끓였다. 심지어 달링도 목욕을 하고 목에 빨간 나비넥타이를 맸다.

"언제 가야 하는 거죠?" 헤이즐이 물었다.

"여덟시는 넘어야 할 것 같아." 맥이 말했다. "하지만 그전에 준비 운동으로 작은 거 한 잔은 괜찮을 것 같은데."

"닥도 준비 운동을 시켜주는 게 어떨까?" 휴지가 말했다. "아무것도 아닌 것처럼 그냥 한 병 갖다주는 게 좋지 않을까?"

"아냐." 맥이 말했다. "닥은 방금 맥주를 사러 리의 가게에 갔어."

"눈치를 챘을까요?" 존스가 물었다.

"어떻게 눈치를 채겠어?" 맥이 대꾸했다.

구석에 놓인 우리에서 수고양이 두 마리가 논쟁을 벌이기 시작하자, 우리에 있던 모두가 등을 활처럼 구부리고 으르렁거리며 한마디씩 했다. 고양이는 스물한 마리뿐이었다. 목표량을 채우지 못한 것이다.

"저 고양이들을 어떻게 갖다줘야 할지 모르겠네요." 헤이즐이 말했다. "저 큰 우리를 문으로 내갈 순 없잖아요."

"갖다주지 않을 거야." 맥이 말했다. "개구리가 어떻게 됐는지 기억 안 나? 안 돼. 그냥 닥한테 말할 거야. 그럼 와서 가져가겠지." 맥이 일어서더니 에디의 술주전자 하나를 열었다. "준비 운동을 하는 게 낫겠다."

다섯시 반에 늙은 중국인이 철퍼덕거리며 언덕을 내려와 팰리스 옆을 지나갔다. 중국인은 공터를 가로지른 뒤 도로를 건너 웨스턴 생물학 연구소와 헤디온도 사이로 사라졌다.

베어 플래그의 아가씨들도 준비를 했다. 짚을 이용해, 말하자면 정박 당직*을 뽑았다. 남는 사람은 한 시간마다 교대하기로

---

* 배가 정박해 있는 동안 닻이 끌려가지 않도록 지키는 당직.

했다.

도라는 화려했다. 오렌지색으로 새로 염색한 머리카락은 곱슬곱슬하게 말아 위로 얹었다. 결혼반지를 끼고, 가슴에는 커다란 다이아몬드 브로치를 달았다. 하얀 실크 드레스에는 검은 대나무 무늬가 그려져 있었다. 각 방에서는 일반적인 외출 준비가 반대로 진행되어 화려한 옷을 수수한 옷으로 바꾸어 입었다.

남는 사람들은 긴 이브닝드레스를 입고, 가는 사람들은 짧은 날염 드레스를 입어 아주 예뻐 보였다. 마무리를 하고 배접한 누비이불을 커다란 판지 상자에 넣어 바에 갖다놓았다. 경비원은 약간 투덜거렸다. 파티에 가지 않기로 결정났기 때문이다. 누군가는 집을 지켜야 했다. 금지된 일이었음에도 아가씨들은 저마다 술을 한 파인트씩 감춰두었으며, 파티를 위해 몸에 기운을 불어넣을 수 있는 때가 오기를 기다렸다.

도라는 당당하게 사무실로 들어가더니 문을 닫았다. 그리고 뚜껑 달린 책상의 맨 윗서랍 자물쇠를 따고 병과 잔을 꺼내 한 잔 따랐다. 병이 잔에 부딪히자 가볍게 달그락거리는 소리가 났다. 문밖에서 귀를 기울이던 아가씨가 그 소리를 듣고 말을 전했다. 노라는 이제 아가씨들의 숨냄새를 맡지 못할 터였다. 아가씨들은 얼른 자기 방으로 들어가 각자 술을 꺼냈다. 캐너리 로에 어스름이 깔렸다. 날빛과 가로등 빛 사이의 잿빛 시간이었다. 필리스 메이는 앞쪽 응접실 커튼을 살짝 젖히고 밖을 살폈다.

"보여?" 도리스가 물었다.

"응. 불을 켰어. 앉아서 책을 읽는 것 같은데. 정말이지 책을 얼마나 열심히 읽나 몰라. 저러다 눈 상하겠어. 손에 맥주잔을 쥐고 있는데."

"흠, 우리도 작은 걸로 한 잔씩 해두는 게 좋겠네."

필리스 메이는 여전히 약간 절뚝거리긴 했지만, 상태는 아주 좋아졌다. 그녀는 시의회 의원들도 거뜬하게 해치울 수 있다고 말했다. "좀 웃기지 않아." 그녀가 말했다. "무슨 일이 벌어지는 지 까맣게 모른 채 저렇게 앉아 있다는 게 말이야."

"저 사람은 절대 손님으로 이곳에 오지 않아." 도리스가 약간 서글픈 목소리로 말했다.

"많은 남자들이 돈을 내고 싶어하지 않지." 필리스 메이가 말했다. "그래서 결국 돈이 더 많이 드는 건데, 남자들은 다르게 생각하지."

"글쎄, 젠장, 어쩌면 저 사람은 개들을 좋아하는지도 몰라."

"누굴 좋아해?"

"저기 드나드는 여자들 말이야."

"아, 그래…… 그럴지도 모르지. 나도 저기 간 적이 있어. 나 한테는 손도 대려 하지 않더라고."

"안 그러겠지." 도리스가 말했다. "하지만 네가 여기서 일하지 않는다고 해서 거저먹을 수 있는 건 아냐."

"그러니까 닥이 우리 직업을 좋아하지 않는다는 거야?"

"아니, 전혀 그런 말이 아니야. 아마 일하는 여자는 태도가 다르다고 생각하는 거겠지."

그들은 다시 작은 것으로 한 잔 마셨다.

도라는 사무실에서 한 잔을 더 따라 한번에 삼키더니 서랍을 다시 잠갔다. 그리고 벽거울을 보며 머리를 매만지고, 반짝거리는 빨간 손톱을 검사하고 밖으로 나갔다. 경비원 앨프리드는 시무룩했다. 그렇다고 무슨 말을 했다거나 불쾌한 표정을 지은 것은 아니었지만, 어쨌든 시무룩했다. 도라는 쌀쌀맞은 얼굴로 건너다보며 말했다. "혼자만 찬밥 신세라고 생각하는 거지?"

"아닙니다. 아니에요, 상관없습니다."

그 말에 도라는 확 열이 받았다. "상관없다고? 이봐, 당신은 할 일이 있어. 이 일을 계속하고 싶은 거야, 아니야?"

"상관없다니까요." 앨프리드가 차갑게 대꾸했다. "아무 불만 없습니다." 앨프리드는 두 팔을 바에 걸치더니 거울에 비친 자신의 모습을 살폈다. "가서 즐겁게 노십시오. 여기 일은 제가 알아서 할 테니까. 걱정하실 거 없습니다."

도라는 앨프리드가 서운해하자 마음이 약해졌다. "이봐, 나는 이곳에 남자가 한 명도 없는 걸 원치 않아. 주정뱅이가 행패를 부리면 애들이 감당하지 못할 수도 있잖아. 하지만 나중에는 와도 돼. 가서 창문으로 여길 지켜보면 되니까. 그럼 됐지? 그렇게 하면 여기서 무슨 일이 벌어지는지 다 볼 수 있잖아."

"그래요, 사실 나도 가고 싶어요." 앨프리드는 도라가 허락하자 마음이 누그러졌다. "나중에 잠깐 들를게요. 어젯밤에도 골치 아픈 주정뱅이가 있었죠. 잘 모르겠습니다, 도라. 그때 그자의 등을 부러뜨린 후에 마음이 좀 약해진 것 같아요. 이젠 저를 믿을 수가 없어요. 언젠가 사정을 봐주다 거꾸로 당할 것 같아요."

"당신 좀 쉬어야겠어. 맥을 불러 대신 좀 봐달라고 할 테니까 두어 주 쉬는 게 어때?" 훌륭한 마담이었다, 도라는.

연구소에서 닥은 맥주를 마신 뒤에 위스키를 조금 마셨다. 약간 거나해지는 느낌이었다. 사람들이 파티를 열어준다니, 자신에겐 좋은 일 같았다. 닥은 〈죽은 공주를 위한 파반〉을 틀어놓고 감상적인 분위기에 빠졌다. 약간 슬펐다. 그런 기분 때문에 〈다프니스와 클로에〉를 이어 틀었다. 그 곡에는 뭔가 다른 것을 떠올리게 하는 악구가 있었다. 마라톤 전투가 있기 전 아테네 사람들은 먼지가 긴 줄을 그리며 평원을 가로질러 다가오는 것을 보았다고 한다. 그들은 무기가 서로 부딪치는 소리를 들었고, 엘레우시우스의 성가를 들었다. 이 음악에는 그런 영상을 떠올리게 하는 대목이 있었다.

음악이 끝나자 닥은 위스키를 한 잔 더 따른 뒤 〈브란덴부르크〉를 놓고 마음속에서 갈등했다. 그것을 틀면 지금 빠져드는 달콤하고 병적인 분위기에서 금방 벗어날 수 있었다. 하지만 달콤하고 병적인 분위기에 무슨 문제가 있나? 외려 유쾌한데. "뭐든 내 마음대로 틀 수 있어." 닥이 소리 내어 말했다. "〈달빛〉도 틀 수 있고 〈아맛빛 머리카락의 처녀〉도 틀 수 있어. 나는 자유인이야."

닥은 위스키를 따라 마셨다. 그리고 〈월광 소나타〉로 타협을 보았다. 라 이다의 네온사인이 깜빡이는 게 보였다. 이윽고 베어 플래그 앞의 가로등에 불이 들어왔다.

거대한 갈색 딱정벌레 무리가 가로등에 몸을 던졌다가 땅으로 떨어지더니, 다리를 버둥거리며 더듬이로 사방을 더듬었다. 암고양이가 모험을 찾아 혼자 도랑을 따라 걸었다. 삶을 재미있게 해주고 밤을 소름끼치게 해주던 그 모든 수고양이들은 다 어디로 간 것인지 궁금하기 짝이 없었다.

맬로이 씨는 무릎과 두 손으로 바닥을 짚은 채 파티에 간 사람이 있나 보려고 보일러 문밖을 살폈다. 팰리스에서는 패거리가 자명종 시계의 검은 두 손을 초조하게 지켜보며 앉아 있었다.

30

파티의 본질은 철저하게 연구된 적이 없다. 그러나 일반적으로 파티에는 병적인 데가 있다고들 알고 있다. 다들 파티가 사람, 그것도 매우 비틀린 사람과 비슷하다고 생각한다. 또 파티란 계획하거나 의도한 대로 되는 경우가 거의 없다는 것도 다들 알고 있다. 물론 괴물 같은 직업적인 여주인이 개최하는, 채찍으로 후려쳐서 통제하고 지배하는 그 살벌한 노예 파티는 빼고 하는 말이다. 그런 것은 파티가 아니라 연극이고 시위다. 따라서 소화관의 연동운동만큼만 자연발생적이고, 그 결과물만큼만 재미가 있다.

아마 캐너리 로의 모든 사람들이 파티가 어떻게 진행될지 상상해보았을 것이다. 큰 소리로 인사하고 축하하고 떠들고 유쾌해지고. 그러나 전혀 그런 식으로 시작되지 않았다. 여덟시 정각, 깨끗하게 씻고 머리를 빗은 맥 패거리는 주전자를 들고 판잣길을 걸어 철로를 넘어 공터를 지나 도로를 건너 웨스턴 생물학 연구소의 층계를 올라갔다. 모두 당황했다. 닥이 열린 문을 잡고 있었다. 맥이 짧은 연설을 했다. "자네 생일이기 때문에 나하고 애들이 생일 축하를 하고 싶다는 생각을 했어. 선물로 고양이 스물한 마리를 준비했지."

맥은 말을 멈추었다. 그들은 층계에 쓸쓸하게 서 있었다.

"들어오게." 닥이 말했다. "어, 난…… 난 놀랐네. 오늘이 내 생일인지 아는 줄 몰랐다네."

"모두 수고양이예요." 헤이즐이 말했다. "가져오진 않았어요."

그들은 왼쪽 방에 예의를 갖추고 앉았다. 긴 정적이 흘렀다. 닥이 입을 열었다. "어, 기왕에 왔으니, 한잔하는 게 어떻겠나?"

맥이 말했다. "마실 걸 조금 가져왔어." 맥은 에디가 모아온 주전자 세 개를 가리켰다. "맥주는 안 넣었어요." 에디가 말했다.

닥은 초저녁의 망설임을 감추었다. "자, 나하고 한잔 마셔야지. 그렇잖아도 위스키를 좀 사다놓았어."

그들이 그렇게 예의를 갖추고 앉아서 위스키를 얌전하게 홀짝이는데, 도라와 아가씨들이 들어왔다. 그들은 누비이불을 선물했다. 닥이 그것을 침대에 깔았다. 정말 아름다웠다. 여자들도 술을 약간 받아들였다. 곧 맬로이 부부가 선물을 들고 들어왔다.

"이게 얼마나 귀중한 건지 모르는 사람들이 많지." 샘 맬로이가 1916년형 차머 자동차의 피스톤과 연접봉을 꺼내면서 말했다. "아마 세상에 세 개도 남아 있지 않을 거야."

이어 사람들이 떼를 지어 몰려들기 시작했다. 앙리는 가로 일 미터, 세로 일 미터 이십 센티짜리 바늘겨레를 들고 왔다. 그는 이 새로운 예술 형식에 관해 강연을 하고 싶었으나, 이미 예의를 차리는 분위기는 깨진 상태였다. 게이 부부가 들어왔다. 리청은 아주 긴 폭죽과 중국 백합 구근을 선물했다. 열한시쯤 되자 누가 백합 구근을 먹어버렸지만, 폭죽은 그보다 오래 버텼다. 라 이다의 비교적 낯이 선 사람들이 들어왔다. 뻣뻣한 분위기는 금세 사라졌다. 도라는 일종의 왕좌에 앉아 있었고, 오렌지색 머리카락은 불이 붙은 듯했다. 새끼손가락을 편 채 위스키 잔을 우아하게 들고, 아가씨들이 제대로 행동하는지 보려고 감시의 눈을 번뜩였다. 닥은 축음기에 춤곡을 걸어놓고 부엌으로 가 스테이크를 튀기기 시작했다.

첫 싸움은 그렇게 나쁘지 않았다. 라 이다에서 온 사람 하나가 도라네 한 아가씨에게 부도덕한 제안을 했다. 아가씨는 항의했고, 맥 패거리는 예의를 지키지 못한 남자를 얼른 밖으로 내쫓았다. 깨진 물건은 하나도 없었다. 맥 패거리는 기분이 좋았다. 뭔가 기여를 했다는 생각이 들었기 때문이다.

부엌에서 닥은 프라이팬 세 개에 스테이크를 튀기면서 토마토를 자르고 빵을 쌓았다. 기분이 아주 좋았다. 맥이 축음기를 직접 관리했다. 그는 베니 굿맨의 삼중주 앨범을 찾아냈다. 춤이 시작되었다. 파티는 그야말로 깊이와 힘을 드러내기 시작했다. 에디가 사무실로 들어가 탭댄스를 추었다. 닥은 일 파인트짜리 하나를 부엌으로 가지고 들어가 병째로 마셨다. 점점 기분이 좋아졌다. 그가 고기를 들고 가자 모두 놀랐다. 사실 아무도 배가 고프지 않았지만 순식간에 먹어치웠다. 먹을 것 때문에 파티는 이제 소화가 일으키는 어떤 풍요로운 서글픔 같은 것에 빠져들었다. 위스키가 떨어지자 닥이 와인 몇 갤런을 내왔다.

도라가 왕좌에 앉아서 말했다. "닥, 좋은 음악 좀 틀어줘요. 집에 있는 그 끔찍한 주크박스에는 질려버렸어."

그러자 닥은 몬테베르디의 앨범에서 〈타오르고〉와 〈사랑〉을 틀었다. 손님들은 조용히 앉아 있었다. 그들의 눈이 각자 자신의 내부를 향했다. 도라는 아름다움을 숨 쉬었다. 새로 온 사람 둘이 살금살금 층계를 올라오더니 조용히 들어왔다. 닥은 황금빛의 기쁜 슬픔을 느꼈다. 음악이 끝났는데도 손님들은 입을 열지 않았다. 닥이 책을 한 권 가져오더니, 맑은 저음으로 읽기 시작했다.

지금도

내 영혼 속에서 젖가슴이 레몬 같은 아름다운 여인이

여전히 금빛으로 물든 모습이 보이면,

밤하늘 별들이 끌려오는 그녀의 얼굴이 보이면,

불길에 두들겨 맞아 번쩍이는 사랑의 창에 상처 입은 그녀의

몸이 보이면,

싱그러웠던 여인, 그래서 내 첫사랑이었던 여인이 보이면,

내 심장은 산 채로 눈 속에 묻히고 마네.

지금도

눈이 연꽃 같은 내 여인이 내게로 다시 온다면,

젊은 사랑의 무게에 지쳐 다시 온다면,

나는 다시 이 굶주린 쌍둥이 같은 두 팔로 그녀를 안으리,

그녀의 입에서 진한 와인을 받아 삼키리,

비틀거리는 해적 같은 벌이 천천히 날개를 퍼덕이며

연꽃에서 꿀을 훔치듯이.

지금도

그녀가 눈을 크게 뜬 채로 누워

흘리는 눈물이 여윈 뺨을 타고

밝은 귀와 옆볼로 흘러내리는 모습이 보이면,

나와의 거리로 인한 열병을 앓는 모습이 보이면,

그러면 그녀를 향한 내 사랑은 꽃으로 엮은 밧줄이 되리, 밤이

되리,

낮의 젖가슴 위에 엎드린 검은 머리의 연인이 되리.

지금도

이제는 보려고 서두르지 않는 내 눈이

잃어버린 여인의 얼굴을 그리네, 또 그리네. 오 금반지들이여,

작은 목련 잎의 뺨을 두드리는 반지들이여.

오, 희디희고 말랑말랑한 양피지들이여,

떨어져나온 내 가없은 입술이 입맞춤의 시를 쓰던 곳이여,

그러나 이제는 쓰지 못할 곳이여.

지금도

죽음은 충혈된 눈 위에서

바스러질 듯한 눈까풀을 깜빡거리네.

즐거움에 겨워 산산이 부서진 가냘픈 그녀의 몸이 안쓰럽네.

스카프 위로 움직이는 작고 빨간 꽃 같은 그녀의 젖가슴은

나의 위로가 되리. 나의 슬픔에는

내가 한때 나의 것이라 여겼던 촉촉한 선홍색 입술이 위로가

되려나.

지금도

두 시장통에서는 나를 사랑할 만큼 강했던 그녀,

그녀의 약점을 두고 이러쿵저러쿵 지껄이네.

은을 얻으려 노예를 사고파는 작은 남자들은

눈 주위의 기름에 주름을 잡는구나.

그러나 바다의 도시들의 왕자가

무자비하게 자신의 침대로 끌고 간 것도 아니니, 작고 외로

운 것,

너는 옷이 달라붙듯 내게 달라붙었구나, 나의 여인아.

지금도

비단처럼 애무하는 길고 검은 눈을 사랑하네.

언제나 언제나 슬프게 웃음을 터뜨리던 눈,

감길 때면 눈까풀은 달콤한 그늘을 만들지,

이 또한 그녀의 아름다운 얼굴이라네.

나는 싱그러운 입을 사랑한다네, 아, 향기로운 입이여,

그리고 굽이치는 머리카락, 연기처럼 섬세한 머리카락이여,
가벼운 손가락들, 그리고 녹색 보석 같은 웃음이여.

지금도
네가 아주 부드럽게 대답했다는 것을 기억하네.
우리는 하나의 영혼이었지, 내 머리카락을 쓰다듬던 네 손이여,
타오르는 기억은 가까이 있는 네 입술 주위를 맴돌고
라티의 여사제들이 달이 질 때 사랑을 나누는 것도 보았지,
그러다 밝은 황금 등이 달리고 양탄자가 깔린 홀에서
아무 데나 걱정 없이 쓰러져 자는 것을.*

닥이 낭독을 마치자 필리스 메이는 소리 내어 울었고, 도라도
손수건으로 눈물을 찍어냈다. 헤이즐은 단어들이 내는 소리에
사로잡혀 의미는 이해하지도 못했다. 그들 모두에게 세상의 슬
픔이 조금씩 내려앉았다. 모두들 잃어버린 사랑을 기억했다. 모
두가 부름을 받았던 일을 기억했다.

맥이 말했다. "이야, 예쁘네. 그걸 들으니 그 여자……" 맥은
거기서 말을 끊었다. 사람들은 와인 잔을 채우고 입을 다물었다.

---

*「검은 금잔화」, E. 파위스 매서스가 산스크리트어에서 옮김.(원주)

파티는 달콤한 슬픔 속을 미끄러져갔다. 에디는 사무실로 가서 탭댄스를 조금 추더니 돌아와 다시 앉았다. 파티가 몸을 눕히고 잠이 들려는데 층계에서 쿵쿵거리는 발소리가 들렸다. 커다란 목소리가 소리쳤다. "아가씨들은 어디 있어?"

맥이 즐거워하는 듯한 표정으로 일어서더니 얼른 문으로 갔다. 휴지와 존스의 얼굴에서도 기쁨의 미소가 빛났다. "어떤 아가씨 말씀이신지?" 맥이 작은 소리로 물었다.

"여기 창녀 집 아냐? 택시 운전사가 여기 하나 있다고 하던데."

"잘못 아셨소, 형씨." 맥의 목소리는 쾌활했다.

"그럼 거, 그 안에 있는 여자들은 뭐요?"

그 순간 전투가 벌어졌다. 그들은 산페드로 참치배의 승무원들로, 선하고 튼튼하고 행복하고 싸움 잘하는 남자들이었다. 그들은 쏜살같이 와르르 몰려들어 파티로 파고들었다. 도라네 아가씨들은 구두를 한 짝씩 벗어 발가락 부분을 쥐고 있다가 싸움에 불이 붙자 뾰족한 굽으로 남자들의 머리를 찍었다. 도라는 부엌으로 달려가 고기 분쇄기를 들고 소리를 지르며 뛰어나왔다. 심지어 닥도 즐거워했다. 그는 1916년형 차머 자동차의 피스톤과 연접봉을 휘둘렀다.

멋진 싸움이었다. 헤이즐은 발이 걸려 넘어졌다가 얼굴을 두 번 차인 뒤에 다시 일어섰다. 프랭클린 스토브가 쿵 소리를 내며 쓰러졌다. 새로 들어온 사람들은 구석에 몰리자 책꽂이에 있던 무거운 책으로 방어를 했다. 그러나 그들은 점차 뒤로 밀렸다. 앞유리 두 개가 깨져나갔다. 길 건너에서 싸움 소리를 들은 앨프리드가 갑자기 그가 애용하는 무기, 즉 실내용 야구방망이로 뒤에서 공격을 했다. 싸움은 층계 아래로 밀려내려가 도로를 건너 그 너머 공터로 들어갔다. 다시 한쪽 경첩이 떨어져나가면서 앞문이 축 늘어졌다. 닥의 셔츠가 찢어졌고, 작지만 단단한 어깨를 긁히는 바람에 피가 뚝뚝 떨어졌다. 적이 공터로 반쯤 몰려갔을 때 사이렌 소리가 들렸다. 닥의 생일 파티 일행이 연구소 안으로 들어가 부서진 문을 들어올려 닫고 불을 끄자마자 경찰차가 들이닥쳤다. 경찰관들은 아무것도 찾아내지 못했다. 파티에 모인 사람들은 어둠 속에 앉아 행복하게 낄낄거리며 와인을 마셨다. 베어 플래그에서는 교대가 이루어졌다. 새로 온 아가씨들은 한껏 즐기기 시작했다. 그제야 파티가 진짜로 시작되었다. 경찰관들이 다시 와서 안을 들여다보고 혀를 차더니 함께 어울렸다. 맥 패거리가 순찰차를 타고 지미 브루시아의 가게에 가서 와인을 더 사왔다. 지미도 함께 왔다. 캐너리 로의 이쪽 끝에서 저쪽 끝까지 파티 소리가 들렸다. 이 파티는 폭동이나 바리케이드 위에서 보내는 하룻밤이 보여줄 수 있는 최고의 특징을 모두 갖추었다. 산페드로 참치배의 승무원들이 다시 기어와 겸손하게 파티에 참가했다. 사람들은 그들을 끌어안고 칭찬했다. 다섯 블록 떨어진 곳에 사는 한 여자가 시끄러워서 불평을 하려고 경찰서에 전화를 했지만 아무도 오지 않았다. 경찰관들은 순찰차를 도난당했다가 해변에서 발견했다고 보고했다. 닦은 탁자에 책상다리를 하고 앉아 웃음을 지으며 손가락으로 가볍게 무릎을 두드렸다. 맥과 필리스 메이는 바닥에서 팔씨름을 했다. 깨진 창문으로 만의 서늘한 바람이 들어왔다. 그때 누군가가 팔 미터짜리 줄 폭죽에 불을 붙였다.

31

큼지막한 뒤쥐 한 마리가 캐너리 로 공터의 아욱덤불 속에 자리를 잡았다. 완벽한 곳이었다. 짙은 녹색의 감미로운 아욱은 빽빽하게 자리를 잡고 파삭파삭하게 쑥쑥 자랐으며, 자랄수록 자극적으로 늘어진 작은 치즈들도 익어갔다. 땅도 뒤쥐 구멍을 내기에는 최고였다. 검고 부드러우면서 진흙도 약간 섞여 있어, 굴을 파더라도 무너지지 않았다. 뒤쥐는 통통하고 매끈했으며, 뺨주머니에 늘 먹을 것을 잔뜩 넣고 있었다. 깨끗한 작은 귀는 자리를 잘 잡았으며, 눈은 구식 핀 대가리처럼 검은색이었고 크기도 딱 그만 했다. 땅을 파는 손은 튼튼했으며, 등의 털은 갈색으로 윤기가 흘렀다. 옅은 황갈색의 가슴 털은 믿을 수 없을 정도로 부드럽고 푸짐했다. 노란 이는 길게 구부러졌고 꼬리는 짧았다. 전체적으로 삶의 전성기에 이른 아름다운 뒤쥐였다.

뒤쥐는 이 공터에 이르러, 이곳이 좋겠다고 생각하고는 약간 높은 곳에 굴을 팠다. 아욱덤불 사이로 밖을 내다보면 캐너리 로를 지나가는 트럭을 구경할 수 있는 곳이었다. 또한 공터를 가로질러 플롭하우스로 가는 맥 패거리의 발도 볼 수 있었다. 석탄처럼 새까만 땅속으로 파고든 뒤쥐는 그곳이 위보다 더 완벽하다는 것을 알았다. 흙 밑에 커다란 돌들이 있었기 때문이다. 뒤쥐는 돌들 밑에 먹을 것을 저장할 큰 방을 만들었다. 그래야 비가 많이 와도 무너지지 않을 테니까 말이다. 이곳은 정착해서 가족을 늘릴 수도 있는 곳이었다. 또 사방으로 뻗어나갈 수도 있었다.

처음 굴 밖으로 머리를 내밀었을 때는 아름다운 이른 아침이었다. 아욱풀이 녹색으로 빛을 걸러주었다. 떠오르는 태양의 첫 빛줄기가 구멍 안을 비추어 따뜻하게 덥혀주었다. 뒤쥐는 만족하여 그 속에 편안하게 누웠다.

뒤쥐는 큰 방과 비상구 네 개와 홍수 대비용 방수실을 만들어놓은 뒤에 먹을 것을 저장하기 시작했다. 뒤쥐는 완벽한 아욱줄기만 잘라 필요한 길이로 정확하게 다듬은 다음 구멍으로 가지고 들어가 큰 방에 단정하게 쌓았다. 발효되거나 상하지 않도록 잘 배치했다. 뒤쥐로서는 완벽한 생활공간을 발견한 셈이었다. 주위에 밭이 없으니 덫을 놓을 사람도 없었다. 고양이는 있었다.

많았다. 하지만 통조림공장의 생선대가리와 내장에 배가 불러 사냥을 그만둔 지 오래였다. 땅에는 모래도 적당히 섞여 있어 물이 고이지도 않았고, 구멍을 채우지도 않았다. 뒤쥐는 계속 일을 해서 마침내 큰 방에 식량을 빽빽이 채웠다. 그러고 나서 나중에 생길 아기들을 위한 작은 방을 만들기 시작했다. 몇 년만 있으면 이 방에서 수천 마리의 자손이 퍼져나갈지도 몰랐다.

그러나 시간이 갈수록 조금씩 초조해졌다. 암컷이 나타나지 않았기 때문이다. 뒤쥐는 아침마다 굴 입구에 앉아 귀가 찢어질 듯 찍찍거렸다. 이 소리는 인간에게는 들리지 않지만, 땅속 깊이 있는 다른 뒤쥐들에게는 들린다. 그래도 암컷은 나타나지 않았다. 마침내 뒤쥐는 철로를 넘어가 다른 뒤쥐 구멍을 찾아냈다. 뒤쥐는 입구에서 도발적으로 찍찍거렸다. 바스락거리는 소리가 들리더니 암컷 냄새가 났다. 이윽고 구멍에서 늙은 황소 같은 백전노장 뒤쥐가 나오더니 다짜고짜 달려들어 물어뜯었다. 뒤쥐는 너무 심하게 당해 집으로 엉금엉금 기어와 큰 방에 사흘간 누워 있었다. 이 싸움에서 그는 한쪽 앞발의 발가락 두 개를 잃었다.

뒤쥐는 이 아름다운 곳에 파놓은 아름다운 굴 옆에서 다시 찍찍거렸으나 암컷은 나타나지 않았다. 결국 얼마 후에 이사를 갈 수밖에 없었다. 뒤쥐는 언덕 위로 두 블록 떨어진 곳에 있는 달리아 정원으로 갔는데, 이곳 사람들은 매일 밤 덫을 놓았다.

32

닥은 뚱뚱한 사람이 수영장에서 나오듯이 느릿느릿 어색하게
잠에서 빠져나왔다. 그의 정신은 몇 번이나 수면 위로 올라왔다
가 다시 잠겼다. 턱수염에는 빨간 립스틱이 묻어 있었다. 닥은
한쪽 눈을 떴다가 누비이불의 화려한 색깔을 보고 다시 얼른 감
았다. 그러다 잠시 후에 다시 보았다. 시선이 누비이불을 지나
바닥으로, 구석의 깨진 접시로, 뒤집힌 탁자 위에 놓인 안경으
로, 쏟아진 와인과 추락한 무거운 나비 같은 책들로 옮겨갔다.
사방에 꼬불꼬불한 빨간 종잇조각이 널려 있었고, 폭죽의 매운
냄새가 났다. 부엌 문 너머로 스테이크 접시가 높이 쌓여 있고,
프라이팬에는 기름이 잔뜩 담겨 있었다. 바닥에는 발로 밟은 담
배꽁초들이 수백 개 흩어져 있었다. 폭죽 냄새 밑으로 와인과

위스키와 향수 냄새가 멋진 조합을 이루며 깔려 있었다. 닥의 눈이 바닥 한가운데 소담히 쌓인 머리핀에 잠시 머물렀다.

닥은 천천히 몸을 굴려 한쪽 팔꿈치에 기댄 채 깨진 창문 밖을 내다보았다. 햇빛을 받은 캐너리 로는 조용했다. 보일러 문은 열려 있었지만, 팰리스 플롭하우스의 문은 닫혀 있었다. 공터의 잡초 사이에서 한 남자가 평화롭게 자고 있었다. 베어 플래그도 꼭 닫혀 있었다.

닥은 일어나 부엌으로 가서 온수기를 켜고 화장실로 들어갔다. 화장실에서 나와서는 침대 가장자리에 앉아 발가락을 맞비비며 잔해를 둘러보았다. 언덕 위에서 교회 종소리가 들려왔다. 온수기가 덜커덕거리기 시작하자 닥은 다시 욕실로 들어가 샤워를 한 뒤 파란 진과 플란넬 셔츠를 입었다. 문을 열지 않았던 리 청은 닥이 온 것을 보고 문을 열었다. 아무 말도 안 했는데 리는 냉장고로 가서 맥주 한 쿼트를 내왔다. 닥이 돈을 냈다.

"재밌었어?" 리가 물었다. 주머니 속에 담긴 듯한 갈색 눈은 약간 충혈되었다.

"재밌었지!" 닥이 말했다. 그리고 차가운 맥주를 들고 연구소로 돌아가 맥주와 함께 먹을 땅콩버터샌드위치를 만들었다. 거리는 아주 조용했다. 아무도 지나다니지 않았다. 머릿속에서 음악이 들렸다. 비올라와 첼로로군, 닥은 생각했다. 이 악기들은 뭔지는 모르지만 어쨌든 서늘하고, 부드럽고, 마음을 다독이는 음악을 연주했다. 닥은 샌드위치를 먹고 맥주를 마시며 음악에 귀를 기울였다. 맥주를 다 마시자 부엌으로 가서 개수대에 쌓인 더러운 접시들을 닦았다. 뜨거운 물을 틀어놓고 물 밑에 비누 조각을 갖다대 거품이 희고 높게 쌓이도록 했다. 이어 집 안을 돌아다니며 깨지지 않은 잔을 거두어들였다. 그것들을 거품이 이는 뜨거운 물속에 집어넣었다. 갈색 즙이 묻은 스테이크 접시들이 스토브 위에 높게 쌓여 있었다. 하얀 기름 때문에 접시들이 서로 달라붙었다. 닥은 탁자의 한 곳을 치웠다. 설거지한 깨끗한 잔을 올려놓으려는 것이었다. 이어 뒷방 문의 자물쇠를 따고 그레고리오 성가 앨범 가운데 하나를 꺼내 〈우리의 주〉와 〈하나님의 어린 양〉을 턴테이블에 올려놓았다. 육체에서 이탈한 듯한 목소리, 천사의 목소리가 연구소를 가득 채웠다. 믿을 수 없이 순수하고 달콤했다. 닥은 잔들이 부딪치는 소리가 음악을 망치지 않도록 조심스럽게 설거지를 했다. 소년들의 목소리가 선율을 이끌고 위아래로 움직였다. 단순했지만 다른 노래에서는 들을 수 없는 풍요로움이 있었다. 레코드가 다 돌아가자 닥은 손을 씻고 축음기를 껐다. 그리고 침대 밑에 반쯤 누워 있는 책을 집어들고는 침대에 앉았다. 처음에는 속으로 읽다가 입술이 움직이더니 낭독이 시작되었다. 천천히, 매 행 끝에서 잠깐씩 멈추면서.

지금도

탑에서 온 지혜로운 사람들,

그곳에서 사색하며 젊음을 보낸 사람들이 하는 말에 귀를 기울이네.

하지만 내 여인의 속삭임에 담겨 있던 소금도,

함께 누워 깜빡 잠들 무렵 들리던 혼란스러운 색깔의 중얼거림도 발견할 수 없었네.

작고 지혜로운 말, 작고 재치 있는 말이여,

물처럼 변덕스럽지만 간절함이 꿀처럼 담긴 말이여.

개수대에 희고 높게 쌓인 거품 덩어리가 식으면서 폭폭 소리를 내며 터졌다. 잔교 밑에는 물이 아주 높이 올라왔다. 파도가 오랫동안 물이 닿지 않았던 바위들에 부딪히며 부서졌다.

지금도

삼나무와 장미, 물론

크고 파란 산과 작은 회색 언덕들, 또

바닷소리를 사랑했던 것을 기억하네.

어느 날 나는 야릇한 눈과 나비 같은 손을 보았지.

아침이면 백리향에 머물던 종달새들이 내게로 날아오고
아이들은 작은 냇물에 미역을 감으러 왔지.

닥은 책을 덮었다. 파도가 잔교의 기둥 아래를 두드리는 소리
가 들렸다. 하얀 쥐들이 철망에 부딪히며 내달리는 소리도 들렸
다. 닥은 부엌으로 가 개수대의 식어가는 물에 손을 넣었다. 다
시 뜨거운 물을 틀었다. 닥은 개수대와 하얀 쥐, 그리고 자기 자
신을 향해 소리 내어 말했다.

지금도,
큰 잔치에서 녹색 잔과 금색 잔을 들어올리며
삶의 뜨거운 맛을 보았다는 걸 기억하고 있다네.
사라져버린 짧은 순간이지만 그래도
나의 여인에게서 쏟아져나오는
희디흰 영원의 빛을 내 눈 가득 담았었느니……

닥은 손등으로 눈을 닦았다. 하얀 쥐들이 우리 안에서 바쁘게
뛰어다니며 다투었다. 유리벽 뒤에서는 방울뱀들이 가만히 누운
채 먼지가 낀 듯한 눈을 찌푸리고 허공을 물끄러미 바라보았다.

존 스타인벡 연보

1902년 2월 27일 캘리포니아 주 샐리너스에서 출생.

1919(18세) 샐리너스 고등학교를 졸업하다.

1920(19세) 스탠퍼드 대학 영문과에 입학하다.

1925(24세) 대학을 중퇴하고 뉴욕으로 가 미국의 지방신문 〈아메리칸〉에 입사하여 기자로 근무하다.

1929(28세) 첫 소설 『황금 잔』을 발표하다.

1930(29세) 해양 생물학자 에드 리케츠(이후 존 스타인벡의 가장 절친한 친구가 되며, 『통조림공장 골목』과 『달콤한 목요일』에 나오는 닥의 실제 모델이기도 하다)를 만나다. 캐럴 헤닝과 결혼하다.

1932(31세) 캘리포니아를 무대로 한 첫 소설 『하늘의 목장』을 출간하다.

1933(32세) 『알려지지 않은 신에게』를 출간하다.

1934(33세) 단편소설 「살인」으로 오 헨리상을 수상하다.

1935(34세) 『토르티야 대지』를 출간하면서 작가로서 명성을 얻게 되다. 캘리포니아 지방문학상을 수상하다.

1936(35세) 『의심스러운 싸움』을 출간하다.

1937(36세) 『생쥐와 인간』을 출간, 연극으로도 공연되어 큰 성공을 거두다. 미국 희곡 비평가상을 수상하다.

1938(37세) 단편소설집 『긴 계곡』을 출간하다.

1939(38세) 대표작 『분노의 포도』를 출간하다. 미국 예술문학회 회원으로 선출되다.

1940(39세) 『분노의 포도』로 퓰리처상을 수상하다. 영화 대본 『잊힌 마을』을 쓰고 멕시코에서 촬영하다. 『분노의 포도』와 『생쥐와 인간』이 영화로 상영되다.

1941(40세) 『코르테즈 바다』를 출간하다.

1942(41세) 『폭탄 투하』와 2막짜리 희곡 「달은 지다」를 발표하다. 캐럴 헤닝과 이혼하다.

1943(42세) 신문 〈뉴욕 헤럴드 트리뷴〉 특파원으로 유럽 전선에 가다. 귄돌린 콩거와 재혼하다.

1944(43세) 첫째 아들 톰이 태어나다.

1945(44세) 『통조림공장 골목』을 출간하다.

1946(45세) 둘째 아들 존 4세가 태어나다.

1947(46세) 『진주』와 『변덕스런 버스』를 출간하다. 러시아로 여행

을 떠나다.

1949(47세) 러시아 기행문『러시아 기행』을 출간하다. 미국 예술원 회원으로 선출되다. 귄돌린 콩거와 이혼하다.

1950(48세) 실험적 희곡「찬란히 빛나다」를 발표하다. 일레인 스콧과 재혼하다.

1951(49세) 『코르테즈 바다의 항해일지』를 출간하다.

1952(50세) 『에덴의 동쪽』을 출간하다.

1954(52세) 『달콤한 목요일』을 출간하다.

1957(55세) 『피핀 4세의 짧은 치세』를 출간하다.

1961(59세) 『불만의 겨울』을 출간하다.

1962(60세) 노벨문학상을 수상하다. 『찰리와 함께 한 여행』을 출간하다.

1964(62세) 린든 베이스 존슨 대통령으로부터 미국 자유훈장을 수여받다.

1966(64세) 『미국과 미국인』을 출간하다.

1968년 12월 20일 66세 일기로 뉴욕에서 사망하다.

옮기고 나서

오래전 이 작품의 배경이 된 몬터레이와 카멜을 스치듯 지나간 적이 있다. 어렴풋이 기억에 남은 것은 유난히 모래가 희고 유난히 백인이 많던 해변, 깨끗하고 정갈한 느낌의 거리, 그리고 이름은 '통조림공장 골목'이지만 통조림공장은 찾아볼 수 없는 캐너리 로 정도이다. 과거의 통조림공장들이 쌓은 부(富) 덕분인지는 몰라도 어쨌든 그 근처가 엄청난 부자 동네라는 말도 들었던 것 같다. 기억은 안 나지만, 어쩌면 이 작품에 등장하는 맥 패거리가 개구리를 잡으러 차를 후진시켜 올라갔던 언덕길을 정면으로 올라가봤는지도 모르겠고, 그곳에서 그들이 넋을 잃고 바라보던 해변의 풍광에 잠시 눈길을 빼앗겼는지도 모르겠다. 그러나 안타깝게도 맥 패거리 또는 그들과 비슷한 느낌을 주는 사람들은 보지 못했다. 물론 맥 패거리가 개구리를 잡으러 가던 때로부터 두 세대 정도가 흘렀으니, 그들이나 그들을 그렸던 작가나 이미 해변의 모래만큼이나 흰 뼈로 변해버린 뒤였을 것이다. 그리고 그들의 손자나 증손자들은 그들과는 완전히 다른 인생을 살고 있었을 것이다.

아, 정말 그럴까? 그들의 후손들이 그들과 완전히 다른 인생을 살고 있었을까? 아니, 완전히 다른 인생이라는 것이 있기는 할까? 물론 달라진 것은 있었다. 통조림공장들은 사라지고 그 이름을 지닌 관광지만 남았다. 가난한 노동자들이 파이프에 들어가 살던 공터는 사라지고 그 자리에는 아마 으리으리한 건물이 들어섰을 것이다. 맥 패거리가 안식처로 삼던 어분 창고는 그들과 다른 계급에 속한 사람들의 호사스러운 저택이 되었을지도 모른다. 그러나 그곳에서 그 사람들이 눈에 띄지 않는다고 해서 삶의 방식 자체가 완전히 바뀌었다고 말할 수 있을까? 나는 선뜻 그렇다고 대답하지 못할 것 같다. 깊이 생각할 것도 없이 바로 이 『통조림공장 골목』이라는 작품 자체가 마음에 걸리기 때문이다. 만일 그렇게 사람살이가 달라졌다면 이 작품은 매우 낡은 것으로, 매우 낯선 것으로 여겨져야 할 터인데, 웬걸, 오십 년 전에 나온 이 작품은 바로 지금 내 주위에 사는 사람들의 이야기를 담아놓은 듯 낯익고 정겹기만 하다.

게다가 민중의 다양한 대표자들을 끌어안는 작가의 거대한 품의 푸근함이란! 정말이지 스타인벡이 한 작가로서만이 아니라 한 인간으로서도 원숙해졌다는 느낌을 받기에 부족함이 없다. 거기에 동양사상의 그림자가 산그늘처럼 드리우고, 눈물을 자아낼 정도의 치열한 미의식이 번뜩이는 것을 볼 때면 대가란 말은 이런 작가에게 쓰는 것이구나 하는 감탄이 절로 나온다. 사실 고전이라는 말도 이런 작품에 쓸 수 있는 표현이 아닐까? 엄청나게 변하는 것 같으면서도 기실 변하는 것이 별로 없는, 어쩌면 그래서 가슴 아린지도 모르는 삶의 진수를 담아낸 작품, 당대의 삶을 오십 년 뒤에도 현재진행형으로 보여주는 이런 작품에.

모르겠다, 이제는 노스탤지어까지 스며든 나의 구식 감수성 탓이라고 할지도. 그래도 뭐, 좋은 건 좋은 거다. 한 가지, 몬터레이든 우리나라든 휘황찬란한 불빛과 아름다운 풍광에서 밀려나 변함없이 고단한 삶을 살아가고 있을 사람들, 사실 할아버지나 아버지 세대와 다를 바 없는, 아니, 어쩌면 그보다 못할지도 모르는 삶을 살아가고 있을 많은 사람들이, 내가 그랬듯이, 이 작품에서 위로와 힘을 얻을 수 있다면 더 바랄 것이 없겠다.

2008년 3월
정영목

지은이 **존 스타인벡**
1902년 캘리포니아 주 샐리너스에서 태어났다. 1920년 스탠퍼드 대학 영문과에 입학하였
으나 1925년 학교를 중퇴하고 이후 5년 동안 뉴욕에서 신문기자로, 막노동꾼으로 일하며
생계를 유지하다가 캘리포니아로 돌아와 별장지기로 일하며 첫 소설 『황금의 잔』을 발표
한다. 그리고 1935년 『토르티야 대지』를 내놓으면서 작가로서 명성을 얻는다. 이후 노동자
계급의 투쟁을 다룬 『의심스러운 싸움』 『생쥐와 인간』 『분노의 포도』를 이어서 발표한다.
1940년 『분노의 포도』로 퓰리처상을, 1962년 노벨문학상을 수상하며, 1968년 사망했다.

옮긴이 **정영목**
서울대학교 영문학과와 동 대학원을 졸업했다. 전문번역가로 활동하며 현재 이화여대 통
역번역대학원 교수로 재직중이다. 지은 책으로 『소설이 국경을 건너는 방법』 『완전한 번
역에서 완전한 언어로』가 있고, 옮긴 책으로 『미국의 목가』 『에브리맨』 『네메시스』 『달려
라, 토끼』 『킬리만자로의 눈』 『제5도살장』 『바다』 『하느님 이 아이를 도우소서』 『말 한 마
리가 술집에 들어왔다』 『바르도의 링컨』 『밤은 부드러워라』 등이 있다. 『로드』로 제3회 유
영번역상을, 『유럽문화사』로 제53회 한국출판문화상(번역 부문)을 수상했다.

문학동네 세계문학
통조림공장 골목

1판 1쇄 2008년 4월 30일 | 1판 6쇄 2019년 8월 20일

지은이 존 스타인벡 | 옮긴이 정영목 | 펴낸이 염현숙
책임편집 류현영 | 디자인 송윤형 이원경 | 저작권 한문숙 김지영
마케팅 정민호 정진아 함유지 김혜연 박지영 김수현 | 홍보 김희숙 김상만 오혜림
제작 강신은 김동욱 임현식 | 제작처 영신사(인쇄) 경일제책(제본)

펴낸곳 (주)문학동네
출판등록 1993년 10월 22일 제406-2003-000045호
주소 10881 경기도 파주시 회동길 210
전자우편 editor@munhak.com | 대표전화 031) 955-8888 | 팩스 031) 955-8855
문의전화 031) 955-3579(마케팅) 031) 955-2652(편집)
문학동네카페 http://cafe.naver.com/mhdn

ISBN 978-89-546-0542-7 03840

www.munhak.com

커트 보니것

미국 최고의 풍자가이자 휴머니스트이며, 소설가이자 에세이스트. 불가해한 아이러니로 가득찬 세상사의 모순을 품격 있는 유머와 날 선 재치로 탁월하게 풀어낸 보니것의 대표작들.

제5도살장 정영목 옮김

드레스덴 폭격을 소재로 한, 커트 보니것의 대표작. 시간과 시간 사이를 떠도는 빌리 필그림의 유쾌하고 황당한 이야기 뒤에 숨어 있는 비관론과 허무주의, 그리고 인간에 대한 희망. 오직 보니것만이 쓸 수 있는 독특한 반전反戰소설.

그래, 이 맛에 사는 거지 김용욱 옮김

청년들의 영웅, 반反문화의 대변인 커트 보니것의 졸업식 연설문 모음. 그만이 전할 수 있는 위로와 감동은 물론, 삶의 아이러니와 부조리한 세상에 대한 특유의 풍자와 속시원한 유머로 가득하다. 장편, 단편, 다른 에세이에서는 볼 수 없던 더 솔직하고 친근한 보니것을 만날 수 있는 책.

고양이 요람 김송현정 옮김

저널리스트 조나는 1945년 히로시마에 떨어진 최초의 원자폭탄에 관한 책을 쓰기 위해 자료를 모으고 있다. 원자폭탄의 아버지 호니커 박사에 대해 알아보던 중 원자폭탄이 떨어지던 날, 박사가 '고양이 요람'이라는 실뜨기 놀이를 하고 있었다는 사실을 알게 되는데…… 실뜨기 놀이를 하듯 무시무시한 살상무기를 만들어내는 인류의 미래를 절망적으로 풍자한 소설.

세상이 잠든 동안 이원열 옮김

우리 시대를 대표하는 휴머니스트이자 유머리스트, 커트 보니것 미발표 초기 단편소설집. 보니것식 휴머니즘의 시원을 볼 수 있는 작품들을 선별해 묶었다. 우리를 더 괜찮은 사람으로 만들어줄 메시지를, 초기작에서 이미 무르익은 블랙유머와 한 방이 있는 반전으로 전한다.